Micheline Duff

D'un *silence* à l'autre

3. Les promesses de l'aube

Les Éditions
Coup d'œil

De la même auteure, aux Éditions Coup d'œil :
D'un silence à l'autre 1. Le temps des orages, 2015
D'un silence à l'autre 2. La lumière des mots, 2015

Aux Éditions JCL :
Jardins interdits, 2005
Les Lendemains de novembre, 2004
Mon grand, 2003
Plume et Pinceaux, 2002
Clé de cœur, 2000

Aux Éditions Brève :
Un coin de paradis, collectif, Une île en mots, 2005
Liberté sans frontières, 2004

Couverture : Sophie Binette
Conception graphique : Marie-Pier S. Viger et Sophie Binette

Première édition : © 2007, Les Éditions JCL, Micheline Duff
Présente édition : © 2015, Les Éditions Coup d'œil, Micheline Duff
www.boutiquegœlette.com
www.facebook.com/EditionsCoupDœil

Dépôts légaux : 3e trimestre 2015
Bibliothèque et Archives nationales du Québec
Bibliothèque et Archives Canada

Imprimé au Canada

ISBN : 978-2-89731-739-3

À tous ceux qui, sous leur carapace usée,
ont gardé le cœur jeune.

À chaque porte autour de laquelle l'argile
des briques s'est soudée à la paille,
on tisse les liens familiaux en filant
le temps sur la trame des générations.

Josée Gaudreau

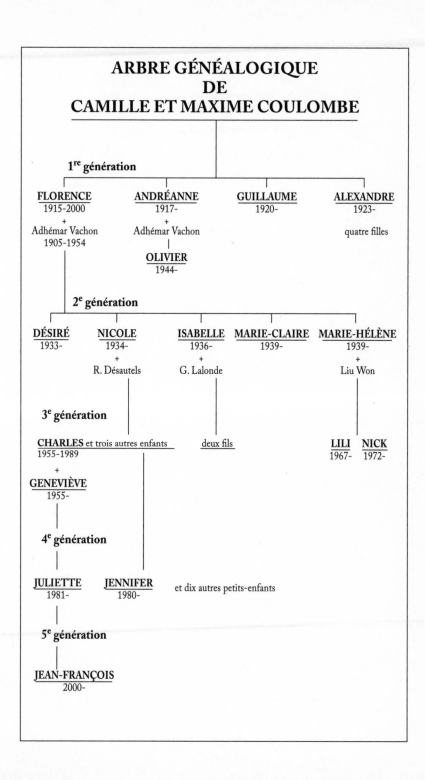

ARBRE GÉNÉALOGIQUE
DE
CAMILLE ET MAXIME COULOMBE

1re génération

FLORENCE	**ANDRÉANNE**	**GUILLAUME**	**ALEXANDRE**
1915-2000	1917-	1920-	1923-
+	+		
Adhémar Vachon	Adhémar Vachon		quatre filles
1905-1954			

OLIVIER
1944-

2e génération

DÉSIRÉ	**NICOLE**	**ISABELLE**	**MARIE-CLAIRE**	**MARIE-HÉLÈNE**
1933-	1934-	1936-	1939-	1939-
	+	+		+
	R. Désautels	G. Lalonde		Liu Won

3e génération

CHARLES et trois autres enfants   deux fils   **LILI**   **NICK**
1955-1989   1967-   1972-

+

GENEVIÈVE
1955-

4e génération

JULIETTE	**JENNIFER**	et dix autres petits-enfants
1981-	1980-	

5e génération

JEAN-FRANÇOIS
2000-

Les promesses de l'aube

Chapitre I

26 décembre 2000

À la sortie du cimetière, après la mise en terre du cercueil de Florence, Désiré a vaguement offert à la petite assemblée, par politesse, de venir prendre un café à la maison. Sans hésitation, nous avons tous accepté. Après tout, on ne pouvait quand même pas laisser bêtement tomber le fils de la défunte sans rester au moins quelques heures auprès de lui.

À bien y penser, le fait de retourner ensemble à la maison rouge me procurait l'illusion de prolonger l'existence concrète de ma sœur jusqu'à l'extrême limite. Qui sait... Retrouver peut-être les derniers effluves de son parfum à travers les murs de sa maison, ou bien quelques cheveux blancs flottant sur le parquet, ou encore les traces de son ultime passage dans la cuisine... Et pourquoi pas sa paire de lunettes déposée sur le dernier roman qu'elle avait dû tenter de lire dans ses rarissimes sursauts d'énergie ?

Désiré n'en menait pas large. Il s'avéra incapable de préparer le thé ni le café. Je ne l'avais jamais vu aussi bouleversé. Il ne cessait de répéter :

«Maman est bien, maintenant, maman est bien...»

Oui, Désiré, ta mère est bien. Et enfin délivrée. Elle a trouvé la paix. Et, si Dieu existe, s'il est permis de croire en un monde meilleur, elle a déjà renoué avec ceux que la vie lui a cruellement arrachés : Charles, son petit-fils chéri et père de Juliette, le beau docteur Vincent autrefois tant aimé, et tous les autres qui ont continué de vivre en elle en dépit de la mort et de l'étirement du temps : ses parents Camille et Maxime, ses frères Guillaume et Alexandre. Mon Samuel, aussi.

Ma chère sœur… Comme elle va me manquer ! C'est une partie de moi-même qu'on a mise dans le trou, l'autre jour. Malheureusement, Florence ne connaîtra pas le bonheur de prendre dans ses bras le représentant de la cinquième génération. Elle en rêvait, pourtant, et jetait souvent un regard affectueux sur son arrière-petite-fille Juliette. La future maman est restée présente auprès de la malade jusqu'à la fin, malgré sa grossesse avancée.

Olivier s'est finalement occupé lui-même du café. Mon grand fils adoré… Si lui et son cousin Désiré affichent le même regard vert, la ressemblance physique avec leur père Adhémar, flagrante autrefois, s'arrête là, à présent. Vingt-cinq ans et même davantage semblent maintenant séparer les deux hommes. Désiré, lourdaud et courbé, la chevelure blanche en bataille et l'œil éteint, ne ressemble plus à mon fils colonel, pourtant plus jeune d'une dizaine d'années seulement, et dont la démarche et le port altier témoignent de son rôle encore actif au sein des Forces armées canadiennes. Ma fierté…

Que ces deux-là se parlent encore, après toutes ces années, tient du miracle. Quand on pense que Désiré abusait de mon fils durant son enfance… Mais le pardon a accompli son miracle : il ne reste pas de séquelles de cette pourriture, à peine quelques relents nauséabonds transportés par le vent des souvenirs, certains petits matins gris comme celui de l'enterrement de ma pauvre sœur.

Nick, l'unique représentant de la famille de Vancouver, semblait passablement affecté lui aussi. Il a expliqué, avec un accent légèrement british, l'absence de sa mère aux prises avec un reste de pneumonie. Le temps et l'éloignement ont, à la longue, étiolé les relations entre les proches de Florence et la famille de sa fille Marie-Hélène, installée en Colombie-Britannique depuis des décennies. Bien sûr, la jumelle a gardé jusqu'à la fin un contact régulier avec sa mère par une correspondance fidèle et quelques trop rares voyages d'un côté ou l'autre du continent. Aux obsèques, tous avaient les yeux braqués sur Nick, ce lointain cousin d'une trentaine d'années à peine reconnaissable et qu'on ne reverra peut-être jamais, Florence étant partie.

Notre visite dans la demeure ancestrale n'a pas duré très longtemps. L'autre jumelle, Marie-Claire, se montrait inconsolable et ne cessait de larmoyer. La disparition de sa mère creusera davantage sa solitude, elle qui se trouve sans conjoint et sans enfants et parle de vendre ses deux magasins, sa seule raison de vivre.

Je m'ennuie déjà de ma sœur. Même si la maladie l'avait amoindrie dernièrement et qu'elle avait cessé ses visites hebdomadaires chez moi en compagnie de Désiré, elle trouvait le moyen de m'appeler deux ou trois fois par semaine. Je comprenais mal son discours. Je l'entends encore murmurer : « An-dhéan, chà fâ ? » À cause de la paralysie, les mots mâchés restaient dramatiquement au fond de sa gorge. J'essayais avec l'énergie du désespoir de les prononcer à sa place. Ah ! Ma pauvre Flo ! Quand je refermais le combiné, je pressentais avec horreur le fossé d'éternité déjà en train de s'approfondir entre nous.

Nos confidences, nos fous rires, nos petites folies de jadis vont me manquer. Ces dernières années, j'en étais venue à l'envier, moi, la veuve solitaire et sans petits-enfants, dont le fils habite à l'autre bout du monde. Que me reste-t-il maintenant que Florence s'est envolée ? Mes doigts, déformés par l'arthrite comme les siens, se mettent à trembler au-dessus du piano. Début de Parkinson, a diagnostiqué le docteur... Mes yeux ne voient plus clair et je m'endors sur mes livres. Même mes promenades au parc Lafontaine par beau temps, entrecoupées de nombreuses pauses sur les bancs, se font de plus en plus rares. Mes jambes ne peuvent plus me porter...

Et vogue la galère vers « le paradis à la fin de vos jours » ! Le paradis APRÈS la fin de vos jours, devrait-on annoncer ! Parce qu'en attendant la fin des jours... hum ! Dis donc, ma Flo, c'est comment, de l'autre bord ? T'aurais pas le goût de m'amener avec toi, dis ?

Au moment de quitter la maison rouge, j'ai vu Désiré porter discrètement une main sur le bras de Juliette pour la retenir. Il a salué les autres d'un simple signe de tête en leur *jetant un regard effaré. J'ai senti que son silence contenait une supplication : « Vous reviendrez, hein ? »*

Mais il n'a pas ouvert la bouche.

Chapitre 2

En voyant tout le monde quitter la maison rouge après les funérailles, Juliette sentit son cœur se serrer, comme si le silence réintégrait les lieux au fur et à mesure que la porte se refermait sur chacun des membres de la petite assemblée. Elle se sentit oppressée par le vide, un vide presque palpable, fait de froid et d'immobilité. L'absence de Florence... Comme si plus rien n'allait bouger dans cette maison, comme si les murs, témoins de toute une vie, se trouvaient désormais réduits au silence et à la pénombre. Ces meubles, ces armoires, ces fenêtres... Désiré y vivait pourtant, ombre muette et solitaire qui glisserait parmi les ombres. Elle frissonna.

L'homme lui désigna un fauteuil. De toute évidence, il désirait lui parler.

« Geneviève n'est pas venue aux funérailles, Juliette ? Ça me surprend.

— Ma mère achève un séjour d'un mois à Singapour pour son travail et elle doit rentrer dans deux jours. Malheureusement, elle n'a pu échanger son billet d'avion pour avancer son retour. Elle viendra sûrement te visiter, ne t'inquiète pas. En attendant, elle va te téléphoner ce soir ou demain. »

La chaise berceuse semblait tournée vers la fenêtre pour le reste de l'éternité. Juliette y aperçut soudain la vieille écharpe de laine de Florence, suspendue au dossier. Elle s'en empara et y fourra son nez à la recherche de la dernière odeur de son arrière-grand-mère. L'enfant, dans son ventre, en perçut-il la portée magique ? Elle le sentit tressaillir au creux de ses entrailles. « La vie continue », songea-t-elle. Comme dans une lignée éternelle, son fils allait perpétuer la race de ses ancêtres. Il allait perpétuer Florence.

« Puis-je garder le châle en souvenir, oncle Désiré ?

— Évidemment ! Dis donc, il arrive quand, le petit trésor ?

— D'ici peu. En principe, je devrais accoucher quelques jours après Noël. Autrement dit, d'une journée à l'autre. De là-bas, ma mère s'énerve un peu, tu penses bien ! Elle a hâte de rentrer au pays.

— Et… le papa ?

— Mon fils n'a pas de père officiel.

— L'opération du Saint-Esprit, quoi ! Ça me semble à la mode, ces jours-ci ! Il est arrivé la même chose à la Sainte Vierge, paraît-il ! »

La taquinerie de Désiré n'avait rien de sarcastique. Au contraire, Juliette décela une pointe de compréhension dans le demi-sourire de son grand-oncle, cet homme effacé qu'elle connaissait peu, en réalité. Bien sûr, elle l'avait rencontré maintes fois en compagnie de sa mère, et on l'avait mise au courant de ses folies d'autrefois auprès des petits garçons. Sa grand-mère Nicole et sa tante Isabelle ne s'étaient jamais gênées, d'ailleurs, pour revenir sur le sujet à de nombreuses occasions, histoire d'alimenter leur haine.

Sa mère, Geneviève, par contre, n'en avait jamais parlé. Florence non plus, d'ailleurs, mis à part ce fameux jour où, quelques mois avant de mourir, elle avait raconté sa vie à Juliette pour lui en révéler honnêtement tous les détails. Cependant, au lieu de démolir méchamment la réputation de Désiré, Florence l'avait présenté comme un être infiniment blessé, torturé par des pulsions contre lesquelles il avait lutté en reclus durant toute son existence, un pauvre bougre que certaines bonnes âmes de la famille, « ces sépulcres blanchis », n'hésitaient pas à montrer du doigt. Il s'en était sorti grandi, « plus beau et plus fort que tous ceux qui avaient refusé de lui pardonner ses erreurs », selon les dires de Florence. Aux yeux de la jeune fille inexpérimentée, l'oncle Désiré paraissait toutefois un être mystérieux, un peu troublant même. Mais, somme toute, il méritait, sinon son admiration, à tout le moins son respect et sa tendresse.

Il posa la main sur l'épaule de la jeune fille.

« J'aurais une faveur à te demander, Juliette. Quelque chose d'important pour moi. Cela va te surprendre un peu, je crois.

– Tu m'intrigues, tonton !

– Puisque cet enfant n'a pas de père, pourrais-je devenir son parrain ?

– Quoi ? Mais je… On ne nomme plus de parrain, de nos jours. Je ne pense pas faire baptiser mon fils, tu comprends. Je ne vois donc pas la nécessité de… »

Elle faillit souligner les soixante-sept ans de son oncle. Lui expliquer que les nouveaux parents désignaient plutôt un jeune couple susceptible de prendre la relève dans le cas où un malheur les empêcherait de remplir pleinement leur rôle. Comment un vieux bonhomme comme Désiré Vachon pourrait-il subvenir aux besoins physiques et éducationnels de son fils ? Soudain, les mots « pédophilie et abus d'enfants » tant de fois prononcés sur un ton hargneux par sa grand-mère Nicole lui montèrent à l'esprit malgré elle. Le vieux « mononcle » désirait-il se réserver de la chair fraîche ? Allons donc ! Elle s'en voulut pour ces idées saugrenues et les chassa vite de son esprit. Mais, déroutée par la demande de Désiré, elle resta tout de même sans voix.

L'homme ne demeura pas insensible au trouble de Juliette.

« Non, non, je ne veux pas devenir le tuteur de ton enfant, ni son parrain selon la tradition chrétienne. J'aimerais simplement, pour une fois dans ma triste vie de vieux garçon, prendre, de loin, soin d'un enfant. Lui envoyer une carte pour son anniversaire, un coco en chocolat à l'occasion de Pâques, un jouet pour Noël… Payer sa première bicyclette et, pourquoi pas, ses études si j'existe encore à ce moment-là. Gâter ton fils de loin,

Juliette, même s'il ne me rencontre jamais et ignore qui je suis. Je pourrais me contenter de photos si tu le préfères ainsi. Je veux juste l'aimer. Aimer un petit enfant, moi à qui la vie en a refusé le droit… L'aimer de loin, je t'assure ! Et, à ma manière, remettre à l'un de mes neveux et nièces un peu de ce que je leur ai dérobé jadis : le bonheur de posséder un oncle gâteau.

— Tout ça me surprend tellement, mon oncle !

— J'y songe depuis le début de ta grossesse, mais je me suis bien gardé d'en parler à Florence.

— Tu aurais dû ! Ça lui aurait causé un immense plaisir, je crois.

— Ou l'aurait apeurée à outrance… Tu connais mon misérable passé, et je ne vais pas m'étendre là-dessus. J'ai fini par m'en sortir, Dieu merci ! Mais il me manque de me racheter à mes propres yeux. J'ai payé pour mes erreurs de jeunesse. Je me suis isolé, j'ai suivi je ne sais combien de thérapies, j'ai pris un soin jaloux de ma mère jusqu'à la fin. Maintenant qu'elle n'a plus besoin de moi, je vais recommencer mon bénévolat dans un hôpital de Montréal.

— Je sais tout ça… et je t'admire !

— Je peux te jurer sur la tombe de ma mère, Florence Coulombe-Vachon, que mes problèmes d'ordre sexuel sont réglés depuis belle lurette. Surtout à mon âge ! Non, il ne s'agit absolument pas de ces cochonneries-là, si jamais ça t'inquiète. Je veux tout bonnement aimer quelqu'un. Seulement ça : aimer un petit enfant, sinon comme un père, du moins comme un oncle. L'aimer de loin, mais l'aimer pour de vrai ! Et puis, ton fils représente le prolongement de ma mère, la cinquième génération de ses descendants. J'aurais l'impression de prendre encore soin d'elle indirectement, car Florence continuera de vivre à travers ce petit, tu comprends ? Ma mère va tellement me manquer ! Dis-moi que tu comprends, Juliette… »

En prononçant ces derniers mots, Désiré se leva d'un bond et s'approcha de la fenêtre comme s'il voulait dissimuler son émotion. Dehors, la pluie s'était transformée en neige et d'énormes flocons dansaient doucement dans l'air. Des plumes d'ange… En quelques minutes, les saletés du paysage avaient disparu sous la surface immaculée. Tout semblait maintenant beauté et pureté.

Abasourdie par ce qu'elle venait d'entendre, Juliette voyait la tête blanche de son oncle se secouer imperceptiblement, appuyée contre la vitre. Elle s'approcha doucement et posa la main sur son épaule.

« Je suis heureuse de constater que mon fils est déjà aimé avant même de venir au monde. Tu feras un excellent parrain. Et… tu as toute ma confiance !

– Tu ne le regretteras jamais, je t'en fais le serment solennel. »

Désiré parlait avec peine, la voix chevrotante entrecoupée de sanglots. Cette journée générait décidément trop d'émotions. Ravagé par le chagrin, il venait de perdre l'être le plus précieux de son existence. L'unique, d'ailleurs. La seule personne qui l'avait soutenu sans défaillir dans les moments les plus dramatiques. Non seulement il lui devait la vie, mais, plus encore, il lui devait sa dignité d'homme. Sa propre estime de soi. Grâce au respect et au soutien de sa mère, il avait surmonté les terribles épreuves. Bien sûr, il le lui avait bien rendu et l'avait soignée durant ses dernières années, mais jamais il n'aurait pu lui remettre toutes ses bontés. Et s'il prenait, ce jour-là, des allures de vieillard, la conscience aiguë de l'immense solitude qui s'emparerait dorénavant de ses jours y contribuait pour une large part. Florence décédée, le dernier pont entre lui et le reste de la famille venait de s'effondrer. Depuis trente-cinq ans, il n'avait pas revu ses sœurs Nicole et Isabelle, encore moins leurs descendants, à part Charles, sa femme Geneviève et leur fille Juliette. Ses sœurs jumelles et sa tante Andréanne demeuraient ses seuls autres liens.

« Dis donc, j'aurais vraiment besoin d'un petit remontant, moi ! Prendrais-tu un verre de vin ou un autre café, ma chère nièce ?

– Un verre de vin, non. Un autre café, ce n'est pas de refus !

– Tiens ! J'ai une surprise pour toi. Regarde ce que j'ai déniché dans le coffre d'espérance de ma mère.

– Le coffre d'espérance ?

– Il s'agit d'un meuble de rangement en bois de cèdre, en forme de caisson. Les jeunes filles d'autrefois y conservaient leur trousseau. »

Juliette regardait son oncle avec de grands yeux interrogateurs, et cela fit sourire le vieil homme.

« C'est quoi, un trousseau ?

– Le trousseau consistait en lingerie, vaisselle et divers objets pratiques accumulés par les adolescentes en attendant de prendre mari. Celui de ma mère ne contient presque plus rien, à peine une ou deux pièces de lingerie demeurées au fond du coffre depuis presque soixante-dix ans, ainsi qu'une enveloppe de photos de nous prises durant notre enfance. Tu y jetteras un coup d'œil, un de ces jours. Mais, sur le dessus, j'ai trouvé cet ensemble de baptême. Florence l'avait fabriqué elle-même pour moi, je crois, et il a servi pour toutes mes sœurs. Je me souviens très bien qu'à ta naissance, elle n'avait pas osé le proposer à tes parents de peur de perpétuer le mauvais sort. Par superstition, elle craignait de transmettre la malédiction familiale à la génération suivante. Cette malédiction dont je me sens en grande partie responsable. Moi et mon père Adhémar... Je prétends qu'au contraire il faut briser le maléfice et tout recommencer à neuf. Défier le mauvais sort et donner une autre chance au destin de la génération nouvelle. Croire aux promesses de l'aube... »

Juliette entrouvrit la boîte de carton, et une odeur de naphtaline se répandit aussitôt. Elle en sortit une splendide robe brodée et une cape de satin, un châle tricoté à la main quelque peu jauni, de même qu'un petit bonnet de dentelle, le tout soigneusement enveloppé dans du papier bleu.

« C'est magnifique ! Écoute, mon oncle. Aujourd'hui, on baptise moins les bébés, et heureux sont les petits qui vivent leur enfance entière auprès du même père et de la même mère. Les coutumes changent. Mon fils possédera une robe de baptême sans cérémonie du baptême, et un parrain sans la présence d'un père ! Mais j'adhère entièrement à ton idée de regarder le soleil se pointer du côté de l'aurore au lieu d'appréhender le retour des malheurs du temps passé. Tant pis pour les superstitions de Florence ! Cette vie doit commencer dans l'espérance. Je ferai tout pour rendre mon fils heureux. Et je trouverai bien une occasion pour lui enfiler cette superbe robe de baptême. »

L'oncle parut soudain ragaillardi.

« Grâce à toi, ma chère Juliette, voilà cette funeste journée transformée en journée du recommencement. De la résurrection. Je te dois un million de mercis. La vie de ma mère n'est pas finie, elle se prolonge…

– Je dois repartir. Il se fait tard et la route semble devenue glissante.

– Sois prudente, ma fille ! »

L'homme et la jeune femme s'étreignirent dans le vestibule de la maison rouge et restèrent dans les bras l'un de l'autre durant plusieurs secondes, muets et les paupières baissées. Moment d'émotion intense, geste de complicité et d'entente profonde. Juliette ignorait que, outre Florence, le pauvre célibataire esseulé n'avait jamais, de toute sa vie, pressé une autre femme sur son cœur.

De derrière les rideaux, il la regarda partir. Il resta longtemps les yeux rivés sur la route, remerciant silencieusement le ciel de lui procurer une nouvelle raison de vivre.

Son salut.

Chapitre 3

Devant l'évidence d'une grossesse inattendue, Juliette avait d'abord paniqué. Ces seins gonflés, ces nausées, ces satanées menstruations qui n'arrivaient pas... Seule son amie Michèle se trouvait au courant et partageait son affolement.

« Ne me dis pas que tu as couché avec Jérémie !

– Deviens-tu folle ? Jérémie représente un ami au même titre que toi, Michèle. Je dirais même un frère. Penses-tu vraiment que je pourrais coucher avec lui ? Allons donc ! »

Les deux jeunes filles, un peu mal à l'aise, s'étaient empressées d'aller acheter en catimini un test de grossesse à la pharmacie du coin. Dans la salle de bain du sous-sol, leurs figures penchées au-dessus du bâtonnet affichant un deuxième trait rouge, signe d'un test positif, avaient manifesté la même consternation. Enceinte à dix-neuf ans, quel drame ! Et sans amoureux...

« Mon Dieu ! Qu'est-ce que je vais faire ? Je n'ai pas envie d'avoir un bébé, moi !

– Ma pauvre Juliette, je ne sais quoi te répondre. Il aurait fallu te protéger, ne pas négliger de prendre tes pilules. À tout le moins utiliser un condom…

– Ma mère va me tuer. Jamais elle n'acceptera ma situation. Quant au père… »

Le père se nommait sans équivoque Allen Faulkner. Depuis des lunes, Juliette n'avait pas baisé, sauf avec ce bel anglophone rencontré à la discothèque du Café Campus le mois précédent. Et il avait suffi d'une seule et unique partie de jambes en l'air pour déclencher la catastrophe.

Le grand blond aux cheveux bouclés l'avait immédiatement séduite. Il s'était présenté à sa table sans dire un mot, l'avait prise par la main et dirigée vers la piste de danse comme si elle lui avait appartenu de tout temps et n'avait pas le droit de refuser. Sidérée, elle s'était laissé porter sur les cadences endiablées, se déhanchant yeux dans les yeux devant le bel étalon, dans une simulation audacieuse de l'acte sexuel. Puis, les blues et les rythmes plus langoureux les avaient rapprochés, ils avaient pu se frôler, se humer, se cajoler, rendre encore plus aigu le désir qui montait, obsédant, hallucinant. Les jeunes « flos » de la classe de Juliette ou de son cercle d'amis du même âge ne faisaient pas le poids à côté de cet homme mature et sûr de lui, manifestement bien installé dans la vie.

Pendant les moments de pause où la soif ramenait les danseurs vers une bière fraîche, il lui avait montré ses cartes : Allen Faulkner, trente-deux ans, célibataire et homme d'affaires dans la région de Montréal et à l'extérieur du pays. Il possédait sa propre entreprise, un appartement et une voiture de l'année. En plus, il était beau comme un dieu, avec un brin de mystère dans le regard. Juliette n'y avait vu que du feu.

Ils avaient dansé toute la nuit. Elle s'était rendue à la discothèque en compagnie de Michèle et d'autres compagnons de classe pour célébrer la fin des examens de mi-session à l'École Polytechnique. Dans moins de deux mois, elle achèverait sa première année d'études dans cette grande maison des sciences appliquées où son père et sa mère s'étaient rencontrés et avaient obtenu leur diplôme d'ingénieur. Décidée à suivre leur trace, elle s'y était inscrite sans trop de conviction. Toutefois, plus le temps passait, moins le caractère trop rationnel de ces études lui convenait. Elle ne trouvait pas de place, à travers les énoncés scientifiques et les formules mathématiques, pour épancher ses tendances artistiques et le côté plutôt humaniste de sa personnalité. Chose certaine, elle avait l'intention de réviser son orientation avant la prochaine année.

Elle en avait le temps et les moyens. Sa mère Geneviève avait bénéficié d'une énorme police d'assurance sur la vie, doublée à cause du décès accidentel de son mari Charles. Des placements judicieux avaient fait fructifier la fortune à laquelle s'ajoutait le salaire confortable de la spécialiste en génie aéronautique devenue cadre chez Bombardier. Juliette vivait dans l'abondance aux frais de sa mère et pouvait se permettre de rêver à de longues études. À moins, bien sûr, de se retrouver enceinte par inadvertance ! Cette grossesse avait bousculé tous ses projets.

Au cours de cette fameuse soirée, elle avait vu ses amis quitter la discothèque un à un en lui offrant de la déposer chez elle. Même Michèle l'avait quittée à regret.

« Tu es certaine de ne pas rentrer avec moi ? Il passe deux heures du matin !

– Ne t'en fais pas. Allen va me ramener à la maison, il me l'a dit. »

Elle n'avait pas précisé quelle maison. Il ne l'avait pas ramenée chez elle, mais plutôt chez lui, dans son luxueux condo de l'île des Sœurs, avec fenêtre panoramique sur le fleuve, éclairage tamisé et musique d'ambiance. Juliette, envoûtée par tant d'intérêt, croyait vivre un conte de fées. Évidemment, elle ne s'attendait pas à simplement « prendre un verre », ce faux prétexte déclencheur de bien d'autres aventures à l'horizontale. En effet, il lui offrit plus qu'un verre et sortit un petit sac de poudre d'un tiroir.

Pourquoi avait-elle accepté de sniffer cette substance ? Elle ne pouvait se l'expliquer, n'ayant pas l'habitude de succomber aussi facilement. À la vérité, elle ne buvait pratiquement jamais et détestait l'effet de la drogue. Si elle en avait tâté à de rares occasions au cours de son adolescence, c'était davantage par curiosité que par goût. Pour faire comme les autres. Cette fois, elle ne voulait sans doute pas déplaire à l'irrésistible séducteur.

Le lendemain matin, elle s'était réveillée complètement nue, seule dans l'appartement. Allen n'avait laissé aucune note, pas de café non plus dans le percolateur. Elle ne se rappelait plus rien. Hébétée, elle était rentrée chez elle en taxi et s'était rendormie pour le reste de la journée.

Geneviève, habituée aux décrochages de sa fille et à peine intriguée par son état de torpeur inhabituel, ne s'était pas doutée de sa mésaventure. Plus jeune, elle exigeait d'elle de l'aviser si elle ne rentrait pas coucher et préférait aller dormir chez une copine. L'adolescente protestait bien haut :

« Oh ! maman… Pourquoi te téléphoner aux petites heures du matin ? Ça te réveille pour rien. Je m'en vais toujours chez une amie, tu le sais bien ! Pas besoin de t'inquiéter !

– Tu m'appelles peu importe l'heure, compris ? S'il fallait qu'il t'arrive un accident… »

Juliette se demandait ce qui inquiétait le plus sa mère : les accidents de voiture ou d'autres genres d'accidents, conséquences directes de coucheries hasardeuses. Ne pouvait-elle pas comprendre que les mœurs avaient changé depuis « son » temps ? Aujourd'hui, les jeunes baisaient à gauche et à droite, cela faisait partie de l'apprentissage expérimental pour un adolescent à la mode. Par contre, le mec désigné pour reconduire les autres en voiture, à la fin d'une soirée, se privait de boire, contrairement aux pratiques d'autrefois où les baby-boomers, insouciants et enivrés d'alcool, conduisaient souvent en état d'ébriété avancée. Où donc se trouvait le danger ? Juliette exigeait le port du condom de la part de ses partenaires, et elle prenait la pilule en plus ! Quoique... ces derniers temps, sans soupirant attitré, elle avait quelquefois négligé d'avaler sa dose quotidienne.

À la longue, les appels à répétition et inutiles de la jeune fille, en pleine nuit, empoisonnèrent l'existence de la mère. Elle avait fini par abdiquer.

« C'est bon, je te fais confiance, désormais. Cesse de m'appeler au milieu de la nuit à tout bout de champ ! À dix-neuf ans, tu es assez grande pour savoir ce que tu fais. »

Assez grande ? Assez responsable ? Elle ne l'avait guère démontré puisqu'elle se retrouvait enceinte d'un parfait inconnu disparu dans la brume ! Un homme qu'elle n'avait pas revu et qui ne l'avait jamais rappelée même si elle avait laissé son numéro de téléphone sur la table de la cuisine avant de quitter son condo.

À la vue du test de grossesse positif, Michèle s'était montrée magnanime et avait posé une main bienveillante sur celle de sa copine.

« Il faut te débarrasser de ça, Juliette. Viens-t'en chez moi pour quelques jours. Dans les CLSC...

– Merci, Michèle, mais je n'ai pas envie de me faire avorter. Pas tout de suite, du moins. Je voudrais prendre le temps d'y réfléchir. C'est trop nouveau, trop inattendu. Un coup de masse ne m'aurait pas autant assommée.

– Si tu as besoin d'aide, je suis là.

– Toi, tu es une vraie sœur ! »

La vie n'avait pas fait ce cadeau à Juliette de la doter d'une sœur ou d'un frère. Elle avait huit ans à la mort de son père dans un accident de la route. Sa mère ne s'était pas remariée. Oh ! elle avait bien ramené une fois ou deux à la maison quelque vague compagnon, objet d'une aventure passagère, mais aucun homme n'avait sérieusement remplacé Charles Désautels. La fille et la mère cohabitaient sans trop d'esclandres dans leur maison cossue de Laval, sur le bord de la rivière des Prairies. Chacune usait de sa liberté à sa guise. On se croisait le matin ou on se retrouvait au cours d'un repas pris sur le coin de la table, ou, encore, on passait ensemble une soirée en pantoufles devant un film loué par l'une ou par l'autre, en grignotant des croustilles.

Autrefois, la mère connaissait par cœur l'agenda scolaire de sa fille et surveillait exagérément chacune de ses allées et venues.

« N'oublie pas l'examen de géographie de jeudi prochain. »

Ou bien :

« Ton entraînement de natation s'est terminé plus tôt aujourd'hui ? »

Ou encore :

« Tes exercices de piano, ne les as-tu pas un peu bâclés cet après-midi ? »

Juliette se sentait écrasée par trop d'amour et d'attention et avait parfois envie d'appeler au secours. Sa mère intervenait aussi dans le choix de ses amis et portait un jugement sur chacun des copains qu'elle ramenait à la maison comme s'il s'agissait de l'heureux élu qui allait devenir son gendre !

« Celui-ci ne me paraît pas trop imbu de lui-même, celui-là manque de sérieux, cet autre ferait l'affaire, mais vraiment, il semble de santé trop fragile. As-tu vu ce gabarit ? On dirait qu'il va s'effondrer au moindre coup de vent ! Ça ne fait pas des enfants forts, ça, ma fille ! »

Un jour, n'en pouvant plus, la fille avait vertement crié à sa mère de lui ficher la paix.

« Laisse-moi vivre, pour l'amour du ciel ! Je ne suis pas ta chose, maman ! Et arrête de me considérer comme une petite fille ! Je suis devenue une femme, maintenant, et je peux très bien gérer ma vie toute seule. Est-ce clair ? »

Elle était devenue une femme, en effet ! Cette grossesse... Quant à gérer sa vie toute seule... Les confidences faisaient de moins en moins partie du scénario des relations de la mère et de la fille. Juliette avait besoin d'air et d'espace. De liberté surtout. Pendant trop longtemps, sa mère veuve l'avait étouffée sous les petits soins et le bichonnage excessif, la considérant comme son unique raison de vivre et son seul centre d'intérêt. Petit à petit, Juliette s'éloignait d'elle et ne lui confiait plus ses « petites affaires ».

Elle avait hésité à lui annoncer son état de grossesse. Elle l'imaginait, levant les bras en l'air, désespérée : «Mais tu es folle ou quoi?» Elle avait préféré visiter Florence d'abord. Elle adorait son arrière-grand-mère. Après la mort de Charles, Florence avait eu la consolation de voir grandir Juliette. «La fleur de ma vie et ma véritable consolation», avait-elle l'habitude de clamer.

C'était sur la recommandation de l'aïeule que la jeune fille avait finalement décidé de poursuivre sa maternité. Elle se rappellerait toujours le soir où, emportée par ses souvenirs et en mal de confidences à cause de sa fin imminente, la vieille dame avait dressé l'inventaire de chacun des événements dramatiques de son existence. Elle lui avait tout confié : son mariage « obligé » avec Adhémar, les écarts de son mari avec les femmes en général et Andréanne en particulier, sa double paternité concernant Désiré et Olivier, sa haine et sa violence envers son fils et la terrible débâcle familiale déclenchée par les agressions sexuelles de Désiré sur son cousin et demi-frère Olivier et, plus tard, sur son neveu Charles. Elle avait pleuré en avouant la maladresse impardonnable de son propre silence.

Héritage déchirant dont Juliette avait tiré des leçons. Florence l'avait convaincue de renoncer à l'avortement par pur respect de la vie.

« Et surtout, lui avait-elle conseillé, ne t'avise pas d'épouser le père du bébé s'il n'en vaut pas la peine et si tu n'es pas certaine de l'aimer. Ça risquerait d'avoir des répercussions durant les soixante-dix prochaines années, crois-en mon expérience ! »

Toutes ces belles paroles avaient sérieusement fait réfléchir Juliette. Elle avait finalement opté pour la vie. Un bon matin, forte de sa décision, elle avait pris son courage à deux mains et avait appris sa grossesse à Geneviève.

« Tu vas devenir grand-mère bientôt, maman. J'attends un bébé.

– Quoi ? De qui ? Ne me dis pas que Jérémie et toi… »

Qu'avaient-ils donc tous à imaginer une idylle entre elle et Jérémie, l'ami d'enfance, le compagnon, le grand frère spirituel, le dernier avec qui elle coucherait ?

« Jérémie est mon copain, pas mon amant ! Non, le père… euh… je ne sais trop…

– Tu ne sais trop ? »

Juliette s'était mise à sangloter comme un bébé. Contre toute attente, sa mère l'avait prise dans ses bras comme autrefois.

« T'en fais pas, ma grande, je suis là. »

Elle avait été là, en effet, pour toute la durée de la grossesse, l'accompagnant aux rendez-vous chez le médecin ou à l'hôpital, préparant la chambre du bébé et sa layette. Michèle et Jérémie s'étaient montrés à la hauteur, eux aussi, entourant leur amie de leur attention. Cela faisait rire Jérémie quand il accompagnait Juliette au restaurant ou au cinéma et qu'on le prenait pour le futur papa.

Comme elle se trouvait en début de grossesse, la jeune fille avait terminé sa session d'études sans trop d'anicroches et avait passé les examens haut la main malgré les nausées du matin et une fatigue lancinante. Puis elle avait écoulé l'été paisiblement, à lire des romans sur la terrasse de la maison au lieu d'occuper un emploi d'étudiante. Geneviève, trop heureuse d'avoir trouvé une occasion pour la materner de nouveau, avait préféré voir sa fille se reposer au lieu d'exécuter un travail harassant en exhibant son ventre de plus en plus proéminent.

Il avait été décidé que Juliette entamerait sa deuxième année à l'École Polytechnique. Elle irait jusqu'à Noël, à tout le moins. Son désir de changer d'orientation fut relégué aux oubliettes. Pour le moment, mieux valait poursuivre des études déjà amorcées. On aviserait plus tard. Une chose à la fois !

La rentrée, à l'automne, s'était néanmoins avérée plus ardue. La motivation n'y était plus. Sans compter que la condition de Juliette, de plus en plus apparente et pour le moins surprenante, attirait tous les regards. Quoi ? Elle se trouvait enceinte ? On ne lui connaissait pourtant pas d'amoureux officiel… Petite cachottière, va ! Juliette était restée discrète sur le sujet. Pas question d'annoncer à la ronde que le père n'était jamais réapparu après le soir fatidique et ignorait totalement les conséquences de ses actes.

La grand-mère Nicole, la mère de Charles, s'était faite plus insistante en apprenant la nouvelle et ne s'était pas gênée pour questionner sa petite-fille.

« Où se trouve le père du bébé ?

– Il n'y a pas de père, grand-maman. Je n'ai pas d'amoureux.

– Comment ça ? Tu ne vas pas te marier avec le père ?

– Non. »

Juliette avait failli ajouter qu'elle n'avait pas envie de reproduire l'histoire de Florence, mais elle s'en garda bien, surtout quand la vieille ajouta, sur un ton acide :

« Quelle honte ! Il ne manquait plus que ça dans la famille ! »

La jeune fille n'aimait pas beaucoup sa grand-mère Nicole toujours à cheval sur les principes. Elle l'envoya paître mentalement. Cette femme acariâtre et guindée et sa sœur Isabelle avaient toujours refusé de revoir leur mère Florence et leur frère Désiré. À cause d'elles, une famille s'était dramatiquement et définitivement brisée. Juliette se réjouissait de voir sa propre mère visiter Nicole uniquement par politesse et de loin en loin. Florence valait mille fois mieux que sa vieille grincheuse de fille.

Dommage que Florence soit sérieusement tombée malade au milieu de la grossesse de Juliette. Elle aimait tant poser la main sur le ventre de la future maman en disant : « J'ai hâte de voir cet enfant, il possédera un peu de moi, je pense… » Les derniers temps, elle n'arrivait même plus à bouger ni à prononcer une parole. La voir partir pour l'au-delà avait procuré un soulagement général. La fin d'une souffrance.

Juliette se consolerait-elle jamais de la perte immense et profonde causée par sa disparition ? Le jour des funérailles, ébranlée par la demande de Désiré de devenir le parrain du bébé, elle avait reçu le châle de laine comme un cadeau du ciel. Les derniers jours précédant l'arrivée du bébé, cent fois elle avait pressé le vêtement rassurant sur son cœur, convaincue que sa chère Florence l'accompagnerait, de là-haut, tout au long de l'accouchement. Elle n'avait plus le choix de vivre cette expérience de la naissance, et cela la terrorisait.

Chapitre 4

« Allons, ma chouette, on pousse encore un coup ! »

Juliette hurlait à fendre l'âme en exhalant tout l'air que ses poumons pouvaient contenir. L'infirmière s'affairait autour du lit.

« Il ne faut pas forcer de la gorge, madame, mais du ventre. Allez, on essaye encore !

– Pousse avec moi, Juliette. Allez, on y va ! On prend une bonne respiration, on bloque et… une, deux, on pousse ! »

Geneviève semblait faire autant d'efforts que sa fille. Sans la présence de sa mère et ses encouragements, Juliette aurait eu l'impression d'y laisser sa peau. L'épidurale n'avait pas apporté le soulagement espéré. Les battements du cœur du bébé, enregistrés par un stylet sur un graphique et accentués par un amplificateur, remplissaient toute la chambre. La vie… Mais depuis quelques minutes, les bruits trahissaient la détresse de l'enfant. Il devait sortir de sa prison dans les plus brefs délais, sinon, il faudrait recourir à la césarienne.

« Allez, on pousse ! On pousse ! On pousse encore ! »

Les premières douleurs avaient débuté vers l'heure du dîner. L'infirmière, lors des cours prénatals, avait déclaré aux futures mamans que l'instant précis du départ vers l'hôpital constituait sans doute la dernière occasion pour le jeune couple de se retrouver encore tout seuls au monde.

« Ne précipitez rien, vous en avez probablement pour des heures à attendre. Profitez-en donc pour prendre un café ensemble avant de partir, et délectez-vous de ce moment unique en tête-à-tête. Il ne reviendra sans doute jamais. Votre enfant existera désormais entre vous deux, pour le meilleur et pour le pire. »

Juliette y avait songé l'espace d'une seconde. Ce moment précieux, elle aurait dû le savourer avec sa mère. Après tout, malgré les accrochages, elle l'adorait et, à ce moment précis, elle le ressentait de façon aiguë. Mais Geneviève, dans son énervement, n'avait pas de temps pour les sentimentalités. Encore moins pour un café ! Vite, il fallait partir au plus vite ! Elle ne se sentirait bien qu'une fois sa fille rendue à l'hôpital, entre bonnes mains.

Puis les contractions s'étaient intensifiées, de plus en plus régulières, de plus en plus douloureuses et, à la fin, de plus en plus insoutenables. Douze heures s'étaient passées depuis les premières douleurs, et ce fichu col refusait de s'élargir. On avait sorti la batterie de sérums et de médicaments pour accélérer le travail. Finalement, la dilatation avait fini par se compléter. Juliette devait maintenant pousser de toutes ses forces.

Jamais elle n'aurait cru qu'il fût si difficile de mettre un enfant au monde. Mais elle tenait maintenant à lui plus qu'à la prunelle de ses yeux. Dût-elle en mourir, elle lui donnerait la vie. Son fils vivrait.

« Encore un coup ! Ne lâche pas, ça s'en vient ! On peut voir ses cheveux ! On pousse, on pousse, on pousse ! »

Visage plissé, bras tendus et paumes ouvertes sur le monde, Jean-François Désautels lança finalement son premier cri quelques minutes avant l'arrivée de l'an 2001. Petit cri d'oiseau, faible balbutiement qui trahit bien la fragilité de l'homme, mais aussitôt interrompu par l'explosion de joie de la mère et de la grand-mère.

Juliette se sentit fondre quand on déposa ensuite son fils nu et souillé sur sa poitrine. Un bébé vigoureux, somme toute, et en pleine santé. Doucement, elle colla sa joue contre la sienne en lui murmurant des mots doux à l'oreille :

« Je t'aimerai tellement que tu auras des réserves d'amour pour toute ta vie... »

Elle ne se doutait pas que Florence avait répété les mêmes mots à l'oreille de chacun de ses tout-petits au moment de leur naissance.

« Qu'il est beau, ce petit-là, mon Dieu, qu'il est beau ! »

La nouvelle grand-mère ne tarissait pas d'éloges, riait et pleurait à la fois, remerciait le médecin, voulait aider l'infirmière, surveillait les signes vitaux, vérifiait le poids, faisait des appels téléphoniques, prenait des photos. Quand on lui remit le petit paquet enveloppé de langes et coiffé d'un bonnet de laine bleue, elle arrêta presque de respirer, les jambes coupées.

Elle s'approcha de sa fille, le regard brouillé par les larmes, et déposa un baiser sur son front.

«Merci, ma grande! Te voilà une mère, maintenant. Tout comme moi! La maternité représente une grande aventure, la plus belle chose qui puisse arriver à une femme, tu sais. Un cadeau de la vie! Tu ne seras plus jamais seule… Puisse cet enfant t'apporter autant de bonheur que toi, tu m'en donnes!

– Merci à toi aussi, maman! Dis donc, je me sens un peu frileuse. J'ai déposé un châle de laine sur le dessus de ma valise. Me l'apporterais-tu, s'il te plaît?»

Chapitre 5

2 janvier 2001

Ça y est! Le petit Jean-François a vu le jour avant-hier. Il s'en est fallu de peu pour qu'on lui remette la palme du premier bébé de l'année. Peu importe! Dans mon cœur, il est le bébé du siècle! Et sans doute le dernier de mon existence. Dire que ma pauvre Florence a manqué ce bonheur de quelques jours à peine...

Olivier m'a conduite à l'hôpital, hier, pour le voir. J'apprécie la présence de mon fils en ces jours tumultueux, trop lourds en émotions pour une vieille femme de quatre-vingt-trois ans. Une mort et une naissance en moins de dix jours, ouf! Ma bru Katherine a préféré rester auprès de son vieux père malade, à Kingston. Un autre qui ne passera pas l'année.

La mère, la grand-mère et le bébé se portent bien. Quand Juliette m'a remis son trésor vagissant dans les mains, j'ai senti monter un élan de tendresse. Un être si petit et en même temps si grand! Quel paradoxe! Dépendant des hommes, mais dont les hommes dépendent pour la propagation de leur race... À la fois frêle et fort, riche de cette pulsion de vivre plus puissante que tout... Doté de l'innocence des anges, mais portant aussi dans ses gènes les traits caracté-ristiques aussi bien que les tares de ses ancêtres... Une page blanche sur laquelle inscrire une vie, dessiner un destin...

Il n'y a pas si longtemps, il me semble, je prenais Juliette elle-même dans mes bras. Comme le temps nous file entre les doigts ! En pressant sur mon cœur le descendant de Florence, je me suis sentie vieille et inutile. Ma sœur a fait partie de la chaîne de vie de l'humanité dans sa démarche inexorable vers sa destinée. Maillon minuscule, certes, mais grâce à cette femme et à Adhémar, de nombreux petits-enfants et arrière-petits-enfants les prolongeront.

Pas moi ! Moi, quand je vais m'éteindre, je vais finir là, point final. Personne ne me continuera. Mon fils n'a pas eu d'enfant... Et puis non ! Nos traces laissées sur la planète ne sont pas que biologiques. J'ai inculqué des valeurs stables à Olivier, et il les a transmises à son entourage tout au long de son existence. La bonté, la générosité, le don de soi... Même s'il n'a pas procréé, il aura des héritiers spirituels. J'aurai des héritiers spirituels... Je me rappelle une photo prise en Bosnie où il tient un petit garçon blessé dans ses bras. Et cet hôpital bombardé dont il a dirigé la reconstruction... Une école aussi... Non, les liens du sang ne constituent pas l'unique héritage à l'humanité. On peut certainement y laisser d'autres traces.

J'ai longuement examiné le bébé. Cette petite tête ronde, ce duvet doux et soyeux, des sourcils si blonds qu'on les devine à peine, cette fine bouche déjà avide de prendre... Jean-François a-t-il compris mes souhaits secrètement formulés pour lui ? Délicatement, sa menotte s'est enroulée autour de mon doigt. Mon cœur a bondi.

La grand-mère Geneviève jubilait. Pourquoi donc la vie m'a-t-elle refusé cette joie ? À vrai dire, je n'ai jamais su pourquoi mon fils a renoncé à fonder une famille. Ou n'a pas réussi, qui sait ? Les abus sexuels dont il a fait l'objet durant son enfance en seraient-ils la cause obscure ? Je l'ai souvent secrètement soupçonné. Jamais il ne m'a confié ses véritables raisons. Comme pour plusieurs d'entre nous, le silence est resté son ultime refuge, ce lieu béni des dieux où l'on ne rend de comptes qu'à soi-même.

Je l'ai bien observé, dans la chambre d'hôpital. Il a jeté un œil distrait sur le poupon sans l'ombre d'un regret sur le visage. Son bonheur et la pleine réalisation de lui-même se trouvent ailleurs, de toute évidence.

Au déclin de la cinquantaine, mon fils semble couler des jours heureux avec sa femme toujours médecin à l'emploi de l'armée. Les déplacements vers d'autres pays se font plus rares. Maintenant consultant en stratégie pour les Casques bleus, il exerce sa fonction dans son bureau d'Ottawa, à mon grand soulagement. Finis l'anxiété et les jours d'attente sans fin devant le téléphone, finies les nuits d'insomnie après les effarantes nouvelles entendues à la télé annonçant la mort de soldats canadiens dans des contrées belligérantes. Mon fils vit désormais en paix et en sécurité, à l'abri des bombes et des attaques terroristes.

Adossé à la fenêtre, un énorme ourson bleu souriant placidement aux visiteurs de la chambre d'hôpital a attiré mon attention. Il portait une étiquette attachée au ruban de son cou : «À Jean-François, de son parrain. »

Lorsque, intriguée, je me suis informée auprès de Juliette au sujet de ce parrain, elle a pris un air énigmatique, mi-figue, mi-raisin, et a refusé de répondre. C'est un secret, paraît-il ! Ah ! bon… Il s'agit sans doute de l'un de ses amis. Étrange tout de même !

Elle semble ne pas avoir vu sa mère froncer les sourcils à l'évocation de ce fameux parrain…

Chapitre 6

Lorsque vint le temps de remplir, à l'hôpital, le formulaire officiel de certificat de naissance, Juliette inscrivit *Père inconnu* sur la ligne désignée à cet effet. Elle poussa néanmoins un soupir. Son enfant débutait dans la vie de manière boiteuse : déjà orphelin de père ! Peu importe, elle allait l'aimer doublement, il ne manquerait de rien !

Aussi, quelle ne fut pas sa surprise de recevoir, la veille de son départ du département d'obstétrique, un énorme bouquet accompagné d'une carte de félicitations portant une simple signature : « Allen. »

Quoi ! Comment avait-il su où la trouver, celui-là ? Qui l'avait informé ? Ils ne s'étaient jamais revus pourtant ! L'anglophone se doutait-il de quelque chose ? Dans l'esprit de Juliette, l'amant d'une nuit avait disparu à jamais de ses pensées. Il n'existait plus et voilà que, brutalement, il se manifestait d'une simple signature accompagnée de roses blanches, presque à la manière d'une apparition surnaturelle !

Elle en perdit l'appétit et le sommeil. Au cours de la nuit, à force d'y songer en se retournant sans cesse dans son lit, elle crut comprendre l'énigme : une seule et unique personne au monde avait pu rétablir le lien entre elle et Allen Faulkner.

À six heures du matin, n'en pouvant plus, elle composa le numéro de téléphone de Michèle.

« Dis donc ! J'ai reçu, hier, un bouquet de fleurs de la part d'un certain Allen. Ça sonne des cloches à tes oreilles ?

— Ne te fâche pas, Juliette. J'ai complètement perdu la tête. J'avais bu, la veille du jour de l'An, et, découvrant par hasard ton bel Allen en train de se dandiner avec une fille dans une discothèque alors que je te savais en douleurs dans une salle d'accouchement, je n'ai pu résister à l'envie de l'engueuler royalement. Il a sursauté, évidemment, en apprenant les conséquences de sa rencontre avec toi, mais il a vite protesté de son innocence. Cette paternité présumée restait à prouver, selon lui. Puis il a rapidement changé de sujet. J'ai supposé qu'il ne m'avait pas crue et j'ai oublié finalement l'incident. Excuse mon indiscrétion. Ainsi, il t'a envoyé des fleurs, le scélérat !

— Ouais…

— À bien y songer, tant mieux s'il réapparaît dans le décor ! Après tout, ton fils a le droit de connaître son père, non ?

— Celui-ci, je n'en suis pas certaine. »

De toute manière, cela ne regardait pas Michèle. Il ne lui incombait pas de décider si oui ou non Allen Faulkner méritait une place dans la vie de sa copine et de son bébé. Elle aurait dû se mêler de ses affaires ! Juliette réprima un mouvement de colère. Elle aimait bien Michèle, mais elle la trouvait parfois tête-en-l'air. Au bout du compte, elle préféra se taire. Elle n'allait tout de même pas se disputer le jour de l'arrivée de son fils dans sa demeure !

Quelques heures plus tard, on frappa quelques coups à la porte de la chambre alors que, sur le point de quitter l'hôpital, elle rangeait tranquillement ses effets et ceux du bébé dans la valise.

« Entre, maman !

– Ce n'est pas maman, c'est papa ! *Hi ! darling, it's me !*[1] »

Ahurie, elle vit entrer Allen arborant un sourire crispé. L'homme semblait plutôt mal à l'aise. Juliette éprouva instantanément un plaisir inquiétant à reconnaître le beau visage, la carrure et la prestance du bel anglophone. Il se dirigea directement vers le berceau de l'enfant sans un regard pour elle.

« Cet enfant est de moi, paraît-il ? Du moins, c'est ce que tu as annoncé à toute la ville, on dirait ! Je viens vérifier les ouï-dire.

– Toute la ville ? Personne n'est au courant à part ma mère, mon amie Michèle et mon copain Jérémie, je te ferai savoir ! Et pas besoin de vérifier, tu es bien le père de ce bébé. Toi qui m'as violée comme un méchant profiteur et ne m'as plus donné de nouvelles. Belle écœuranterie, mon cher !

---

1 *Bonjour, chérie, c'est moi !*

– Si je me rappelle bien, tu te montrais pas mal consentante, cette nuit-là ! Et puis, les filles peuvent prétendre n'importe quoi ! Avec combien de gars avais-tu couché, ce mois-là, ma belle ? Toi seule connais la vérité là-dessus.

– Avec personne d'autre ! J'ai couché avec toi seulement, Allen Faulkner ! »

Elle faillit répondre : « Et les gars, ils peuvent coucher avec mille filles et fabriquer mille bébés sans en assumer les conséquences, je suppose ? » Mais elle se mordit les lèvres et lança plutôt, sur un ton péremptoire :

« Mon fils n'a pas besoin d'une crapule comme toi pour père. Tu m'as droguée et sans doute violée. Tu peux repartir et ne plus revenir. Il est trop tard maintenant, va-t'en ! Va au diable !

– Je veux savoir, Juliette.

– Puisque je viens de te le dire ! Ai-je l'air d'une menteuse, moi ? Que cherches-tu au juste ? À prendre en charge l'éducation de ton enfant ? Tu veux rire ! C'est encombrant, un bébé, pour un célibataire libertin comme toi. Et ça coûte cher, énormément cher ! Et pas seulement en argent, mais en don de soi. Penses-y à deux fois, Allen. Tu ferais mieux de me ficher la paix et de t'en retourner chez toi dans ton beau château.

– Pourquoi me repousses-tu de la sorte ? Si je suis vraiment le père, je peux assumer mon rôle et mes res-ponsabilités.

– Je ne t'ai rien demandé ! Tu n'es qu'un abuseur ! Va-t'en ! Je n'ai pas confiance en toi. De toute façon, mon fils a déjà un parrain pour s'occuper de lui. »

Juliette ne croyait absolument pas à cette dernière déclaration au sujet du parrain. Comme si Désiré allait prendre l'enfant en charge ! Allons donc ! Elle fabulait et disait n'importe quoi ! Chose certaine, elle sentait d'instinct qu'il valait mieux éloigner cet homme malgré la fascination qu'il exerçait sur elle.

Allen plongea ses yeux bleu-gris dans ceux de Juliette en posant lourdement sa main sur son épaule. Il semblait déterminé. Elle se demanda qui était ce type. Que lui voulait-il ? Que pouvait-il y avoir derrière ce regard métallique insistant mais silencieux ? Elle se sentit défaillir. Il s'en fallait de peu pour qu'une fois de plus elle succombe au charme de l'ensorceleur. Mieux valait le voir disparaître à jamais dans le néant, lui et ses entreprises de séduction. Lui et ses pseudo-sentiments paternels… Lui et sa poudre… Elle n'avait pas besoin d'un étranger pour élever son enfant. Il ne lui était rien, rien d'autre qu'une belle aventure d'un soir terminée en désastre. Rien de plus. Elle préférait demeurer seule et gérer ses affaires à son gré. Allen Faulkner ne faisait pas partie de ses plans.

« Juliette, j'aimerais passer des tests d'ADN pour prouver tes allégations. »

Ses allégations ! Il en avait de bonnes ! Pourquoi lui aurait-elle menti ? D'ailleurs, elle ne lui avait pas couru après. Elle en voulut à Michèle d'avoir trop parlé. Avec sa grande langue, elle avait tout chambardé. Quelle piètre amie elle faisait tout à coup !

« Va te faire foutre, Allen Faulkner ! »

Contrairement à toute attente, l'homme se pencha au-dessus d'elle et l'embrassa voluptueusement sur la bouche. D'abord réticente, elle ne résista pas longtemps et sentit monter une pointe de désir, comme une brûlure. Cet homme était fou. Et il la rendait folle ! À bien y songer, il lui faisait peur.

Une infirmière ouvrit soudain la porte et demeura interdite devant le couple en train de se tripoter. Un peu mal à l'aise, la femme se tourna vers Allen et il lui offrit son sourire le plus désarmant.

« Vous êtes l'heureux papa, je suppose ? Mes félicitations ! Vous avez un adorable bébé. Le plus mignon de la pouponnière ! »

Juliette vit Allen gonfler le torse et répondre, tout guilleret :

« Évidemment, il sera beau comme son père ! »

Une fois l'infirmière sortie de la chambre, il se leva et s'apprêta à la suivre. Mais, avant de franchir la porte, il se retourna vers Juliette.

« Si tu refuses de reconnaître officiellement ma paternité, je vais demander à cette femme comment procéder pour passer les tests. On va tirer les choses au clair une fois pour toutes.

— Et si, moi, je n'accepte pas de laisser piquer mon bébé pour ces analyses stupides ?

– C'est ce qu'on verra ! Tu n'auras pas le choix, ma belle. Tous les enfants du monde ont droit à leur père, et le père, à ses enfants, non ? Si tu ne l'admets pas, je vais me charger de te le prouver. Je vais revendiquer mes droits, *darling*, aussi simple que cela ! Et tu ne gagneras pas la partie, je t'avertis.

– Que cherches-tu au juste ?

– Mais… je veux fonder une famille, moi ! Penses-y comme il faut, Juliette : un père, une mère, un enfant. Rien de nouveau sur la planète, il me semble !

– C'est que, Allen, tu n'as pas vraiment le genre ! »

Elle ravala sa salive. Comment se débarrasser de cet agent du diable ? Geneviève arriva sur les entrefaites et se buta à l'inconnu sur le point de quitter.

« Mes hommages, madame, votre petit-fils est magnifique !

– À qui ai-je l'honneur ?

– Maman, je te présente Allen, un vieux copain à moi.

– Enchanté, belle-maman. Vous possédez aussi une fille exquise. On s'en reparlera pour les tests, n'est-ce pas, Juliette ? *Ciao* ! »

Fascinée par le charme fou de l'homme, Geneviève lui donna une solide poignée de main et le suivit du regard jusqu'à sa disparition derrière la porte. Puis elle s'écria, éblouie :

« Dis donc, tu ne me l'avais jamais présenté, celui-là ! Wow ! S'agit-il d'un étudiant de ta classe ? Mais j'y pense ! Je n'ai pas rêvé : il m'a appelée belle-maman,

n'est-ce pas ? Je le prendrais bien pour gendre, moi !
Mais n'a-t-il pas parlé de tests ? Des examens de maths,
je suppose ?

   – Euh… non, pas tout à fait ! Écoute, maman, mon
congé est déjà signé. Si on déguerpissait d'ici ? »

Chapitre 7

17 février 2001

La petite fête tenant lieu de baptême organisée par Juliette à la résidence de sa mère, à Laval, s'est avérée plutôt ratée. Étrange fête que la célébration d'une naissance sans la présence du père de l'enfant et sans cérémonie à l'église. Profitant de la Saint-Valentin, elle avait invité une dizaine d'amis de son âge qui ont accepté d'emblée de venir sabler le champagne. Michèle s'est pointée les bras remplis de cadeaux, Jérémie a déposé également au pied du bébé un énorme camion de pompier parmi des dizaines d'autres paquets pour la plupart emballés dans du papier bleu.

On ne tarissait pas d'éloges sur la beauté du poupon vêtu d'une antique et somptueuse robe de baptême. Fort éveillé pour un bébé d'un mois et demi, l'enfant se laissait prendre et admirer, prodiguant ses sourires à gauche et à droite. De grands sourires édentés qui faisaient s'attendrir les adultes !

Juliette s'est sentie dans l'obligation de demander également à certains membres de la famille de se joindre à la fête : sa mère, bien sûr, puis ses grands-parents, oncles et tantes, et moi-même dans le rôle de douairière. La pauvre avait naïvement rêvé que l'arrivée de son bébé constituerait un motif suffisant pour recréer des liens trop longtemps dissolus dans la famille. Évidemment, elle s'est leurrée royalement! On ne réveille pas les morts! Désiré, selon son habitude, a décliné l'invitation sous un vague prétexte et à la dernière minute, comme tout le monde s'y attendait. Je savais bien, moi, que Nicole, Isabelle et Désiré refuseraient une confrontation qui risquait de tourner vite à l'échauffourée.

Au nom de quoi, d'ailleurs, serait-il venu? Ma sœur Florence a maintenant cessé de souffrir de ce clivage familial, et la paix règne dans l'existence de chacun depuis des décennies. Pourquoi la menacer? Les rancœurs ne s'éteignent jamais complètement, il en reste toujours quelques moisissures enfouies au fond des jardins secrets. Que sert de ressasser le passé, on ne peut le reconstruire sur des actes de contrition. Il doit s'effacer devant l'avenir. Mieux vaut vivre le présent au jour le jour sur des pages parfaitement blanches et vides de regrets. Désiré a démontré une certaine sagesse par son absence.

Marie-Claire, quant à elle, s'est présentée en retard et seule, les yeux rougis. Elle apportait une mauvaise nouvelle à faire frémir, et cela a jeté un froid sur la fête. Sa sœur Isabelle venait de recevoir la confirmation, le matin même, de la récidive du cancer après douze ans de rémission. Myélome multiple. Cette fois, ses jours semblent sérieusement comptés. Il s'agit d'une question de mois, sinon de semaines. Cette nouvelle a jeté la consternation. Déjà que les jeunes amis de Juliette se sentaient mal à l'aise en présence de la parenté...

La jeune maman a tout de même tenté de créer une diversion en affirmant à la ronde que tous les enfants de Florence, dont sa grand-mère Nicole elle-même, l'oncle Désiré, ses tantes Isabelle, Marie-Hélène et Marie-Claire, les jumelles, avaient été baptisés dans la robe portée par Jean-François. Plutôt sèche, Nicole a rétorqué d'une voix cassante que ce trousseau avait porté malheur à la famille Vachon. Cette bavure a eu l'effet d'un soufflet et a fait tomber le silence sur l'assemblée déjà attristée par l'annonce de la maladie de la tante. Juliette, exaspérée, s'apprêtait à répliquer quand j'ai vu Geneviève lui assener un discret coup de coude. Mieux valait se taire.

L'ami Jérémie était-il au courant des dissensions dans la famille ? Habilement, il a bondi de sa chaise et, s'approchant de ma nièce, a réussi un superbe détournement de l'attention. Il a levé son verre « à la courageuse et extraordinaire mère qui n'a pas hésité à donner la vie à ce merveilleux enfant malgré des circonstances difficiles et l'absence de père ».

Cette fois, Juliette n'a pas réussi à garder contenance et a pris un air effaré. Je me demandais bien ce qu'elle allait répondre. Elle n'a pas tardé à lancer, au grand étonnement de tous : « Pas si absent que ça, le père ! J'ai reçu, hier, le résultat des tests d'ADN qu'une lettre d'avocat nous a obligés, mon fils et moi, à passer au début de janvier. Allen Faulkner est bel et bien le père de mon enfant, d'après les résultats. Aussi bien se faire à l'idée ! Et le monsieur se dit prêt à faire valider sa paternité devant un juge prochainement, si ça s'avère nécessaire. En tout cas, je peux vous *certifier que mon fils portera le nom de Désautels et non celui de Faulkner! Oh yes!»*

Ce discours a eu l'effet d'une douche froide. Ainsi, Jean-François possède deux parents étrangers qui se connaissent à peine... Pauvre petit! Peut-on rêver au bonheur dans une conjoncture aussi singulière? L'atterrement se lisait sur tous les visages. On s'est empressé d'ouvrir les cadeaux, de lire les cartes de bons vœux, de s'exprimer trop haut et trop fort, de rire d'un éclat trop vif qui sonnait faux.

Pauvre, pauvre petite Juliette, à la fois si brillante et si candide. Elle a peut-être hérité des yeux verts de son arrière-grand-père, mais, pour le grand cœur et la détermination, pour la grande sensibilité, je sais, moi, de qui elle tient!

Je souhaite néanmoins une longue et heureuse vie à Jean-François, pour l'instant l'ultime maillon de la chaîne de vie reliée à la souche ancestrale de mes parents, Camille et Maxime Coulombe, dont personne au cours de la fête n'a songé à évoquer les noms.

Le silence s'est replié sur eux comme il le fera sur moi avant longtemps...

Chapitre 8

Juliette brassait bruyamment son café avec sa cuillère depuis plusieurs minutes sans s'en rendre compte. Jérémie l'arrêta doucement d'un geste de la main.

«Calme-toi, Juliette, moi, je ne t'abandonnerai pas.

– Je veux bien, mais ce n'est pas toi le père! Je ne connais même pas ce gars-là, moi! Tout ce que je sais de lui, c'est l'endroit où il habite. Il semble bien nanti, propre et ordonné. Et il est super beau, rien de plus, tu te rends compte? Et parce que je l'ai laissé abuser de moi une seule fois en respirant sa maudite drogue, voilà qu'il débarque dans ma vie! Regarde bien ça: avant longtemps, il va réclamer ses droits paternels, exiger la garde de Jean-François une fin de semaine sur deux, et se dira prêt à se défendre au tribunal de la famille. Il s'agit seulement d'une question de temps, je n'en doute pas une seconde. Tu vas voir!

– Tu t'en fais pour rien! Quand un juge va l'obliger à t'envoyer des chèques à chaque mois, il va déchanter, ton mec!

– Rien de moins certain! J'ai déjà reçu un montant de cinq cents dollars de sa part par la poste, la semaine dernière, sans le lui avoir demandé. Je ne sais même pas où il a déniché mon adresse ! « Pour les couches et autres dépenses », qu'il a écrit sur le court message glissé dans l'enveloppe avec le chèque. J'ai l'impression que l'argent ne représente pas un problème pour lui. Il y a au moins ça de positif dans toute cette histoire.

— Et comment ce type-là gagne-t-il sa vie ?

— Aucune idée. Si je me rappelle bien, il possède sa propre compagnie de je-ne-sais-trop-quoi. Distribution, je crois. Ou quelque chose du genre. Il me semble l'avoir entendu parler vaguement d'une succursale en Amérique du Sud.

— Voilà au moins un bon point pour lui. Ça élimine certains problèmes.

— Je me fiche de sa compagnie et de son beau petit cul ! Je veux la paix, moi, rien de plus ! Et surtout, je refuse de lui confier mon Jean-François, ne serait-ce qu'une heure par mois. J'ignore tout de cet homme-là, tu te rends compte ? Et il ne me dit rien de bon ! Mon bébé m'appartient, il n'est qu'à moi. À moi toute seule, à moi, à moi… »

Elle se mit à renifler. Mal à l'aise, Jérémie triturait la main de Juliette dans la sienne. Ce vendredi-là, Geneviève Désautels avait obligé sa fille à sortir. Elle la voyait épuisée, amaigrie et les yeux cernés, obnubilée par les soins du bébé qu'elle devait allaiter toutes les trois heures, jour et nuit.

« Sors de la maison, va danser ou va manger au restaurant, oublie tout ça pendant quelques heures, que
diable ! Sinon, tu vas devenir folle !

– Oui, mais la tétée… »

La jeune fille s'était attachée à l'enfant au point
d'hésiter à le confier à sa mère, même pour un court
laps de temps, et cela piquait Geneviève au vif.

– Je t'ai bien réchappée, toi, quand tu étais bébé ! Je
suis encore très capable de donner un biberon, tu sauras ! Et il n'en mourra pas, ton trésor. Tu te dégorgeras
les seins au retour, voilà tout ! Allez, ouste ! Je ne veux
pas te revoir avant minuit. »

Juliette ne s'était pas fait trop tirer l'oreille et avait
finalement appelé Jérémie. Depuis la naissance du
bébé, son univers tournait exclusivement autour du
petit. Allaitement, changements de couche, bains,
lavages, elle n'en finissait plus ! La coupure d'avec
la vie courante normale d'une jeune fille de son âge
s'avérait trop brutale. À peine quelques jours avaient
séparé ses derniers cours à l'École Polytechnique de la
tâche exclusive et astreignante de mère monoparentale.
Juliette se retrouvait tout à coup enfermée dans une
maison sans autre alternative que de prendre soin d'un
bébé. Plus le temps de lire, d'écrire, de sortir, plus de
place pour la liberté. Même plus de temps pour les
longues séances de « placotage » au téléphone avec les
copines. À peine trouvait-elle le moyen d'entretenir ses
ongles et sa longue chevelure aux nuances châtaines.

Juliette Désautels se trouvait sur une autre planète. Une bulle isolée dans l'univers nébuleux du maternage…

À dix-neuf ans, on a besoin de bouger, de voir du monde, de vivre des aventures. On a besoin de relever des défis, d'élaborer des projets, de dessiner l'avenir. On a besoin de rêver… Des projets d'avenir, Juliette n'en avait plus guère, sinon celui de soigner son enfant et de le regarder grandir. Sa vie venait de prendre des allures d'entonnoir.

Certes, elle adorait Jean-François, mais la perspective de devoir lui consacrer la totalité de ses jours prenait l'aspect d'un long tunnel opaque se rétrécissant et la cernant de toutes parts. Elle ne pouvait plus voir l'horizon. Elle ne retournerait pas à Poly à la prochaine session. De cela, elle avait la certitude, mais où aller ? Le choix d'une autre profession ne l'intéressait même plus. Qui s'occuperait du petit ? Même les longues études ne lui disaient plus rien. Que désirait-elle au juste ? De quel côté orienter sa vie ? Écartelée entre son amour maternel et sa soif légitime de liberté, elle ne savait plus. Tout semblait chambardé et sens dessus dessous dans son existence. Et, pour le moment, elle se sentait trop abrutie pour y réfléchir.

Bien sûr, Geneviève lui donnait un coup de main aussi souvent qu'elle le pouvait, mais son travail exigeant d'ingénieur l'obligeait à de bonnes nuits de sommeil. Pas question pour elle de se lever à deux ou trois heures du matin pour donner un coup de main à sa fille. Elle partait tôt pour le boulot, une pile de dossiers sous les bras, et revenait souvent tard le soir, sans avoir soupé. Elle aurait apprécié, en rentrant, être parfois assaillie par les arômes d'un bon repas en marche. Hélas, rien n'était jamais préparé ni même planifié.

Accueillie par une fille de toute évidence dépassée, elle pénétrait plutôt dans un capharnaüm. Tout paraissait à la traîne dans la maison : vaisselle sale sur le comptoir, lit de bébé, poussette, balançoire, douillettes, débarbouillettes, piqués, coussins d'allaitement, hochets, toutous, sacs de couches encombraient tout l'espace, sans parler des hurlements du petit prince agressé par les coliques, principalement en fin de journée. La pauvre grand-mère poussait un soupir. Cette situation n'allait pas durer éternellement, elle devait prendre son mal en patience.

La venue du bébé avait néanmoins rapproché la mère et la fille. Juliette se rendait compte tout à coup des soins prodigués autrefois par sa mère. Se pouvait-il qu'elle l'ait chérie aussi tendrement, prête à tout donner d'elle-même sans hésitation ? Et cet amour inconditionnel auquel, adolescente, elle n'avait pas toujours répondu existait encore, elle le constatait bien maintenant. Elle avait beau dire, sa mère savait très bien comment s'y prendre avec un bébé, comme si elle n'avait rien oublié. À la vérité, la jeune fille maladroite se sentait en sécurité auprès d'elle. Elle lui sauvait la vie !

Ce soir-là, Geneviève avait pris sa fille en pitié et lui avait ordonné de sortir pour se changer les idées.

« Sors donc ! À un moment donné, ça devient aussi essentiel que de prendre des vitamines, ma fille ! »

Et Juliette s'en était allée au cinéma avec Jérémie, en fin d'après-midi, pour voir un film d'amour qui finissait bien. Ah ! le beau Brad Pitt !… Elle n'aurait pas dû choisir ce film-là. Il lui avait donné la conscience aiguë de ce qu'elle ne vivait pas : pas de place pour la romance et la poésie dans son existence. Pas d'histoire d'amour non plus. Elle pouvait mettre une croix là-dessus ; les belles histoires d'amour n'existaient que dans les films ! Quel fou voudrait d'une jeune fille encombrée d'un bébé pour le reste de ses jours ? Un bébé déjà fait, l'enfant d'un autre… Quelle entrave à sa liberté ! De quoi faire fuir les plus beaux gars de la planète, pour sûr !

Sans cesse, l'image imposante du père de Jean-François remontait à la surface, comme une obsession incontrôlable. Allen Faulkner… Après l'avoir froidement informée du résultat des tests génétiques, il n'était pas réapparu dans le décor. Comme il eût été sublime de partager avec lui l'émerveillement de la maternité et de la paternité, comme il eût été doux de s'émouvoir ensemble auprès de leur petit trésor… Tout ce qu'elle avait reçu de lui consistait en un bouquet de fleurs apportées à l'hôpital par un livreur, un baiser troublant, et une lettre d'avocat exigeant des analyses de laboratoire. À bien y réfléchir, mieux valait garder cet homme à distance. Et même s'en méfier !

À la sortie du cinéma, Jérémie l'avait amenée manger un steak chez le Grec. Devant son air morose, il avait gentiment tenté de la rassurer.

« Allons, Juliette, tu es belle comme un cœur, et intelligente par surcroît ! Le jour où tu t'y attendras le moins, un gars va passer...

– Ce n'est pas demain la veille !

– Donne-toi le temps ! Ton bébé n'aura pas toujours trois mois. Il va grandir, aller à la garderie, tu vas pouvoir respirer un peu, retourner à l'école... »

Il pouvait bien parler, lui ! Dans deux ans, il aurait terminé son baccalauréat en enseignement au primaire. Sans doute épouserait-il sa belle Amélie... ou une autre ! Il avait beau protester et affirmer à Juliette qu'il ne se marierait jamais à ce genre de femme « bonne uniquement pour la couchette », cette relation perdurait sans anicroche depuis des mois, et Juliette y prévoyait une issue heureuse.

Ce ne fut pas long avant que la conversation ne glisse sur le fameux Allen, maintenant père officiel de Jean-François. Ce père qui n'avait jamais pris son enfant dans ses bras. Pas encore... Mais cela n'allait pas tarder, Juliette en avait l'intuition.

« Tu sais, Jérémie, cet homme-là me fascine et me fait peur en même temps. Je m'explique mal pourquoi il s'est acharné à faire reconnaître sa paternité. Ces satanés tests de laboratoire coûtent une fortune ! Je te le dis : ça relève du mystère pur et simple, car il ne s'est pas montré la face par la suite. Tu ne trouves pas ça étrange, toi ?

– Maintenant qu'il a établi officiellement et légalement sa paternité, il aura tout le loisir de faire valoir ses droits de père un jour ou l'autre. Pourquoi, je l'ignore ! Qui pourrait deviner ce qui se trouve derrière la tête de ce type-là. Tu as raison, cette affaire me paraît plutôt énigmatique. Il te faudra user de prudence, ma chouette.

– Il ne connaît même pas le petit, tu te rends compte ? Ah ! tout ça m'énerve sans bon sens ! Comment peut-il lui être attaché ? Que lui veut-il ?

– C'est humain, ça, Juliette ! Nous, les hommes, sommes placés dans une position très frustrante. On fait l'amour une seule fois et, bingo ! il en ressort, au bout de neuf mois, un bébé issu de notre propre substance, avec nos gènes, notre caractère et, bien souvent, notre visage en miniature. Tu parles d'un miracle ! Malheureusement, entre l'orgasme d'un soir et la naissance d'un être humain à notre image, il existe tout un processus de développement appartenant exclusivement aux femmes. Ça nous échappe complètement. C'est injuste, à la fin ! L'envie et le besoin tangible de devenir parent existent autant chez les hommes que chez les femmes, que je sache !

– Ah ! oui ? Je n'avais jamais vu les choses sous cet angle. Mais ne compte pas sur moi pour compatir avec les hommes ! Admets qu'ils profitent bien de leur situation d'irresponsabilité, ces trousseurs de jupons, ces cavaleurs, ces maquereaux, ces profiteurs, ces...

– Les hommes ne sont pas tous des sans-cœur comme tu sembles le croire, Juliette. Ton *bozo* réagit normalement, fasciné par sa paternité. J'agirais de même si, un jour, j'apprenais avoir fabriqué un bébé à mon insu ! Attends-toi à voir ton gars rebondir un jour ou l'autre. Si ton bébé est réellement son fils, c'est-à-dire le prolongement de lui-même, il a le droit légitime de le connaître et de l'aimer. Et Jean-François aussi a droit à son père, ne l'oublie pas !

– Hum... tu as peut-être raison. »

Quel précieux ami que ce Jérémie ! Pour Juliette, il avait toujours représenté un pilier dans sa vie. Solide et sécurisant. Ils s'étaient connus à la petite école, et leur cheminement parallèle, d'une classe à l'autre, les avait gardés en contact jusqu'au collège où chacun avait pris une direction différente. Mais ils avaient continué à se fréquenter assidûment, soit en présence de leurs amis communs, soit en tête-à-tête pour se confier mutuellement leurs petites aventures et les hauts et les bas de leur vie d'étudiants.

Quand elle lui avait raconté dans quelles circonstances elle s'était retrouvée enceinte, il avait fortement réagi, la traitant d'imprudente et de téméraire. Cela n'avait pas de sens de jouer ainsi avec le feu dans le lit d'un pur étranger.

Et voilà que maintenant il semblait pencher du côté d'Allen, prêt à l'absoudre et à valider son rôle de père.

Cette incohérence déroutait la jeune fille. Soudain, elle n'avait plus envie d'en discuter.

« Dis donc, si on rentrait ? J'entrevois un bébé en train de pousser les hauts cris à l'heure qu'il est. Regarde mes seins, ça a coulé à travers mon chandail. Il me suffit de songer à Jean-François pour déclencher une montée de lait, croirais-tu ça ? Je trouve cela extraordinaire. La grandeur de la survie, la force de la nature… »

Jérémie jeta un regard oblique sur la poitrine de la jeune fille et se garda bien de riposter. Mais il se mit à rougir jusqu'à la racine des cheveux. Cela n'échappa pas à Juliette et lui donna envie de rire. Ah ! comme les hommes pouvaient s'avérer compliqués parfois !

Ils se quittèrent à la porte du restaurant avec un rapide baiser sur la joue et la promesse de se revoir très bientôt. Si son fils n'avait pas de père, il aurait sûrement un adorable oncle Jérémie. Cette pensée la rassura.

« On se "e-mail", hein ?

– Sans faute ! »

Lorsque Juliette tourna le coin de sa rue avec sa Saturn, elle aperçut une voiture inconnue devant l'entrée de sa maison.

« Ah ? »

Chapitre 9

L'homme turlutait un air d'opéra dans la cuisine en brassant des casseroles. Costaud, chevelu, moustachu, la cinquantaine pétillante, le géant prenait toute la place sous le regard admirateur de Geneviève et l'exaspération de Juliette. A-t-on idée de fabriquer des crêpes à sept heures du matin, le samedi? Le pinson, ou plutôt le corbeau, ne pouvait-il pas laisser dormir le monde normal et les mères qui ont allaité un bébé à deux reprises durant la nuit? Juliette n'arrivait pas à supporter cet intrus, cet inquisiteur, ce malotru, ce... Roland de malheur!

Depuis plus d'un mois, l'énergumène en question avait pris l'habitude de venir passer les week-ends chez Geneviève et sa fille. Tout avait débuté le soir de la sortie de Juliette avec Jérémie. Au retour, elle avait découvert l'envahisseur assis au salon avec le bébé, SON bébé, hurlant dans ses bras aux côtés d'une Geneviève rayonnante et vraisemblablement amoureuse. Pour qui se prenait-il, celui-là? Un grand-père improvisé?

Depuis longtemps, la femme ingénieur louchait du côté de ce compagnon de travail, comptable de profession et veuf par surcroît. Elle ne tarissait pas de compliments à son sujet : vif et intelligent, aimable, gentil, cultivé, invariablement joyeux et… libre ! « Trop joyeux ! » songeait Juliette, incapable de se rendormir après la tétée de six heures du matin. « Qu'il aille se faire foutre, ce gros malappris ! »

Dieu merci, elle entrevoyait maintenant une ouverture dans le tunnel souterrain de son existence. Une douce lueur surgie silencieusement dans un recoin de son cœur et qui risquait, si elle y faisait attention, d'allumer tout un brasier. Elle venait de découvrir le père de son enfant sous un angle nouveau, tout à fait inattendu. Allen…

Quand il l'avait appelée, quelques semaines auparavant, pour lui demander la permission de venir faire plus ample connaissance avec son fils, elle avait accepté avec un soupçon de condescendance et lui avait ouvert la porte en hésitant. Jérémie n'avait pas tort : elle se devait de respecter les droits de l'étonnant géniteur et, aussi, ceux de son fils. On verrait bien par la suite comment les choses se dérouleraient.

Elles se passèrent bien. Allen s'était amené, un matin, avec les bras remplis d'un assortiment complet de produits pour soins de bébé de marque reconnue, hors de prix : poudre de talc, crème hydratante, savon lubrifiant, lotion, tampons parfumés. Elle ne reconnaissait plus le séducteur sans scrupules et arrogant rencontré à la discothèque et plus tard à l'hôpital. Le premier sourire d'Allen Faulkner visait Juliette, cette fois. Avant même de pénétrer dans la maison, il avait pris, sur le pas de la porte, le visage de la jeune fille entre ses mains et l'avait considéré longuement en silence, comme s'il se retenait de lui confier un secret. Comme si son regard seul suffisait à traduire le désarroi qui semblait l'habiter... Puis, il s'était penché et l'avait embrassée doucement sur la bouche avec une ferveur qui avait dérouté Juliette.

« Bonjour, *darling*! Comment va ma petite maman? Toujours aussi belle, à ce que je vois! »

Ah! ces yeux d'acier... Juliette en avait perdu l'usage de la parole. Quel mystère habitait donc cet homme? Elle s'était attendue à de la confrontation et de l'argumentation, et voilà qu'en quelques secondes, il réussissait à l'amadouer totalement. Il portait maintenant la barbe, une barbe soyeuse et bien taillée, et cela lui conférait des allures fort séduisantes de penseur et de philosophe. Le regard prenait une intensité et une profondeur à faire chavirer une sainte. Le Brad Pitt du film de l'autre soir pouvait aller se rasseoir, il ne faisait pas le poids!

Elle l'avait dirigé directement vers la chambre du bébé aménagée à l'arrière de la maison. Il ne put s'empêcher de lancer un cri d'admiration.

« Wow! Mais tu habites un château, *sweetheart*!

– Je suis arrivée ici peu de temps après la mort de mon père. Maman s'amuse à rénover et retaper cette maison depuis dix ans. »

La chambre d'enfant baignait dans la pénombre. En entrouvrant la porte, une odeur moite de lavande saisissait les narines. Le bébé dormait à poings fermés, entouré de toutous et bien emmitouflé dans sa couverture de flanelle. L'homme s'était approché et, sans demander la permission, l'avait tiré du lit pour le soulever en l'air avec maladresse afin de l'examiner plus attentivement. « Il prend ses droits de père », n'avait pu s'empêcher de songer Juliette en le voyant agir de la sorte. Elle s'était gardée d'intervenir.

« Il a déjà grandi. Comme il est beau ! »

Puis, interdite, elle avait vu l'homme presser le petit paquet bleu sur son cœur, les yeux brillants de larmes. Image attendrissante qu'elle n'oublierait pas de sitôt… Par contre, si elle nota, l'espace d'une seconde, une vague éclaircie sur le visage d'Allen, elle remarqua par la suite une surprenante absence d'émotion. Rapidement, il avait repris son sourire enjôleur en allant déposer le bébé dans son berceau sans faire plus de commentaires. Puis il s'était alors tourné vers la jeune fille en fronçant les sourcils.

« Comment s'appelle-t-il déjà ?

– Jean-François.

– Ah ! oui… Jean-François… Ça ne me plaît pas tellement. J'aurais préféré Philippe ou Daniel, mais je suppose qu'il est trop tard pour changer ?

– Changer le nom de mon fils ? Jamais ! Il n'en est pas question ! Tu peux t'enlever ça de la tête ! Il s'appelle

Jean-François Désautels depuis quatre mois et il va garder ce nom-là pour le reste de ses jours, crois-moi!»

Le magnétisme avait duré dix minutes. Elle avait eu l'impression de repartir à la case départ et avait senti la moutarde lui monter au nez. De quel droit cet individu se permettait-il d'interférer dans le choix du nom de l'enfant? De quel droit?... Ils allaient en discuter, justement, de ce fameux droit! Et le plus vite serait le mieux! Elle avait tenté de retrouver sa contenance. «Calme-toi, ma vieille, sinon, tu vas perdre la partie. Comment arriveras-tu à faire valoir ton point de vue si la colère t'aveugle? Cet étranger a des droits et il est plus vieux et sûrement plus expérimenté pour négocier, ne l'oublie pas. Mieux vaut montrer patte de velours.» Elle avait rentré ses griffes et tenté de prendre une attitude conviviale.

«Puis-je t'offrir un café?

– Je préférerais une bière.

– À dix heures du matin?

– Avec la vie que je mène, il n'existe pas d'heures fixées à l'avance pour la bière.

– Parlons-en justement, de ta vie, Allen! Toi et moi avons certainement des choses à nous dire sur ce sujet!

– La vie que je mène ne te regarde pas, *darling*.

– Au contraire, je suis la première intéressée en tant que mère de ton fils. Allons, parle-moi de toi, tu veux bien? Dis-moi qui tu es, Allen Faulkner. Et surtout, dis-moi ce que tu veux et attends de moi. J'aimerais bien savoir pour quelle raison tu es revenu sans crier gare dans ma paisible existence. »

S'il disposait de grandes qualités pour la séduction, elle n'en manquait pas elle non plus ! Il allait voir… Elle s'était rapprochée de l'homme assis à ses côtés et, chatte, s'était pelotonnée tout contre lui. Mais la main posée sur le bras de l'homme restait glacée. Il n'avait pas mis de temps à prendre l'avantage dans la joute de la séduction. Avec recueillement, il s'était emparé de cette main et l'avait portée à ses lèvres avec ferveur, en fermant les yeux. Puis il avait commencé à souffler dessus comme s'il tenait l'objet le plus précieux du monde. Ce simple geste, plus que n'importe quelle parole, avait suffi à reconquérir la confiance de Juliette. Allons, Allen ne lui paraissait plus aussi inaccessible, finalement. Ils allaient se parler ouvertement, s'expliquer, se comprendre, trouver un terrain d'entente.

Il avait gardé le silence pendant un long moment, comme s'il devait faire un effort surhumain pour se livrer. Suspendue à ses lèvres, Juliette lui avait effleuré le visage du bout des doigts dans une ultime tentative pour reprendre le dessus. Elle avait fini par gagner la partie : il s'était éclairci la voix pour amorcer un long monologue.

« Je suis né en Angleterre, près de la frontière de l'Écosse, il y aura bientôt trente-trois ans. On m'a donné en adoption dès ma naissance à une famille qui est devenue dysfonctionnelle quelques années plus tard. Mon père adoptif s'est tué dans un accident de chasse, et ma mère ne s'en est jamais remise. Elle a sombré dans l'alcool et vécu de dépression en dépression jusqu'à ce qu'on lui retire ma garde. J'avais six ans à l'époque. À partir de ce moment-là, j'ai niché de foyer d'accueil en foyer d'accueil avec des séjours en alternance chez ma mère durant ses périodes de rémission. À dix-huit ans, j'ai coupé les ponts avec ce milieu malsain et décidé de suivre des copains au Canada, à Vancouver. Je ne devais plus jamais revoir ma mère.

– À Vancouver ? J'ai de la parenté là-bas : un cousin et une cousine. Lili et Nick Won, ça te dit quelque chose ?

– Mais non ! Comment veux-tu que je les connaisse ? »

Devant l'air excédé d'Allen, Juliette réalisa l'insignifiance de sa question. Mieux valait se taire et ne pas interrompre son élan. Mais il enchaîna aussitôt, emporté par ses souvenirs.

« À l'époque, je ne me doutais pas qu'un autre milieu tout aussi pernicieux s'ouvrirait à moi : celui de la rue. Ils sont des milliers, là-bas, à vivre de l'air du temps, sans gîte officiel et sans autre nourriture que celle offerte par les organismes de charité. L'alcool et la drogue règnent en maîtres et cela leur suffit. Avec les illusions qu'ils apportent... »

Juliette avait écouté religieusement son interlocuteur sans oser bouger ni placer un mot. « Le père de mon fils... » Elle avait l'impression de rêver en découvrant le vrai visage de ce père. Mais peut-être allait-elle se réveiller tantôt, jeune fille médusée par un rêve qu'elle devrait essayer d'oublier sur le chemin de l'école ? Peut-être n'existait-il ni père ni bébé ? Peut-être son réveille-matin allait-il sonner dans quelques minutes pour la ramener à la réalité ? Mais Allen avait continué sur sa lancée comme si plus rien n'allait l'arrêter. Non, elle ne rêvait pas, elle était en train de vivre un épisode bien concret et, surtout, crucial de sa vie.

« Je suis revenu de ces illusions sans l'aide de personne, cinq ou six ans plus tard. Entre-temps, ma mère est décédée. S'est suicidée, je crois… Je n'avais plus d'attache nulle part. Le monde entier m'appartenait, je me sentais libre comme le vent. J'ai décidé de partir à la conquête de l'univers. J'ai traîné ma bosse un peu partout sur la planète, en Europe, aux Indes, en Amérique du Sud. Je travaillais ici et là, et quand j'avais suffisamment d'argent, je repartais ailleurs, sans doute à la recherche d'un bonheur impossible à trouver. Je suis demeuré quelques années en Colombie auprès d'une femme plus âgée que moi. J'ai beaucoup aimé cette créature extraordinaire. »

Pour la première fois, Allen s'était interrompu quelques secondes et avait baissé la tête. Imperceptiblement, ses mains s'étaient ouvertes et avaient laissé tomber celle, réchauffée, de Juliette.

« Et alors ?

— Alors… je suis finalement revenu au Canada et ai décidé d'installer mes pénates à Montréal. Je n'avais rien en poche à part un vieux diplôme d'études secondaires désuet. J'ai erré en faisant de temps en temps des petits boulots. Un jour, enfin, j'ai rencontré la bonne personne : Jack. C'était il y a quatre ans. Ensemble, nous sommes partis en affaires. Il avait des contacts ici ; moi, j'ai renoué avec mes amis d'Amérique du Sud. Tranquillement, nous avons fondé notre petite compagnie. Les affaires tournent assez bien. J'ai maintenant trouvé ma raison de vivre.

– Et vous importez quoi, au juste ?

– Des produits naturels. Toutes sortes de produits naturels…

– Ah ! bon. Et… la vie sentimentale ?

– Je ne possède pas d'attache. Et je n'en veux pas.

– Pourquoi m'avoir contactée, alors, quand mon amie Michèle t'a sottement tout raconté au sujet de ma grossesse ?

– Mets-toi à ma place, Juliette ! Tout à coup, du jour au lendemain, j'avais un fils ! Wow ! Quelqu'un existait en lien direct avec moi, quelque part sur la carte du monde. Tu parles ! Pardonne-moi pour l'ADN, mais je tenais absolument à cette preuve scientifique pour m'assurer de ne pas fantasmer. On m'a trop souvent floué, tu comprends.

– Toi-même, tu m'as flouée, Allen ! Cette cochonnerie que tu m'as fait respirer avant de me violer…

– Je ne t'ai pas violée, tu sauras ! Tu as participé allègrement même si tu ne t'en rappelles pas. *Oh ! Yes, darling !*

– Je n'étais pas dans mon état normal. Et tu aurais tout de même pu me rappeler le lendemain ou la semaine suivante !

– Impossible, je suis justement parti en voyage, le jour suivant, pour une période de plusieurs mois. Et puis, je te croyais une fille facile, comme toutes les autres. Je n'ai même pas eu à insister pour te faire respirer cette drogue.

– Bah… comme toutes les filles de mon âge, je suis curieuse et ouverte aux expériences anodines. J'admets avoir fumé un joint à quelques reprises dans ma vie, rien de plus. La drogue ne m'intéresse pas. Mais, ce soir-là, tu m'avais envoûtée et je t'ai fait confiance. Je n'aurais jamais pensé que la conséquence de ma témérité s'avérerait aussi sérieuse… Un bébé, tu te rends compte ? »

La conséquence, d'ailleurs, s'était mise à réclamer à grands cris le sein de sa mère à ce moment précis. Juliette s'était levée d'un bond.

« Ah, Seigneur ! Ce petit-là sait déjà l'heure !

– Ça ne me surprend pas, il a hérité de l'intelligence de son père. Ha ! Ha ! »

Allen avait assisté au rituel de l'allaitement avec une attention empreinte de curiosité, mais il avait refusé d'y participer en prétextant sa gaucherie, même pour un simple changement de couche. Pas une seule fois il ne s'informa sur la tâche énorme que représentaient, pour une jeune adulte, les soins à donner seule à un nourrisson.

Il ne lui venait pas à l'esprit de savoir comment Juliette se débrouillait.

Après le dernier rot, elle avait tout de même tenté de lui remettre le bébé entre les bras, mais elle s'était aperçue que la main de l'homme tremblait. Elle n'avait pas insisté et avait déposé l'enfant dans sa petite chaise.

« C'est son moment d'éveil. Surveille bien ses sourires. »

Elle s'était mise alors à gazouiller des minauderies au bébé pour capter son attention.

« Bonjour, mon petit Jean-François ! Regarde qui est venu te voir… Ton papa ! Vas-tu devenir beau comme lui, dis ? »

Il n'en avait pas fallu davantage au bébé pour se tordre de plaisir et ébaucher le plus beau sourire de la terre. Mais, au lieu de s'attendrir, Allen s'était redressé et avait détourné la tête. C'en était trop pour lui. Il n'était pas fait pour le bonheur, sans doute. Le bonheur semblait le brûler aussi intensément que la souffrance. Il préférait s'enfuir et s'était levé brusquement, ne sachant comment réagir. Il s'apprêta à partir.

« Non, reste ! »

Il était resté. Après avoir recouché le bébé, ils avaient fait l'amour dans le lit de Juliette. Sans les effets de la poudre, cette fois. Et avec un préservatif. Elle avait cru rêver. Était-ce bien l'amour qui venait à elle ? À partir de ce moment précis, Allen s'était montré fidèle.

En ce petit matin rempli d'airs d'opéra, Juliette s'étira voluptueusement sous ses couvertures. Le souvenir du bel Anglais la faisait frémir de plaisir. L'aventure durait depuis plusieurs semaines. Allen lui rendait visite tous les deux ou trois matins. Elle éprouvait un seul regret : ils ne se voyaient pas assez souvent ni assez longtemps.

À sa fenêtre, le printemps chantait de ses mille cris d'oiseaux. Un rayon de soleil traversait la chambre et venait s'éclater sur le pied de son lit. La lumière au bout du tunnel… Oui, pour Juliette, le salut pourrait bien prendre le visage de cet homme.

Dans la cuisine, Roland chantait à tue-tête, de sa voix de stentor :

L'amour est enfant de bohème qui n'a jamais, jamais connu de loi…

Après tout, il ne chantait pas si mal, le futur beau-père !

***

Allen prit l'habitude de revenir sur une base régulière durant les absences de Geneviève, partie au travail. Il surgissait sans prévenir, avec ses yeux clairs, son sourire narquois, son charme indicible auquel Juliette ne manquait pas de succomber. À la vérité, elle rêvait continuellement de lui et espérait le voir rappliquer chaque jour.

Il restait quelques heures, lui faisait l'amour, jetait un regard distrait sur le bébé, acceptait une bouchée, puis repartait aussi mystérieusement qu'il était venu. Il se livrait très peu et se montrait peu loquace sur ses allées et venues.

Juliette aurait voulu le retenir, prolonger davantage ces instants de bonheur insolites et éphémères. Mais, insaisissable, l'Anglais se défilait invariablement à chacune de ses tentatives pour le retenir et développer davantage cette relation qui, pourtant, prenait petit à petit une tournure quelque peu douteuse.

« Reste donc à souper, Allen. Maman aimerait bien te connaître mieux. Tu vas la trouver très gentille, tu vas voir.

– Là n'est pas la question, *darling*. Mais mon travail m'attend. J'ai d'autres obligations très importantes. Je vais revenir bientôt, t'en fais pas.

– Et si on allait souper au restaurant, un de ces soirs ? Ou on pourrait retourner danser à la discothèque. J'adorerais ça ! Ma mère pourrait garder le petit. Notre petit…

– Hum… difficile de ce temps-ci. Mes affaires me tiennent occupé sans bon sens. De nouveaux arrivages ne cessent de rentrer. »

Malgré la conscience aiguë qu'on ne lui donnait pas la priorité, Juliette se sentait devenir de plus en plus amoureuse du séduisant homme d'affaires. Les mots tendres qu'il avait commencé à lui glisser à l'oreille la faisaient basculer dans un univers de rêve où elle se voyait épouser le prince charmant, leur petit Jean-François habillé en page et transportant les anneaux sur un coussin de soie blanche, au pied de l'autel.

« *I love you, darling*. Je te trouve si belle ! »

Les fins de semaine, non seulement la *darling* se languissait de son amoureux sempiternellement absent, mais elle devait supporter la présence du fameux Roland, de plus en plus envahissant. Tant mieux si sa mère se plaisait en compagnie de cet homme assommant, cela la regardait. Mais elle, Juliette Désautels, n'avait pas à passer ses week-ends en compagnie de cet hurluberlu, malgré ses efforts manifestes pour se montrer gentil et patient.

La nouvelle relation amoureuse de sa mère ne la dérangeait guère, au contraire. Mais elle n'avait pas envie d'en être le témoin à toute heure du jour et de la nuit. Elle se sentait mal à l'aise dans le rôle de l'encombrante, l'emmerdeuse qu'on endure poliment et par obligation lors des petits soupers à la chandelle, celle qui se lève en vitesse la nuit pour éviter que les pleurs du bébé ne réveillent tout le monde, celle qui, sur la pointe des pieds, entend les murmures d'amour dans la chambre d'à côté, celle qui monopolise la salle de bain trop longtemps, celle que les soins de son fils obligent à envahir le nid d'amour d'objets hétéroclites. Quels amoureux de cinquante ans ont envie de voir trôner un siège d'enfant sur la table de la cuisine et une poussette obstruer l'entrée du salon, sans parler du piqué sur le comptoir pour les changements de couche, du panier de linge sale rempli à ras bord, du seau de couches souillées et de son odeur nauséabonde ? Sans parler des cris d'un enfant affamé à toute heure…

Un jour, n'y tenant plus, elle prit la décision d'en parler à Allen.

« Même si tu restes absent à cause de ton travail, mon amour, est-ce que je ne pourrais pas habiter chez toi durant les fins de semaine ?

– Euh… je ne crois pas que ça soit possible.

– Je ne prendrai pas beaucoup de place, tu sais. Ton appartement de l'île des Sœurs me semble suffisamment vaste pour l'enfant et moi, si je me rappelle bien. Les dimanches soir, je retournerai chez ma mère, c'est promis.

– Je n'habite plus à l'île des Sœurs depuis longtemps, *darling*. Plus d'un an.

– Ah ? Tu ne m'en as jamais parlé ! Je croyais que… Mais où habites-tu, alors ?

– J'occupe présentement une chambre minuscule au centre-ville. Une transition avant de trouver mieux. Je me suis débarrassé du condo lors de mon dernier voyage. Ça ne servait à rien de payer un tel loyer pendant une aussi longue absence.

– Mais… tes meubles et tes affaires ?

– Je louais les meubles en même temps que l'appartement. Mes affaires… j'en possède si peu ! Il me reste ma voiture.

– Et tu pars souvent comme ça ?

– Euh… oui, ça m'arrive, de temps à autre.

Cette réponse imprécise déconcerta Juliette. Pourquoi ne lui avait-il pas donné d'explications au sujet de ce voyage ? Et de son lieu d'habitation ? Il l'avait volontairement laissée entretenir l'illusion qu'il habitait toujours l'île des Sœurs, elle en restait convaincue. Elle cessa de le questionner et ravala sa salive avec le sentiment qu'un pan du fragile édifice de verre dans lequel elle tentait d'installer leur relation venait de se fragmenter en mille morceaux. La transparence n'existait plus. On ne bâtit pas un bonheur sur des illusions et des non-dits. Encore moins sur le silence. À la longue, le silence risque de devenir un mensonge... Son arrière-grand-mère Florence le lui avait formellement rappelé quelques mois avant la naissance du bébé.

Elle ne l'avait pas oublié.

Elle regarda Allen d'un air sceptique avec le sentiment qu'elle venait de toucher le mensonge du bout du doigt. Et elle en ressentit une douleur cuisante.

Chapitre 10

23 juin 2001

Suis allée aux fraises à Mandeville, hier, avec ma nièce Juliette et son Jean-François si mignon. Disons plutôt que j'ai surveillé le sommeil du petit ange pendant l'escapade de Juliette et de son oncle Désiré pour aller cueillir des fraises sauvages à l'orée du bois, derrière la maison rouge.

Quel adorable bébé! Une peau douce, des petites mains potelées qui se tendent maladroitement vers les jouets, un sourire enjôleur éclairé par deux minuscules quenottes, de blonds cheveux d'ange tout bouclés, des yeux comme la mer un jour d'orage... Le fidèle portrait de son père, selon les dires de Juliette, en train d'établir une liaison sérieuse avec son Anglais, semble-t-il.

Je retournais à Mandeville pour la première fois depuis la mort de Florence. Évidemment, je n'ai pu m'empêcher de verser une larme en franchissant la porte. Mais les transformations apportées par mon neveu ont vite fait de me changer les idées.

Oh là là! À croire que Désiré a passé l'hiver à tout chambarder dans la maison, maintenant qu'il s'en trouve l'unique propriétaire. Ces dernières années, Florence avait remanié son testament afin de léguer en exclusivité tous ses avoirs à son fils. Elle avait pourtant envisagé, jadis, de laisser la maison à partager entre tous ses enfants sans exception, même les rebelles, histoire de leur démontrer l'impartialité de ses sentiments toujours existants, malgré la rupture des relations. Cependant, à bien y songer, ni Marie-Hélène roulant sur l'or à Vancouver ni Marie-Claire n'ont besoin d'une vieille chaumière à la campagne. Nicole et Isabelle, quant à elles, auraient mis la maison en vente dès le premier jour, j'en mettrais ma main au feu. Pas une seule fois elles n'y sont retournées depuis 1965. Mieux valait, pour Florence, laisser le lieu de tous ses souvenirs entre les mains de Désiré, ce nid où lui-même a écoulé la quasi-totalité de ses jours. Il le mérite bien, d'ailleurs, car il s'est comporté en fils loyal jusqu'à la fin.

Désiré a d'abord consolidé les fondations. Puis il a jeté par terre le mur entre la cuisine et le salon, et réduit l'unité de travail en un espace fonctionnel séparé de la salle à dîner par une magnifique cloison de vitrail, œuvre d'un artisan de la région. Agrandie et éclairée par la grande fenêtre où se trouvait autrefois la machine à écrire et, plus tard, l'ordinateur de ma sœur, la salle à manger, maintenant dotée d'un lustre de vitrail assorti à la cloison, a pris du panache. Le salon, entièrement repeint et nouvellement décoré, présente lui aussi des allures champêtres : tapis moelleux, papier peint à fines fleurs, divans confortables, rideaux de dentelle, meubles de bois naturel, abat-jour de soie, tout y sent le neuf et reflète le bon goût. La chambre de Florence, sur le côté de la maison, a été transformée en bureau.

Étagères, bibliothèque, pupitre, ordinateur, fauteuil à bas-cule, lampe de travail… À croire que Désiré corrige encore des manuscrits à son âge ! Quand je lui ai posé la question, il m'a répondu qu'effectivement il décrochait de temps à autre un contrat de révision.

Bref, la maison rouge a reçu un coup de baguette magique ! Une décoratrice diplômée n'aurait pas fait mieux. Devant nos sifflements d'admiration, mon vieux garçon de neveu s'est pété les bretelles de fierté. Il nous a expliqué en long et en large la prochaine étape de transformations prévue pour bientôt : la cuisine d'été, donnant du côté de la montagne et inutile la majeure partie de l'année, sera convertie en solarium. « Un espace où laisser pousser les plantes et regarder tomber la neige à travers la verrière. »

Quelle bonne idée d'utiliser la seule partie de l'habita-tion d'où l'on ne perçoit pas l'affreux motel érigé entre la résidence et le lac, il y a quelques années. Il faut dire que la région s'est fort développée depuis ce temps. De multiples constructions touristiques s'entassent maintenant les unes à côté des autres. La maison rouge, adossée à la colline boisée, reste l'une des seules à disposer encore d'un immense terrain sur ses abords, sans parler de la plage où Désiré détient toujours un droit de passage.

Je ne connaissais pas les talents artistiques de mon neveu. Pendant que le bébé dormait dans sa poussette, je me suis attardée dans chaque recoin de la demeure. L'agrandisse-ment d'un portrait a retenu mon attention sur un mur du bureau, près de l'entrée : le petit Jean-François souriant avec candeur, vêtu de sa robe de baptême. La photo a sans doute été prise lors de la fête pour la célébration de sa naissance, l'hiver dernier. En m'approchant, j'ai pu lire une dédicace écrite à la main au bas du portrait : «À mon parrain chéri»...

Quoi ? Désiré serait le parrain secret du bébé de Juliette ? Ça alors ! Elle et sa mère ont souvent fréquenté Florence et son fils, jadis, et une tendre affection subsiste encore entre l'oncle et la jeune fille, mais de là à le nommer parrain de son bébé, il y a une marge ! Oh là là ! je ne vois là rien de bon...

Dans ma tête, un déclic fou a aussitôt déclenché la vision d'une formule diabolique : Désiré + enfant + fonction de parrain = pédophilie. J'ai vite chassé ces idées dégoûtantes surgies malgré moi, malgré moi... Quelle honte d'entretenir encore une telle méfiance après tout ce temps de totale rémission ! L'oubli, cette force du pardon, n'existera-t-il donc jamais à la perfection dans mon esprit ? Pas question de réveiller le passé, ni d'endosser les craintes qui ont fait vieillir ma sœur prématurément. Mais je n'oublierai jamais ce dont mon fils Olivier a souffert... Si la récidive reste toujours à craindre jusqu'au dernier souffle de Désiré, je ne vais pas m'empoisonner l'existence avec ça. À son âge, mon neveu peut gérer lui-même son problème. Il le fait très bien d'ailleurs ! Et Juliette me semble assez responsable pour...

L'est-elle vraiment, en réalité ? À vingt ans, peut-on démontrer suffisamment de sérieux et de maturité pour prévenir le danger ? D'ailleurs, que sait-elle précisément au sujet de ce fameux danger bien particulier ? Que lui a raconté sa mère au sujet du passé de Charles et de Désiré ?

Et, au fait, quelles confidences Charles a-t-il jadis livrées à sa femme ? Peut-être a-t-il préféré enfouir ces souvenirs pénibles sous le silence et les emporter dans la tombe ? D'un autre côté, je ne dois pas prendre de risques. Il s'agira d'aviser Juliette en temps et lieu, si jamais menace se dessine.

Je me suis sentie méchante et mesquine, à ce moment-là, d'entretenir encore de telles pensées. De vieilles idées pourries pendant que Désiré, le regard clair, nous accueillait si gentiment chez lui.

Au retour des deux cueilleurs, je n'ai pu résister à l'envie de scruter, mine de rien, l'attitude et le comportement de Désiré. Lui aussi semble avoir profité de la baguette magique : plus droit, plus pétillant, plus avenant. Plus mince aussi. Un coup de jeunesse, quoi ! Visage ouvert, détendu, souriant. Jamais je ne l'ai vu aussi heureux, comme si la solitude ne lui pesait pas. En plus de restaurer la maison, il cultive ses plantes, corrige parfois des manuscrits et offre gratuitement ses services à l'hôpital Notre-Dame de Montréal tous les jeudis matin. Il s'est même acheté un chien, Cannelle, magnifique labrador blond. Sans parler des visites occasionnelles de Marie-Claire et même de Juliette et de sa mère.

L'autre jour, Geneviève lui a présenté son fameux Roland, « le plus grand envahisseur de la terre », selon Juliette ! La jeune mère songe sérieusement à quitter Laval pour aller vivre en appartement avec son bébé. Bonne idée, ça ! Par contre, je me demande comment elle va se débrouiller, seule avec l'enfant, pour poursuivre ses études.

Désiré et Juliette, tout contents malgré leurs dos endoloris, ont déposé une quantité astronomique de fraises sur la table. Sur le coup, je n'ai pu me retenir d'affirmer que Florence, elle, aurait entrepris tout de go la confection de délicieuses tartes.

« Si on s'y mettait ? » s'est écriée Juliette avec enthousiasme. Pourquoi pas ? Elle n'avait pas d'heure pour rentrer, moi non plus. Personne ne nous attendait. Je manifestai mon étonnement : n'allait-elle pas passer ses fins de semaine chez Allen ? Ma nièce répondit vaguement que le père du bébé se trouvait actuellement en Amérique du Sud pour affaires. Il ne reviendrait pas, d'ailleurs, avant quelque temps. Puis elle s'empressa de changer de sujet, ce qui me mit la puce à l'oreille. Ah bon…

Il fut finalement décidé qu'elle et moi irions dormir dans le dortoir du grenier, ce fameux espace rempli de souvenirs des temps passés. Ces Noëls où nous dormions tous là-haut, les uns à côté des autres sur les lits alignés, reviendraient-ils jamais ? Désiré sortit des draps propres de l'armoire et extirpa du congélateur un pot de sauce à spaghetti de son cru dont il paraissait très fier.

On se mit donc en frais de fabriquer des tartes aux fraises, moi sur la pâte, Désiré sur le tri des fruits, Juliette courant entre la salade et le bébé. L'espace d'une demi-journée, nous sommes redevenus une famille dans la maison rouge, avec notre organisation du travail, nos connivences, notre complicité. Avec nos fous rires aussi. Moi, j'en aurais braillé de bonheur. Si, du haut de son nuage, ma Flo pouvait nous observer, elle devait sourire de plaisir. La vie continuait parmi les siens, le temps avait bien tissé sa trame de liens solides et vivants entre les générations.

Tout s'avéra délicieux, la salade, la sauce et les pâtes, la tarte et le bon vin. Quand vint le temps de monter au grenier et de nous installer pour la nuit, je laissai Juliette choisir dans quel lit elle préférait passer la nuit avec le petit. Sans le savoir, elle se dirigea directement vers celui de Florence, transporté en haut lors des rénovations. Je me suis bien gardée de le lui dire. Aussi bien la laisser dormir là, moi je n'aurais jamais pu trouver le sommeil dans le lit de ma sœur disparue!

Florence a dû en pleurer d'émotion: cette nuit-là, son arrière-arrière-petit-fils a sommeillé sur son vieux matelas! Et moi, trop émue de passer encore une nuitée dans la maison rouge, sans doute pour l'une des dernières fois de mon existence, j'ai écouté le silence de la nuit me parler à l'oreille. Car il a toujours son mot à dire, le silence! À travers la cloison, j'entendais Désiré ronfler dans sa chambre et, juste à côté, Juliette et son bébé se retourner et soupirer dans le grand lit. À l'étage inférieur, l'horloge faisait impitoyablement ses rondes sur son tic-tac monotone et sinistre. Toujours ce temps qui avance, nous tire en avant vers je ne sais quelle noirceur. Ou lumière...

Aux petites heures du matin, j'ai entendu Cannelle aboyer devant sa niche. Clameur inusitée que je ne connaissais pas, bruit nouveau autour de cette maison ancestrale. La vie qui continue.

Chapitre 11

«Vous avez un appel à frais virés en provenance de Bogota, de… Allen. Si vous acceptez les frais, faites le un dès maintenant.»

Juliette recevait cette demande d'une voix synthétisée tous les dix ou quinze jours depuis des mois. Elle s'expliquait mal pourquoi son amoureux l'obligeait à défrayer le coût de ses appels. Sa compagnie ne pouvait-elle pas les assumer? Ou ne pouvait-il pas communiquer avec elle par ordinateur? Après tout, les courriels ne coûtaient rien. Un jour, n'y tenant plus, elle l'avait interrogé à ce sujet et il l'avait aussitôt rassurée:

«C'est plus facile pour moi d'obtenir la communication de cette manière. La Colombie n'est pas le Canada, tu sais! Les réseaux Internet sont complexes et les ordinateurs, plutôt rares, ici. Quant aux services téléphoniques, ils restent de mauvaise qualité et les lignes d'outre-mer sont difficiles à obtenir. Surtout là où je suis.

– Où te trouves-tu donc?

– Dans un lieu complètement isolé du reste de la ville. T'en fais pas, *darling*, je te rembourserai dès mon retour. Comment va ton fiston ? »

Elle tiquait chaque fois. Sans s'en rendre compte, il prononçait invariablement « ton » fiston et non pas « notre » fiston. Elle se languissait pourtant du bel Anglais et se rappelait les moments où il la prenait dans ses bras en lui disant « ma chérie » avec son petit accent fort sexy. Ah ! elle en perdait toute notion de temps et d'espace !

Curieuse relation d'amour, à la vérité, et hors des sentiers battus… La dulcinée semblait cheminer à l'ombre du grand maître du jeu. Avant qu'il ne la quitte brusquement pour l'Amérique du Sud, elle avait finalement obtenu, à force d'insister, d'écouler ses fins de semaine chez lui avec le bébé, dans la chambre sale et étroite où il habitait temporairement, rue Sanguinet. Elle se fichait d'attendre chaque soir le retour de l'amant parti au travail jusqu'aux petites heures du matin. Elle se fichait de ne trouver à peu près rien à manger dans ce réduit et de devoir se contenter d'aliments en conserve cuits sur le réchaud à gaz dans un coin de la chambre. Si sa mère avait vu cela ! Mais Geneviève, en lune de miel perpétuelle avec son comptable, ne se doutait de rien. À peine posait-elle de rares questions sur les week-ends de sa fille et de son petit-fils.

À vrai dire, Juliette se fichait de tout cela. Elle ne s'inquiétait pas non plus du départ d'Allen, sans avertissement et sans aucune précision sur son retour. Elle était tombée follement, aveuglément amoureuse de cet homme fort indépendant et sans contredit non conformiste. Rien d'autre au monde ne comptait plus que lui. Elle vivait l'amour de sa vie, l'amour fou, intégral, plus grand et plus fort que la vie elle-même. Comme le torrent qui emporte tout sur son passage, ce déferlement auquel ne résistent ni la méfiance, ni la prudence, ni les arguments les plus raisonnables. L'amour au-delà des forces vives de la raison. L'amour à n'en plus voir clair, à en oublier de manger et de dormir. L'amour à n'en plus exister que pour lui seul. L'amour à supporter patiemment, inconditionnellement une attente de plusieurs mois.

Avant le grand départ, il était arrivé de rares fois au couple d'aller se promener en famille jusqu'au parc du Mont-Royal, le bébé dormant dans sa poussette. Juliette avait vécu ces heures comme des moments de grande exaltation. Le summum du bonheur, le nirvana auprès de sa petite famille. Leur famille…

En réalité, Allen n'avait jamais manifesté grand intérêt pour son fils. Mais Juliette s'en apercevait à peine. Ou refusait témérairement de s'en apercevoir! À la longue, son amoureux s'y ferait. Il ne se sentait pas à l'aise dans l'univers des tout-petits à cause de son passé. Rien de plus normal! Et puis, c'est connu: s'occuper des nourrissons reste une affaire de femmes. Il lui arrivait de gratifier l'enfant de quelques guili-guili, le matin, avant de partir rejoindre son adjoint, Jack, un type plutôt antipathique qui n'avait pas adressé la parole à Juliette les rares fois où elle l'avait rencontré. Le siège social de la compagnie *Intras* se trouvait dans le vieux port, semblait-il, mais ni Allen ni Jack n'avaient offert à Juliette d'aller visiter les lieux.

Le lundi matin, après deux jours en général décevants, elle s'en retournait chez sa mère la mine basse et se dirigeait directement vers la terrasse pour prendre de grandes bouffées d'air frais. Ce genre de fin de semaine l'embêtait, au fond, il fallait bien l'avouer. C'était payer très cher, trop cher, pour de rares heures d'amour et de plaisir avec le bel étalon dans un vieux lit bosselé et couinant.

Quelques jours après la disparition d'Allen, son amie Michèle l'avait mise en garde des aléas de cette relation suspecte :

« Ça n'a pas de sens, Juliette. Je ne te reconnais plus. Te voilà complètement à la merci de cet homme-là. Il ne t'offre plus de drogue, j'espère ?

– Jamais de la vie ! Il n'en consomme pas lui-même ! D'ailleurs, je refuserais d'y toucher puisque j'allaite toujours Jean-François. Et la drogue ne me dit rien, tu le sais bien ! Tu dramatises trop ! J'aime cet homme à la folie. J'ai bien le droit, après tout ! Et puis, il est le père de mon fils. Il mérite que je l'attende le temps qu'il faudra.

– Le père, le père… Je ne vois pas en lui l'ombre d'une affection ni d'un souci paternel, moi ! Est-ce là le père souhaité pour ton petit garçon ?

– Il se trouve qu'il est son père biologique, c'est prouvé. Ne l'oublie pas ! Le reste viendra peu à peu. Il faut laisser un peu de temps à Allen pour s'adapter à ce nouveau rôle.

– Père biologique, mon œil ! Qu'il se contente donc d'une visite aux quinze jours comme la plupart des pères divorcés puisqu'il semble incapable d'assumer son rôle de meilleure façon ! Toujours parti "sur la go", le paternel ! Et tu acceptes ça, toi, cette demi-vie de couple, ce semblant d'harmonie basée sur l'absence, cette relation boiteuse où lui boit tout le vin et toi, tu te contentes d'eau pure...

– Quand même, tu exagères, Michèle !

– Ah ! comme je regrette de l'avoir remis sur ton chemin, cet étourneau ! Il ne te mérite même pas ! Lâche ce type, Juliette, il ne m'inspire rien de bon. Et cesse donc, grands dieux, de te montrer aussi naïve ! Tu n'en vois pas clair, on dirait !

– Serais-tu jalouse, par hasard ? »

Michèle avait levé les yeux au ciel et renoncé à répondre. L'amour aveugle... Décidément, sa copine semblait complètement subjuguée par son grand blond et ne voulait rien entendre. Juliette avait elle-même clos la discussion en haussant les épaules :

« Tu vas être contente. Allen a quitté le pays pour plusieurs mois.

– Sais-tu au moins les raisons de son départ ?

– Euh... pour s'occuper de ses affaires !

– Te rends-tu compte ? Tu ne sais même pas avec précision ce qu'il manigance là-bas ! Pas croyable… Et pour son retour, t'a-t-il donné une date ?

– Non… Je lui fais entière confiance !

– Juliette, tu me décourages ! Ouvre les yeux, pour l'amour du ciel. »

Impassible, Juliette poussa un soupir d'exaspération. Décidément, Michèle ne saisissait pas le sens du véritable amour. Elle prit la résolution de la voir moins souvent. Ces rencontres devenaient l'objet d'incompréhensions et finissaient par semer le doute dans son esprit. Elle n'avait pas besoin de ça.

Fort de sa sagesse d'homme de vingt ans, son ami Jérémie lui avait pourtant fait entendre le même son de cloche lors d'une rencontre devant une bière dans un café du Plateau-Mont-Royal.

« Ça ne suffit pas, Juliette, de se présenter comme un homme d'affaires dans la trentaine et de posséder une belle gueule. A-t-il pris soin de toi durant ces fins de semaine ? T'a-t-il rendue heureuse ? S'est-il occupé de son fils ? À part la couchette, avez-vous partagé d'autres plaisirs ? Avez-vous des centres d'intérêt en commun ? Élaborez-vous des projets ensemble ? »

Non, ils ne formulaient aucun projet. Non, ils n'envisageaient aucune perspective d'avenir. Non, ils n'en avaient même jamais parlé. Rien ! Ils ne partageaient rien. Rien d'autre que les moments présents. Mais quels moments ! D'une valeur incommensurable ! D'une plénitude vertigineuse ! D'une intensité à faire frémir! De toute manière, elle finirait bien par l'amadouer réellement, son bel Anglais. À la longue, il en viendrait à prendre plaisir à vivre auprès d'elle et il développerait un intérêt pour élever leur fils, elle n'en doutait pas. N'était-il pas venu vers elle de son plein gré? Elle n'avait pas couru après et elle ne lui avait rien demandé! De quoi ses amis se mêlaient-ils? Sa vie ne les regardait pas. La jalousie leur faisait perdre la tête!

Juliette les envoya paître. Ils ne comprenaient rien! Michèle et Jérémie saluèrent néanmoins le brusque départ d'Allen pour l'Amérique du Sud avec un certain soulagement. Au grand désespoir de Juliette, le père de son fils s'était esquivé en douce, sans même l'avertir. Un soir, il l'avait appelée de Bogota pour l'aviser de son absence prévue pour quelques semaines au moins.

«J'ai voulu nous épargner une déchirante scène de séparation, *my darling*. Ne t'inquiète pas, je vais te téléphoner très souvent et te revenir plus amoureux que jamais. Pour l'instant, j'ai beaucoup de choses à régler. Je t'embrasse, et… à bientôt!»

Il resta fidèle à sa promesse de l'appeler régulièrement. Toutefois, les semaines s'étirèrent en mois sans qu'il parle de rentrer. Dans l'attente fébrile de son retour, Juliette idéalisait le grand blond et enluminait son image, reportant doublement sur Jean-François, «le fils de mon bel Allen», son trop-plein d'amour et de tendresse.

Le petit le lui rendait bien, adorable dans son innocence et sa pureté d'enfant. À travers lui, Juliette

redécouvrait le monde avec un œil nouveau. L'été suivit son cours. Même si les fins de semaine s'avéraient
toujours assez difficiles en présence de Geneviève et
de Roland, définitivement installé à demeure, elle se
mit à goûter la tranquillité de la belle maison de Laval
durant leurs heures de travail. Pour pallier la fébrilité
de l'attente du retour de l'amoureux, elle qui n'avait
jamais écrit se mit à faire de la poésie et, captivée par
les couleurs, les jeux d'ombre et de lumière, à peindre
pour la première fois. Souvent, elle s'inspirait de l'un
de ses tableaux pour écrire un poème. Ou, à l'inverse,
elle laissait la lumière des mots répandre ses éclats sur
la toile.

Elle ne regardait plus la nature du même œil et
se mit à peindre des paysages : l'arrivée de l'automne
dans le jardin de sa mère, les eaux bouillonnantes de la
rivière des Prairies sous la lumière du matin, la mésange
perchée sur la mangeoire derrière sa maison. Suivirent
ensuite des scènes d'enfants agrémentées de clowns
dans le but d'orner la chambre de Jean-François. Mais
elle avait beau les barbouiller de couleurs vives, elle
n'arrivait pas à les rendre joyeuses. Elle laissa tomber
cette idée et choisit finalement de peindre des portraits
de son fils dans toutes les scènes inimaginables. Elle
arrivait, sans trop s'en rendre compte, à traduire la
simplicité d'un geste, l'ingénuité d'un regard, la beauté
d'une attitude.

Ces activités transformèrent littéralement son
existence. Enfin, elle avait trouvé comment occuper

intelligemment ses temps libres. De plus en plus de temps libres… Trop de temps libres! Les poèmes s'accumulaient, les tableaux en vinrent à encombrer la maison. Geneviève et Roland ne tarissaient pas d'éloges devant les manifestations de ce nouveau talent.

«Je n'en reviens pas, ma fille!»

– Ça m'aide à passer le temps, tout simplement!»

Bien sûr, elle n'osa ajouter: «En attendant le retour d'Allen!»

«Excellente idée de t'occuper ainsi! Il était temps!

– J'aimerais te peindre avec Jean-François dans les bras, maman, sur la berceuse du salon.»

Geneviève s'y plia de bonne grâce. Bien sûr, à quarante-huit ans, elle ne faisait pas suffisamment âgée pour illustrer le thème de l'aïeule en train de bercer tendrement son descendant. Mais qu'importe! Ces heures en compagnie de sa fille et de son petit-fils adoré lui parurent très douces. Juliette décida d'intituler son tableau: *Le Chant de l'aurore,* en référence à la jeune existence de l'enfant et à l'espoir de continuité tenu à pleins bras par la grand-mère.

Ah! comme elle avait hâte de montrer ses toiles à Allen. Il verrait comme elle n'avait pas perdu son temps durant ces cinq mois d'absence qui n'en finissaient plus. Déjà, l'hiver se pointait…

À la longue, Juliette en vint à douter de son retour. Au téléphone, le voyageur la rassurait, mais il remettait continuellement et de loin en loin sa rentrée au pays. Elle en vint à ne plus le croire. Allen Faulkner ne reviendrait jamais à Montréal. Il avait repris sa vie de bohème et s'était expatrié sans avoir le courage de le lui annoncer. N'avait-il pas déjà parlé d'une liaison avec une femme, là-bas ? Il avait refusé de donner des précisions là-dessus, elle s'en rappelait très bien. Sans doute avait-il retrouvé cette maîtresse et repris ses anciennes amours...

Désespérée, elle se mit à pleurer la nuit sur son oreiller. Ses tableaux devinrent des éclaboussures de couleurs sombres, des taches sans forme et sans vie. La déroute. Son fils n'avait plus de père et elle, elle devait vivre le deuil d'un amoureux. Sa rencontre avec Allen n'aurait été qu'une idylle, une vague aventure de quelques mois, sans plus. Un feu d'artifice. Un gigantesque feu d'artifice qui, sous la bourrasque, avait incendié son existence. Et certes consumé son appétit de vivre et réduit son cœur en cendres... Ses poèmes devinrent une série de mots de rage, de révolte, d'acca-blement. Palabres de la colère, mais aussi, très souvent, faibles cris du petit oiseau blessé qui ne sait ni comment ni pourquoi...

Lui restait son fils. Mais, à vingt ans, une jeune fille n'a que faire d'un bébé attaché à sa vie comme un boulet, malgré son amour pour lui, malgré la meilleure volonté du monde. Les mois passaient. Six mois, sept mois sans la présence d'Allen... Jean-François allait marcher d'une journée à l'autre, et son père n'assisterait même pas à ses premiers pas.

Hélas! la voix synthétisée revenait à la charge avec une régularité diabolique : « Vous avez un appel à frais virés… » Un soir, n'en pouvant plus, Juliette hurla dans le combiné plutôt qu'elle ne cria :

« Dis-moi la vérité, Allen Faulkner ! Tu ne reviendras plus, n'est-ce pas ? Et tu n'as pas le courage de me le dire, espèce de lâche !

– Mais non, *darling*, au contraire…

– Ne me téléphone plus ! Si tu n'as pas l'intention de revenir, cesse de me faire croire à ton retour ! Reste là où tu es, mais ne m'appelle plus, tu m'entends ? Sors de ma vie ! Je n'en peux plus de t'attendre, je n'en peux plus de me morfondre dans l'incertitude… Va-t'en ! »

Elle avait refermé le combiné sans même lui laisser le temps de répliquer. Les semaines suivantes, les appels s'enchaînèrent, inlassablement remplis de mots d'amour et de vagues promesses. Juliette en vint à refuser carrément les frais et à couper la communication avec rage, le cœur battant la chamade.

Elle imaginait la frustration d'Allen, à l'autre bout du fil. Ou pire, sa satisfaction de pouvoir enfin se débarrasser d'elle et de son fils sans porter lui-même la responsabilité de cette dégoûtante rupture. Tôt ou tard, la sonnerie du téléphone cesserait de se transformer en tocsin du faux espoir. Allen démissionnerait et lui ficherait la paix. Il démissionnerait ou… il reviendrait ! Pourquoi pas, après tout ? Il était bien parti sans crier gare, pour quelles raisons ne pas espérer un retour tout aussi improvisé ?

Elle se mit à sortir le plus souvent possible de la maison pour ne plus entendre sonner le téléphone. Mais elle ne savait où aller avec son bébé et revenait aussitôt. Elle cessa de peindre et d'écrire et sombra peu à peu dans une profonde dépression. Elle passait des heures sur le divan du salon, hébétée, le regard fixe et sans bouger. Plus rien ne l'intéressait. Elle se sentait traquée dans un espace restreint autour du bébé et ne trouvait plus de place pour le rêve. Elle n'avait plus le droit à l'amour ni à la liberté. On l'avait abandonnée, rejetée, laissée seule avec un enfant à nourrir... Elle en vint à négliger le petit, oubliant de lui donner son bain et, harassée par ses hurlements pourtant bien légitimes, ne le nourrissant qu'à la sauvette.

Tout à sa romance d'amour avec Roland, Geneviève voyait tout de même sa fille dépérir et elle finit par s'alarmer. Un soir, elle la prit par la main et lui ordonna de s'habiller.

« Mets-toi belle, on sort ensemble.

– Comment ça ?

– Tout est arrangé. Roland va garder Jean-François. J'ai demandé à Michèle et Jérémie de nous rencontrer au restaurant Les Beaux Jeudis. Tu connais cet endroit, rue Crescent ? C'est moi qui vous invite ! »

Juliette se mordit les lèvres, surprise de la manigance. Mais l'idée de quitter la maison et de se retrouver « dans le vrai monde » et en agréable compagnie lui donna le courage de se changer et de se maquiller. Elle en remercia secrètement sa mère.

L'atmosphère gaie du restaurant et sa clientèle «in» lui rappelèrent que la terre continuait de tourner sans elle. Geneviève, jeune d'âge et d'esprit, se mettait facilement au diapason de la jeunesse. Le repas débuta de manière joyeuse avec des fous rires réprimés, suite aux réflexions et commentaires chuchotés sur certains clients et leur accoutrement. Jérémie excellait dans le genre, mais ses moqueries ne comportaient jamais rien de méchant. On leva les verres à la santé de chacun, sans oublier le bébé. Mais on omit volontairement d'évoquer Allen, toujours en cavale.

Le vif du sujet se présenta en même temps que le plat de résistance. Jérémie toussota légèrement et se lança, sur un ton chantant :

«Ma chère Juliette, nous voici en ce soir réunis... »

Tous éclatèrent de rire devant la solennité maladroite. Michèle, plus hardie, prit alors la parole.

«Pas comme ça, Jérémie, voyons! Je recommence : Ma chère Juliette, si nous sommes ici, avec toi, en ce moment, c'est que... euh... nous... ta mère... »

Juliette les écoutait le sourire en coin, un peu embarrassée. Ainsi, elle ne s'était pas trompée, ils avaient bel et bien planifié cette rencontre dans un but précis. Consciente de la confusion de sa fille, Geneviève posa la main sur son bras et plongea un regard attendri dans le sien.

«Écoute, Juliette, on n'en peut plus de te voir malheureuse. Voilà pourquoi on est venus ici, ce soir : pour en discuter avec toi. Parce qu'on t'aime, ma chérie... »

La voix de la mère se fit chevrotante, et Juliette sentit la main se crisper sur son bras. Mais Geneviève poursuivit bravement son envolée.

« Quelque chose doit changer, ma fille. On ne sait trop quoi, mais nous avons l'intention de t'aider.

– M'aider ? Pourquoi m'aider ? Je n'ai pas besoin d'aide ! Vous faites partie de mon existence, tous les trois, et ça me suffit ! »

Un peu plus et elle se serait mise à pleurer. Mais on ne pleure pas dans un lieu public, on garde contenance, sa mère le lui avait enseigné au fil des années. Elle comprenait maintenant pourquoi Geneviève tenait à cette rencontre dans le cadre impersonnel d'un restaurant : pour garder la tête froide et éviter la manifestation d'émotions trop vives. Chère maman...

Michèle tendit à Juliette une grande enveloppe brune.

« Tiens ! Je suis allée chercher de l'information pour toi à la faculté des arts pour la session de janvier 2002. On accepte encore les retardataires pour l'inscription, je crois. Tu ne veux pas retourner à l'École Polytechnique, on le sait. Peut-être aimerais-tu peindre ? Ou écrire ? J'ai pensé aussi à la faculté des lettres. À moins de suivre simplement un cours en histoire de l'art... Ça dépend de toi ! »

Juliette se retourna vers son amie avec une émotion palpable, les yeux embrouillés par les larmes.

« Tu as pensé à ça pour moi ? Je n'en reviens pas ! Quelle amie adorable tu fais, Michèle ! Mais, je ne suis plus libre pour les études… Je dois m'occuper de mon bébé, maintenant. »

Jérémie ne se sentait pas prêt à donner sa place. Il se racla la gorge une fois de plus.

« Moi, Juliette, je viens de m'acheter une nouvelle voiture, semblable à la tienne d'ailleurs ! Je suis prêt à jouer le rôle de « mononcle adoptif » aussi souvent que nécessaire. Bien sûr, durant le jour, je poursuis mes études en enseignement, mais de nombreux cours en art et en littérature se donnent le soir, parfois même la fin de semaine, d'après les documents de Michèle. Je pourrais facilement me rendre chez toi et garder Jean-François un soir ou deux par semaine, ou le samedi, si tu préfères…

– Tu ferais ça pour moi ? Allons donc ! Ça n'a aucun sens ! Tes études passent en premier, et tu as certainement d'autres chats à fouetter que de garder le bébé d'une copine ! Que vont dire tes blondes ? Et Amélie ?

– Si cette copine s'appelle Juliette Désautels et si ce service lui redonne le goût de vivre, je me sens prêt à tout ! »

Décontenancée, Juliette restait sans voix. Sa mère s'empressa de renchérir :

« Moi, j'ai autre chose à te proposer, Juliette. Je ne suis pas sans avoir remarqué que Roland te tape un peu sur les nerfs. Tu trouves difficile d'avoir à le supporter toutes les fins de semaine, je le sais ! Non, non, ne proteste pas, je peux très bien comprendre ça : un intrus parachuté subitement dans ton foyer et tes affaires, ça dérange! Surtout quand tu ne couches pas avec!»

Tout le monde éclata de rire. Soudain, l'atmosphère sembla se détendre.

«Oh, maman, n'exagère pas! Roland se montre très correct tout de même!

– Oui, mais tu n'es pas obligée de supporter le "très correct" vingt-quatre heures par jour, chaque week-end! Si tu acceptes de reprendre tes études, comme je le souhaite ardemment, j'offre de te payer un petit appartement en ville, tout près de l'université. Tu pourras inscrire Jean-François dans une garderie du quartier. À presque douze mois, quelques jours par semaine avec d'autres enfants de son âge ne le feront pas mourir. À moins de trouver une gardienne à la maison dont je prendrai aussi les frais à ma charge.

– Je ne sais quoi te répondre, maman. Tu es... vous êtes... extraordinaires tous les trois! Je me sens telle-ment confuse!

– Ce temps de stagnation a déjà trop duré. Ne laisse pas un chagrin d'amour détruire ta vie, ma fille! Aucun homme au monde ne vaut ça! Même pas Allen Faulkner!

– C'est trop de bonté, maman! Je ne peux accepter, je t'ai déjà coûté trop cher...

– Tut! tut! L'argent ne constitue pas un problème. Je vais faire augmenter ta marge de crédit dès lundi. Tu pourras prélever tout ce dont tu as besoin. Je veux seulement te voir redevenir heureuse, ma chérie.

Et cela n'a pas de prix. Je le désire tellement, tu devrais bien le savoir!»

Trop émue pour répondre, Juliette piqua du nez au-dessus de son assiette. Elle n'allait tout de même pas se mettre à pleurer comme un bébé au beau milieu de la foule! Au fond, ils avaient raison. Elle devait se reprendre en main, mettre une croix sur cet irresponsable qui lui avait empoisonné l'existence, se tourner vers d'autres horizons plus ensoleillés. Tourner la page, regarder ailleurs, quoi!

«J'adore peindre, mais il me manque beaucoup de notions techniques. Des cours de peinture me plairaient sûrement. Un baccalauréat en arts se donne à l'UQAM, je crois?»

***

Ce soir-là, à son retour à Laval, un message pour Juliette s'était inscrit sur le répondeur pendant que Roland donnait le biberon au bébé et n'avait pu accourir assez rapidement pour décrocher:

«*Hello, darling!* Eh eh! As-tu remarqué? Je te téléphone directement cette fois! Attends-toi à une belle surprise, très tôt, demain matin...»

Chapitre 12

1ᵉʳ janvier 2002

Ma nièce Isabelle n'est plus. Un an, jour pour jour, après la naissance de Jean-François, la deuxième fille de ma sœur Florence s'est éteinte tout doucement à l'âge de soixante-six ans, entourée de son mari, de ses deux fils et de leurs enfants que je connais à peine. Je n'ai pas pleuré très longtemps, sinon du fait de voir cette génération me devancer sur les sentiers de l'ultime voyage.

Dans l'ordre naturel des choses, cela aurait dû être mon tour. J'en ai le frisson seulement à y songer. Arrive-t-il un moment où l'on se sent prêt à partir ? Où le détachement d'avec les êtres et les choses s'impose d'emblée ? Où la pulsion de vivre fait place à l'attente pure et simple, une attente longue, patiente de la fin ? Partir parce qu'il faut partir, parce qu'on n'a plus le choix de partir. Ce moment où le corps devient à ce point dégénéré, que chaque souffle représente une victoire sur la mort ? Une victoire épuisante et vaine. Le déclin inexorable...

Pendant plus de quatre-vingt-cinq ans, j'ai entendu les curés glorifier la foi, cette conviction profonde de l'existence d'une autre vie après la mort. Je les ai vus prôner la confiance naïve en un Dieu pourtant sourd et silencieux, sinon absent de la réalité quotidienne des humains. Y ai-je cru ? Je n'ai pas possédé cette foi aveugle et inconditionnelle, cette certitude des grands croyants qui avancent en toute sécurité sur leur chemin déjà tracé vers la lumière. Au contraire, le doute a fait trébucher mes pas plus d'une fois, depuis la joyeuse femme de vie que je fus dans ma jeunesse jusqu'à la vieille dame d'aujourd'hui cheminant à petits pas chancelants, appuyée sur sa canne.

Et pourtant... Il faut avoir perdu des êtres chers, il faut les aimer encore et refuser la séparation pour se mettre soudain à croire, sinon à espérer. Cette déchirure... Il faut parler secrètement à ces chers disparus dans l'au-delà et les solliciter malgré soi dans le silence du cœur pour voir se régénérer la foi de l'enfance et émerger la magnifique vertu d'espérance. L'espérance folle de ne pas finir. L'espérance de rejoindre les disparus quelque part, en sachant qu'ils veillent sur nous avec tendresse, qu'ils nous écoutent et nous aiment toujours. L'espérance de voir nos amours nous survivre et remporter la seule victoire possible de l'humanité sur la mort... Une espérance d'éternité. Et ce désir insensé de revoir, un jour, ceux-là qu'on a tant aimés représente l'unique consolation pour l'homme toujours perdant devant la faucheuse. Ce désir, l'unique force de combat... Mais où les retrouver, tous ceux-là, Seigneur ? Où ?

Pourquoi faut-il s'amoindrir et souffrir autant avant de partir ? Dans quel plan diabolique l'homme a-t-il été lancé depuis la création du monde ? Isabelle pesait moins de quarante kilos au moment de mourir, à demi consciente et droguée par des produits chimiques anti-douleur. Pourquoi cela ? Qui a imposé cette déchéance aux pauvres humains déjà obligés de subir un sort souvent pitoyable tout au long de leur vie ? La maladie, les souffrances morales et physiques, la haine, les ruptures, les injustices, les guerres, sans parler des fléaux naturels. Voilà les denrées qu'un Dieu soi-disant infiniment bon jette comme pitance à l'humanité qui doit se débattre dans ce marais d'immondices ! Cette «vallée de larmes», comme disait le Christ lui-même... Pauvre humanité !

Comment ne pas rêver à un monde meilleur ? Comment ne pas s'inventer un paradis à la fin de nos jours ? Ce «ciel» dont on parle aux petits enfants... Quant à l'enfer, s'il existe, ce n'est certainement pas ailleurs que sur cette planète, j'en ai la ferme conviction.

Je n'échappe pas au rêve de continuité : Samuel et Florence m'attendent dans un ailleurs inconnu de l'humanité, je le sais, j'en ai la certitude absolue. Peut-être même Dieu m'y attend-il bras ouverts lui aussi ? Peut-être me pardonnera-t-il les tâtonnements et les étourderies de mon passé ? Je le sais et... je le veux ! Je le veux si fort que j'y trouve le courage de poursuivre ma route, de me tenir debout encore quelques années. D'aller encore un peu plus loin, la tête haute et le front tourné vers la cime...

Ah ! quelle tristesse que la mort d'Isabelle ! Elle ne m'était plus rien, pourtant. À peine l'ai-je entrevue à de rares occasions, ces dernières années. Je ne reconnaîtrais même pas ses fils dans la rue. Quand j'ai téléphoné à Désiré pour lui annoncer le décès de sa sœur, il a réagi singulièrement et s'est écrié : « *Que Dieu emporte son âme. Elle avait peut-être des choses à me pardonner, mais moi aussi, j'ai eu des raisons de lui en vouloir : elle n'a pas idée de la douleur causée par sa rancune dans le cœur de notre mère et le mien pendant presque quarante ans. Moi, le coupable de tous ces maux, je m'en suis remis, à la longue. Mais Florence, elle, malgré son innocence dans toute cette affaire, aura souffert jusqu'à son dernier souffle de voir sa famille éclatée et jamais réconciliée. Dieu sait, pourtant, comme elle a essayé de toutes les manières de recoller les pots cassés. Ma sœur Isabelle n'a pas réussi à passer l'éponge au cours de son existence et a préféré partir avec cette souillure sur l'âme... Que Dieu ait pitié d'elle ! Moi, j'ai reçu la grâce de la paix : non seulement je suis arrivé à me pardonner mes propres bêtises, mais, surtout, je n'ai pas tenu rigueur à mes deux sœurs de leur haine à mon égard. La porte de la maison rouge leur est toujours restée ouverte et elle l'est encore. Tant pis pour elles si elles n'en ont pas profité ! Isabelle a quitté ce monde en me détestant toujours, et cela me crève le cœur.* »

Cher Désiré... À la fois si grand et si... mystérieux ! L'autre jour, je l'ai revu dans un corridor de l'hôpital, silhouette un peu voûtée dans le sarrau bleu des bénévoles. Il offrait gentiment du café dans la salle d'attente de l'urgence. Au poste toutes les semaines depuis des décennies, le neveu, beau temps mauvais temps, sans jamais y manquer ! Comme s'il s'agissait d'un rendez-vous à une source intarissable où s'abreuver, source de contentement de soi, de fierté, de valorisation. Source de rémission. Source de générosité, aussi, où les sourires offerts aux malades n'ont pas de prix.

Source de réflexion pour rappeler aux mal-portants que la bonté, le don de soi, la chaleur humaine existent toujours, même dans les pires situations de l'existence. Ébauche d'un paradis obscur, quelque part dans le néant, en amont de la vallée de larmes...

Je n'assisterai pas aux funérailles d'Isabelle. Mon Olivier non plus. De loin en loin, après leur rupture avec Florence, j'ai pratiquement cessé de fréquenter les sœurs Nicole et Isabelle. Surtout après la mort de Charles. Seule Marie-Claire m'en donnait des nouvelles de temps à autre. Je garderai de la défunte le souvenir d'une belle femme blonde, effacée et influençable, l'ombre de sa sœur Nicole. Tant pis si elle a coupé les ponts jadis! Elle y a sûrement perdu au compte. Sa rupture avec Désiré pouvait s'expliquer: elle avait deux fils à protéger contre le pédophile. Mais rejeter méchamment sa mère pour le reste de ses jours... Jeter la pierre au lieu de tendre la main... Hum! Il va y avoir de puissantes agitations au Grand Tribunal de la Justice du paradis, j'ai l'impression! Si Tribunal il y a...

Moi, je préfère vivre entourée de bons vivants, transparents, fidèles, généreux. Mon petit monde à moi, quoi! Petit monde rassurant et affectueux... Mon fils et sa femme, puis Désiré et sa sœur Marie-Claire, et, aussi, Geneviève et Juliette. Que ces deux dernières continuent de rester en contact avec moi tient du miracle. À vrai dire, Geneviève fréquente très peu sa belle-mère Nicole avec qui elle ne s'est jamais bien entendue. C'est plutôt Florence qui faisait office de belle-mère et même de grand-mère pour la veuve de Charles et sa fille. Et moi, d'honorable vieille « matante »!

Les liens qui m'unissent à la famille de Geneviève tiennent davantage de l'affection que du sang. Si j'ai adoré le jeune Charles, autrefois, j'aime tout autant sa fille Juliette. Elle remplace la fille dont la vie ne m'a pas fait cadeau, et son bébé Jean-François représente le petit-fils dont j'ai été privée.

Hélas, je ne peux en dire autant de Katherine, ma bru. Charmante et avenante, certes, mais combien lointaine ! Encore cette année, elle a préféré écouler la période des Fêtes auprès des siens, en Ontario. Je la comprends, mais... elle aurait pu se partager, non ? Ottawa ne se trouve pas à l'autre bout du monde, que je sache ! Je suis là, moi aussi ! J'existe ! J'ai des attentes, des besoins, des envies de prendre dans mes bras, une fois encore, ceux que je laisserai derrière moi avant longtemps.

Heureusement, Juliette est venue me chercher, le soir de Noël, pour m'amener souper chez sa mère, à Laval. À ma grande surprise, Désiré s'y trouvait déjà. L'ours avait accepté, pour une fois, de quitter sa tanière ! L'événement du siècle ! Si sa mère voyait ça... J'ai fait la connaissance du fameux Roland, le nouveau conjoint de Geneviève. Charmant monsieur, belle allure, sympathique. De la classe.

Dommage, je ne peux en dire autant d'Allen, le père du bébé. Joli garçon, certes, mais curieux bonhomme tout de même. Je n'ai pas d'affinités avec ces êtres insaisissables qui n'ont pas le courage de regarder leurs interlocuteurs droit dans les yeux, même lors d'une conversation anodine. Et puis, quelles affaires suffisamment importantes pouvaient justifier ce passage en coup de vent auprès de sa conjointe et de son enfant au milieu d'une réception de Noël ? Aussitôt arrivé, Allen, en s'excusant à peine, est reparti après avoir reçu un appel téléphonique. Affaires, mon œil ! Un soir de Noël, allons donc ! Tout cela m'a paru louche et de mauvais augure. Juliette, elle, a peu réagi et n'a aucunement protesté, comme s'il s'agissait d'une situation normale. Encore, si quelqu'un avait donné des explications ! Bizarre… Il me faudra en parler à Juliette, un de ces jours. À tout le moins en discuter avec sa mère.

Une autre année vient encore de s'écouler. Si la sagesse des vieux consiste à envisager la fin du voyage avec sérénité, je n'ai pas encore trouvé cette tranquillité d'esprit. J'arrache toujours avec frayeur les pages de mon calendrier. Mais je me rassure en voyant les jours se renouveler à l'infini et l'aube se pointer tout en rose chaque matin, avec ses promesses de vie. Nous célébrons aujourd'hui même le premier anniversaire de Jean-François. Je lui souhaite longue vie et plein de découvertes merveilleuses. Je lui souhaite de vivre dans l'espérance.

Quant à Isabelle, puisse-t-elle trouver la paix et le repos éternel auprès de ma chère Flo. Eh ! eh ! Les retrouvailles entre la mère et la fille rendues « de l'autre bord » ne s'effectueront pas sans explications et quelques larmes ! C'est fou, je n'arrive pas à imaginer cette scène. Dieu devra s'en mêler ! Espérons que tout se passera bien…

Que me resterait-il donc si je perdais l'espérance ?

Chapitre 13

Le retour d'Allen de son voyage en Colombie ne se fit pas sans heurts. Il se trouvait sans pied-à-terre et, surtout, sans le sou. Les affaires ne s'étaient pas passées comme prévu à Bogota, et il n'avait pu obtenir les contrats convoités.

« Pire, je me suis endetté de plusieurs milliers de dollars. Je n'ai même pas pu te rapporter un cadeau de Noël. Mais je vais me reprendre, *darling*, ne t'inquiète pas pour moi. Je n'ai pas perdu l'essentiel : toi et le petit.

— Où vas-tu habiter ?

— Je ne sais trop. En attendant de me trouver quelque chose, je vais demander à Jack de m'héberger. On se verra les fins de semaine, toi et moi, comme autrefois.

— On s'entreverra, tu veux dire, si c'est comme autre-fois !

— *No, no, baby !* Cette fois, je veux me rapprocher de toi, mieux te connaître, fonder un foyer heureux...

— Écoute, je me cherche présentement un apparte-ment. Après les Fêtes, je serai inscrite à la faculté des arts pour trois cours du soir par semaine. Ma mère et mes amis ont offert de garder le bébé à tour de rôle, le temps de me trouver une gardienne. Si tu venais habiter avec moi, ça me simplifierait la vie. Nous serions ensemble tout le temps et, le soir, tu pourrais t'occuper de Jean-François.

– *Oh, yes!* Voilà l'occasion rêvée pour moi de mener une vie plus stable. C'est bien beau le business, mais… D'ici la réalisation de ce beau rêve, je dois tout de même survivre, moi! N'aurais-tu pas un peu d'argent à me prêter pour quelques semaines, le temps de reprendre mes affaires ici et de renflouer mon porte-monnaie?»

Juliette n'avait pas apprécié cette requête pour le moins étonnante. L'homme d'affaires ne volait pas aussi haut qu'il l'avait déjà laissé entendre avant sa disparition. Quand elle l'avait connu, pourtant, il roulait gros carrosse. Ce luxueux appartement, cette rutilante voiture de l'année… Elle sortit néanmoins quelques centaines de billets de la banque et les lui tendit en guise de dépannage, remerciant secrètement sa mère d'avoir élargi sa marge de crédit. Après tout, elle allait bientôt se mettre officiellement en ménage avec lui; il valait mieux lui vouer une confiance aveugle.

Elle profita du souper de Noël chez sa mère pour présenter son amoureux au reste de la famille. Désiré, Andréanne et Marie-Claire s'y trouvaient. Le parrain, d'ailleurs, avait gâté outrageusement son filleul: pyjama de velours griffé et jouet musical de prix inabordable. Pour ce premier Noël en présence d'un enfant, Roland, bon diable, avait fait la surprise à Juliette de se déguiser en père Noël. Et ce geste avait détendu l'atmosphère et déclenché les fous rires. Jean-François, s'il tendait volontiers les bras aux étrangers, se montra tout à fait réticent à s'approcher du vieux bonhomme, au début. Mais l'attrait des jouets fut plus fort : on réussit à prendre des photos du petit prince assis directement sur les genoux du père Noël.

Toutefois, Juliette aurait voulu retirer une certaine fierté de la présence d'Allen et avait espéré recevoir en douce des compliments sur l'entregent et la personnalité attachante de l'Anglais. Mais, après son départ aussi précipité qu'inattendu, on se garda de faire le moindre commentaire à son sujet.

Il fut décidé, finalement, d'emprunter dès janvier le logement de Michèle en attendant de dénicher un appartement convenable. Toujours étudiante en génie civil, la copine de Juliette devait entreprendre un stage dans une compagnie de Sept-Îles, après les vacances de Noël. La nouvelle locataire lui signa un chèque au montant du loyer pour une période de trois mois et emménagea rue de Chateaubriand avec son grand blond et le bébé.

Le déménagement coïncidait avec le début des cours à l'université. Tant de changements excitaient Juliette. Enfin ! elle allait vivre en famille avec son amoureux et leur fils, seuls au monde dans un cadre bien à eux. Et puis, le goût des études l'avait reprise. Elle avait hâte d'apprendre les rudiments du dessin et les techniques du pinceau de façon sérieuse ; elle avait envie de découvrir les peintres importants de l'histoire, de réfléchir sur les grands courants de l'évolution de l'art et de se situer elle-même face à cette trajectoire fascinante. Elle avait surtout hâte de retrouver l'atmosphère électrisante des corridors de l'université, la jeunesse en effervescence et l'entrain de ceux qui préparaient leur avenir et y croyaient fermement. Les artistes de la faculté des arts possédaient-ils le même idéal, les mêmes ambitions, cette même ardeur à regarder vers demain que les étudiants connus jadis à Polytechnique ?

Et puis, Allen serait là pour la soutenir, partager ses rêves et ses projets. Leurs projets… Elle lui montrerait chacun de ses tableaux, et ils en discuteraient. Elle lui ferait lire chacun de ses travaux de recherche, chacun de ses poèmes aussi. Il en avait inspiré plusieurs, d'ailleurs, lors de sa trop longue absence. Sonnets de l'ennui, rimes de l'attente, mots de dépit… Qu'importe ! Tout cela semblait révolu maintenant. Allen se trouvait bel et bien présent, toujours aussi attirant, toujours aussi amoureux. Avant longtemps, elle écrirait des hymnes à la joie et peindrait sûrement des ciels lumineux !

La relation du père avec son fils s'était nettement améliorée. Souvent, Juliette les surprenait tous les deux en train de jouer à cache-cache ou de se lancer un ballon à travers le corridor. Rien ne paraissait plus doux à ses oreilles que leurs cris et leurs rires. Jean-François avait prononcé « papa » bien longtemps avant « maman », et cela réjouissait paradoxalement la mère. Le petit ressemblait de plus en plus à Allen avec son teint pâle, ses cheveux de paille et ses yeux couleur d'océan. «Dire que j'ai songé à me faire avorter! Ce merveilleux trésor n'aurait jamais existé… Dieu que j'ai pris la bonne décision!» ne pouvait-elle s'empêcher de songer en se penchant sur l'enfant, sa raison de vivre. Mais elle chassait vite ces relents du passé, préférant goûter pleinement aux joies saines d'un bonheur familial simple et réel.

Après avoir mis Jean-François au lit, les deux amoureux se retrouvaient, les soirs où elle n'allait pas à l'université, autour d'une bouteille de vin apportée par Allen. Souvent, il posait un bouquet de fleurs sur la table, ou bien allumait une magnifique bougie dénichée dans une boutique spécialisée. Ils commandaient du poulet ou des mets chinois quand Juliette n'avait pas envie de cuisiner. Ces soirées se terminaient infailliblement dans le lit avec les tendres gestes de l'amour. Juliette se nourrissait de plaisirs et d'extase, se gavait d'étreintes, de caresses, de frôlements de peau chaude et douce. Elle n'aurait jamais cru voir le bonheur la submerger à ce point.

L'argent semblait avoir recommencé à remplir les goussets de l'Anglais. Il parla de changer de voiture. Puis, il se mit à dépenser à tort et à travers. Pourquoi payer la tournée et le repas de tout le monde, lors d'une sortie avec Jérémie et d'autres amis? Pourquoi ces bouteilles de vin à soixante ou soixante-dix dollars pour leurs petits soupers d'amoureux du lundi soir? Pourquoi cette chemise hors de prix, ces inutiles bottes de chevreau, ces bijoux qu'elle n'allait pas porter, ces billets à deux cents dollars pour un spectacle auquel elle n'avait même pas envie d'assister ? Ils n'avaient pas les moyens de ce grand luxe. Pas maintenant, alors qu'ils ne possédaient ni meubles ni logement.

Elle n'osait protester trop haut. Cela ne la regardait pas. Et pourtant, oui, cela la regardait quand même un peu… Après tout, ils vivaient ensemble ! Elle n'avait pas envie, pour l'amour de l'argent, de voir Allen disparaître de nouveau pour de grands laps de temps. Elle gardait de mauvais souvenirs de ses fins de semaine de l'année précédente, seule au fond d'une petite chambre avec son nourrisson pour unique compagnie, en attendant le retour de l'homme trop occupé par son travail. Elle n'avait pas oublié non plus le départ brusqué et inexpliqué d'Allen à l'autre bout du monde. Loin d'elle cet enfer ! Elle préférait se priver de luxe et ne plus aller au restaurant ou au spectacle plutôt que de revivre cela. Que le diable emporte l'argent et tous ses malheurs !

Hélas, ses plus grandes appréhensions finirent par se réaliser. Les affaires ayant repris de l'ampleur, Allen se remit à sortir plus souvent et même à rester introuvable pendant de longues périodes de temps, surtout les fins de semaine. Elle recommença à l'attendre et à se languir de lui, la larme à l'œil. À se tourmenter aussi. Pourquoi ne l'appelait-il pas ? Pourquoi rentrait-il si tard ? Quand elle le questionnait, il répondait évasivement.

« Un bateau vient d'arriver au port, Juliette. Ne peux-tu pas comprendre ça ? Il faut prendre possession de la marchandise et la distribuer ensuite. Pas de ma faute si les navires accostent les fins de semaine!

– Distribuer la marchandise... même la nuit?

– Eh oui! Même la nuit! Ça s'en va partout... »

Elle en vint à ne plus pouvoir se fier à lui pour les soins du bébé, ni pour l'aide aux travaux ménagers. Pas même pour les dépenses. Il ne lui laissait plus d'argent pour l'enfant, ni pour l'épicerie et la pharmacie. Tout lui retombait soudain sur les épaules. Comme ils ne possédaient pas de compte commun, elle devait puiser dans sa réserve personnelle. Quand elle lui réclamait de payer sa part, il affirmait invariablement ne pas posséder d'argent comptant sur lui pour le moment. Il se montrait désolé et jurait par tous les dieux de passer à la banque « dès aujourd'hui, sans faute ». Mais il oubliait.

Allen Faulkner s'était remis à vivre dans une bulle d'une autre dimension et située ailleurs. Néanmoins, il continuait de garder Jean-François durant les trois soirs où Juliette se rendait à ses cours. Un certain jeudi soir, alors qu'elle rentrait de l'université vers les neuf heures trente, elle trouva le bébé endormi, seul dans la maison. Quoi? Où donc était passé Allen? Prise de panique, elle se mit à chercher une explication. Aucune note sur le coin de la table, aucun message sur le répondeur ne l'attendait. Que s'était-il donc passé? Un malheur? Une urgence? Quelle raison suffisamment sérieuse pouvait justifier l'abandon pur et simple d'un enfant au fond d'un logement, à cette heure tardive de la soirée?

Le petit paraissait calme et paisible dans son lit, mais elle s'empara de lui et le souleva pour s'assurer qu'il respirait bien. Il sentait bon et portait le pyjama qu'elle avait préparé sur la table à langer. Allen lui avait donc donné son bain, selon la consigne.

Elle se mit à arpenter le salon de long en large dans l'attente de son retour. À tout le moins dans l'espoir d'entendre la sonnerie du téléphone. Par la grande fenêtre, elle pouvait voir la neige poussée par des vents violents tomber à l'horizontale sous le lampadaire, signe annonciateur d'une tempête. « Ça ne va pas barder seulement dehors ! » se promettait-elle, mains sur les hanches. Il y avait toujours bien des limites à se montrer irresponsable et à se ficher d'elle et de l'enfant !

Épuisée, elle finit par s'assoupir sur le divan, enveloppée dans une mince couverture. Des pas lourds et hésitants dans l'escalier, vers trois heures du matin, la firent bondir. Allen tenait à peine debout et empestait l'alcool. Folle de rage, elle l'engueula royalement.

« Salaud ! Tu as laissé Jean-François tout seul durant toute la soirée !

— Pas toute la soirée, voyons, *darling* ! Je suis sorti acheter des cigarettes au dépanneur du coin cinq minutes avant l'heure de ton retour.

— Ça urgeait tant que ça ? Regarde l'heure, mon cher : il passe trois heures du matin !

— Je sais, je sais… En sortant du dépanneur, j'ai rencontré un vieux copain et on est allés prendre un verre ensemble. Je savais que tu rentrerais d'une minute à l'autre.

— Tu aurais pu téléphoner pour vérifier. À tout le moins m'avertir ! Si j'avais décidé, moi, d'aller prendre un verre avec une copine, hein ?

— …

— Ça n'a plus de sens, Allen. Je ne peux plus te faire confiance. Ne devais-tu pas, en début de soirée, chercher un appartement sur Internet ? Michèle revient dans moins de trois semaines, tu le sais bien…

— Pas de panique, pas de panique ! J'ai trouvé quelque chose de bien, rue Chambord. Je m'y suis même rendu avec le petit vers sept heures. Un quatre et demi tout meublé. Tu vas l'aimer. J'ai payé le loyer à l'avance pour cinq mois.

— Quoi ? Mais je ne l'ai même pas vu ! Es-tu devenu fou, *"coudon"* ? J'ai tout de même mon mot à dire là-dedans, moi !

— Tu vas l'aimer, je te dis ! Fais-moi donc confiance pour une fois !

— Allen, je n'en reviens pas !

— Mon entreprise se porte bien, de ce temps-ci. Autant en profiter et tout régler pendant que j'ai les poches bien remplies. »

Elles ne restèrent pas remplies très longtemps. Quelques semaines après le déménagement dans le nouveau logement somme toute fort convenable, l'Anglais rentra un soir la tête basse en avouant sa déconfiture.

« Excuse-moi, *baby*. Je suis vraiment en difficulté. Je viens de perdre beaucoup d'argent au jeu. Me voilà dans de beaux draps : je dois trois mille dollars à un type qui n'entend pas à rire. Il menace de me casser les jambes si je ne le rembourse pas d'ici deux jours. Pourrais-tu me prêter ce montant ? Après tout, j'ai bien payé le loyer pour presque la moitié de l'année.

— Et moi j'ai défrayé le coût des trois mois chez Michèle. L'as-tu oublié ? De toute manière, je ne possède pas un tel montant !

— N'avais-tu pas parlé d'une marge de crédit ? T'en fais pas, je vais te le remettre, ton argent !

— Si c'est comme le premier six cents dollars que je t'ai prêté et dont je n'ai jamais revu la couleur ! Et je vais vivre avec quoi, moi, si jamais tu pars ?

— Mais, *darling*, je ne partirai pas. Je me sens trop bien auprès de toi ! Cette fois, il s'agit de protéger notre enfant. Le charognard a même proféré des menaces au sujet du petit ! Et ce type n'a pas froid aux yeux, je te le jure ! »

L'argument d'une agression éventuelle ne mit pas de temps à convaincre la jeune mère complètement affolée. Elle n'arriva pas à fermer l'œil de la nuit. Le petit bonheur paisible auquel elle avait goûté durant quelques semaines venait de tourner au vinaigre. Les non-dits, l'alcool, le jeu, le culte de l'argent et, maintenant, les menaces, tous les ingrédients s'accumulaient pour faire sauter la marmite.

Le lendemain matin, dès l'aurore, elle se trouva sur un pied d'alerte. S'il fallait qu'on s'en prenne à Jean-François, elle en deviendrait folle et s'en voudrait pour le reste de ses jours. Quinze minutes avant l'ouverture de la banque, elle faisait déjà les cent pas sur le trottoir, devant la vitrine, en tenant son fils par la main.

Quelques minutes plus tard, Allen recevait son argent en bonne et due forme.

Chapitre 14

Les mois porteurs de grisaille s'écoulèrent un à un au sablier du temps. Un vendredi soir, Allen ne rentra pas. Il avait quitté pour son travail durant la matinée, comme à l'accoutumée, sans dire un mot ni donner de précision sur son retour. Mais il ne revint pas. Inquiète, Juliette tenta de joindre son associé Jack au téléphone, mais lui aussi demeurait introuvable.

Elle ne dormit pas de la nuit. Un accident est si vite arrivé ! Et s'il était parti avec une autre femme ? Qui sait, une aguicheuse… Une aussi belle gueule ne laisse certainement pas les femmes indifférentes !

Depuis un certain temps, le couple allait plutôt cahin-caha. Allen était redevenu préoccupé et lointain, il s'intéressait moins à elle et au petit, et rentrait à n'importe quelle heure du jour ou de la nuit. À force de manipulations et de manigances, il avait réussi à extorquer d'autres sommes d'argent à Juliette. Tous les prétextes semblaient bons : une occasion en or pour relancer ses affaires, un emprunt à rembourser sans délai, un compte à payer immédiatement, un placement obligé, une bonne occasion à ne pas rater avaient succédé à l'urgence de la dette de jeu. Dieu merci, aucune autre menace envers l'enfant n'était venue agiter les eaux troubles dans lesquelles Juliette tentait de surnager.

De bonne foi, elle avait vidé son compte bancaire et atteint la limite de sa marge de crédit. Elle se trouvait maintenant endettée de dix mille dollars. Et l'échéance du loyer la remplissait d'effroi. Les cinq mois payés à l'avance par Allen se termineraient bientôt. Sans doute lui demanderait-il de s'en charger à son tour. Les comptes de téléphone et d'électricité n'allaient pas tarder à leur parvenir non plus.

Oh ! il était arrivé à quelques reprises à Allen de revenir avec les poches pleines, mais jamais il n'avait remis son dû à Juliette. Elle le suppliait alors de mettre des sous de côté en prévision des prochains mois, mais il la traitait d'alarmiste et de pessimiste.

« Quand ça va recommencer à rentrer, *darling*, ça va rentrer gros, t'en fais pas avec ça. Je m'en occupe rondement ! »

Le dimanche suivant, après trois jours sans nouvelles, Juliette, folle d'inquiétude appela sa mère. Allen n'avait pas l'habitude de partir aussi longtemps sans donner signe de vie. Même s'il s'était enfui avec une autre femme, il aurait téléphoné après tout ce temps. Geneviève ne savait que répondre, retenue par des invités qu'elle recevait à souper.

« Vous vous êtes disputés ?

– Justement, non !

– Écoute, ma grande, s'il n'est pas rentré demain matin, avertis-moi. Je me rendrai chez toi et nous signalerons sa disparition à la police. »

Mais le soir même survint un appel interurbain. À frais virés, naturellement.

« *Darling ?* Me voici de retour à Bogota. Je dois absolument négocier de nouveaux contrats. Excuse-moi de ne pas t'avoir avertie plus tôt. Une urgence…

– Va chier, Allen Faulkner ! »

Juliette lança le téléphone portable à travers le salon et se jeta sur le divan pour brailler toutes les larmes de son corps. Elle ne méritait pas d'être traitée de la sorte. Depuis le jour où cet homme avait croisé son chemin, son univers avait sombré au fond d'un marécage aux eaux saumâtres. Il ne lui avait apporté que de la merde, ce maudit Anglais, ce malotru, ce mufle, ce goujat, ce…

Et puis, non ! Pas du tout ! Elle se trompait ! Il ne lui avait pas apporté que de la merde… Elle se leva d'un bond et alla chercher Jean-François dans son lit. Un ange… D'Allen elle avait hérité de cet ange, ce trésor sans prix qui, sans le savoir, donnait un véritable sens à sa vie. Le courage lui revint. « Mon amour, mon tout-petit… Pour toi, je vais m'en sortir ! » Elle le déposa doucement dans leur lit, à la place du père. Il pouvait bien aller au diable, le père ! Elle avait son fils. Et il ne partirait jamais, lui !

Le lendemain matin, sa décision était prise. Cette fois, on ne lui ferait pas la morale et on ne gérerait pas sa vie à sa place. Personne ne se mêlerait de ses affaires.

Elle avisa trompeusement Geneviève du retour d'Allen, rue Chambord.

« Ne t'en fais plus, maman. Il était parti aider un copain à peindre son chalet dans le Nord, convaincu de m'en avoir avisée. Un simple malentendu, quoi ! »

Juliette se doutait bien que sa mère n'accepterait jamais la vérité. Elle pousserait les hauts cris et blâmerait sa fille pour sa crédulité. Juliette l'entendait déjà jurer par tous les dieux qu'elle allait la tirer de ce mauvais pas et la débarrasser à tout jamais de ce parasite en portant plainte à la police pour extorsion de fonds. Et puis, elle insisterait pour la ramener à Laval. Et Juliette n'avait pas envie de retourner vivre dans le sillage de sa mère et de son exaspérant conjoint.

Non, mieux valait tenter de sauver la face encore une fois et de tenir sa mère loin de ses problèmes de couple. Mais s'agissait-il simplement de problèmes de couple ? Tôt ou tard, elle se trouverait dans l'obligation de lui parler de ses ennuis d'argent, car le bas-fond de ses finances ne se trouvait pas loin.

Elle décida néanmoins d'appeler Jérémie au secours.

« Ne m'avais-tu pas offert de venir garder mon fils un de ces bons soirs ? J'ai un cours à sept heures, et Allen se trouve à l'extérieur de la ville pour toute la semaine.

– Bien sûr ! Je rêve depuis longtemps de jouer au "mononcle" ! »

***

L'homme s'immobilisa derrière Juliette sans prononcer une parole. Elle sentait son regard peser sur elle plutôt que sur la toile sur laquelle elle travaillait. Depuis quelques semaines, ce professeur la troublait avec ses regards insistants, ses sourires en coin, cette main lourde posée sur son épaule à tout instant. Luc Brunelle lui causait une vive impression et lui plaisait tout à la fois. Un homme grisonnant, au seuil de la quarantaine, reflétant la sagesse et la bonhomie, peintre admirable de réputation internationale. Un maître.

Qu'avait-il donc à s'intéresser à elle de façon aussi particulière ? Elle ne faisait rien pour attirer l'attention pourtant. Bien au contraire ! Elle assistait sagement aux cours, faisait ses lectures à la bibliothèque, remettait fidèlement ses travaux à temps, puis se faufilait à la hâte dans le dédale de corridors de l'UQAM sans jamais s'attarder à la cafétéria ou au café-bistrot comme les autres étudiants. Pas le temps ! Trop d'obligations et de responsabilités. Un fils à soigner, une famille à gérer…

« Si vous voulez réussir les jeux d'ombre, il ne faut pas changer la perspective, ma chère Juliette… »

Juliette ! Comment avait-il appris son nom ? Elle ne le lui avait jamais révélé ! À l'université, les profs connaissent rarement le nom de leurs élèves.

« Tenez, je vais vous expliquer… »

Le maître s'accroupit, sortit un cartable de son sac et le posa sur son genou replié. En quelques esquisses, il fit comprendre la leçon à la jeune fille rougissante debout devant lui.

« Merci, monsieur, j'ai bien compris !

– Si vous avez des questions, ne vous gênez pas. Et n'hésitez pas à venir me montrer vos travaux. Vous possédez un réel talent, vous savez ! »

L'enseignant poursuivit son chemin, mais Juliette fut incapable de continuer à peindre. Malgré les encouragements reçus, elle se sentait fatiguée et dépassée par les événements. Elle manquait de concentration et, soudainement, de motivation. Il allait de soi d'éviter le changement de perspective afin de respecter le réalisme des jeux d'ombre et de lumière ! Elle le savait d'instinct depuis toujours, même avant de s'inscrire à des cours de peinture ! Elle venait de passer pour une triple imbécile !

Mais elle n'avait plus la tête à la peinture. Trop compliqué de faire garder le bébé. L'université n'est pas un lieu pour les femmes monoparentales et sans le sou. Dans combien de temps Allen allait-il rentrer au bercail ? Si jamais il rentrait ! Et avec quel argent allait-elle survivre en attendant ? Son existence rocambolesque avait trop duré, un changement s'imposait. Mais quel changement ?

À la sortie de l'université, elle croisa de nouveau Luc Brunelle en train de scruter à la loupe les petites annonces épinglées sur un tableau d'affichage du corridor. Il se retourna d'un bloc et lui sourit gentiment.

« Tiens, tiens, voici mon artiste préférée ! Dites donc, auriez-vous envie d'aller prendre un café sur une terrasse de la rue Saint-Denis ? Il fait un temps radieux…

– Ça me plairait bien, mais j'ai promis au gardien de mon bébé de rentrer avant dix heures. Désolée…

– Ce sera pour une autre fois, alors ?

– Pourquoi pas ! »

« Son artiste préférée » ! Il en avait de bonnes, celui-là ! L'artiste préférée qui ne savait pas organiser ses angles de vision… Navrée, elle ne pouvait plus s'offrir, maintenant, le luxe de jouer à l'artiste. Il aurait dû dire « ma petite mère préférée », c'eût été plus juste ! Parce qu'avant longtemps il ne lui resterait rien d'autre dans la vie que de jouer à la mère vingt-quatre heures par jour et sept jours par semaine !

Abattue, elle retourna rue Chambord et grimpa les marches de l'escalier en spirale avec une lenteur pesante. Elle n'avait pas envie de retourner chez elle et de se confronter de nouveau à la réalité concrète. Au moins, ce soir, durant l'atelier de peinture, elle avait pu faire le vide et oublier un peu sa solitude.

Au moment d'entrouvrir la porte, une odeur de fromage fondu la saisit. Une petite musique douce et les lumières tamisées rendaient l'atmosphère du logement calme et feutrée. Jérémie sortit de la cuisine, un verre de vin blanc à la main.

« Tiens, ma chouette, c'est pour toi ! Ça va te détendre après trois heures de cours intensif. Je connais ça !

– Jérémie ! Quelle gentillesse ! Quel accueil ! Mais… en quel honneur ?

– Rien de particulier. Juste le plaisir de me trouver chez toi, en maître des lieux pour quelques heures. J'ai donc fouillé dans ton frigo et déniché une bonne quantité de fromage, de légumes et de pain. L'idée m'est alors venue de préparer un petit gueuleton pour ton retour. Une fondue suisse, ça te plairait ?

– Si ça me plairait ? Jérémie, tu es un amour ! La femme qui va t'épouser sera la plus chanceuse des femmes ! La plus choyée, la plus gâtée, la mieux entourée, la mieux chouchoutée, la plus aimée, la plus... »

Elle s'arrêta net. Tout cela lui rappelait les soupers en tête-à-tête avec Allen. Il n'y avait pas si longtemps, pourtant... Elle vivait alors en pleine euphorie, convaincue de voir perdurer son bonheur à jamais.

« Et si on mangeait ? »

Il alluma le réchaud, apporta le pain, les crudités et la bouteille de Clos Sainte-Odile mise au frais.

« D'où vient cette bouteille ? Ce vin ne se trouvait pas sur mes tablettes, il me semble !

– Jean-François et moi sommes allés faire une promenade en poussette, ce soir, et nous sommes passés devant une succursale de la Société des alcools. Il faisait si beau, et ça a permis à ton petit de se détendre avant de le mettre au lit.

– Quel excellent gardien tu fais ! Alors, je recommence : les enfants qui t'appartiendront seront les plus chanceux des enfants. Les plus dorlotés, les plus couvés, les mieux élevés, les plus respectés, les plus aimés...

– Arrête, Juliette ! Tu vas me mettre mal à l'aise ! Mmmm, pas mal, ce petit vin, pour le prix ! »

Ils restèrent attablés jusque tard dans la nuit. Après quelques verres, elle se sentit incapable de jouer la comédie plus longtemps et éclata en sanglots au moment où Jérémie s'informait des remplaçants d'Allen pour garder le bébé durant le reste de la semaine. Elle lui avoua tout, sa situation catastrophique, la confusion totale dans laquelle elle se trouvait, ses problèmes d'ordre financier, ses mensonges à sa mère sur le nouveau départ d'Allen à Bogota, son refus de retourner à Laval, ses doutes face à l'avenir, et la décision qu'elle venait de prendre, ce soir même, d'abandonner ses cours à la faculté.

À cette dernière affirmation, Jérémie bondit sur ses pieds. Il n'était pas question de laisser tomber les cours un mois avant la fin des classes. Il allait l'aider, il s'occuperait du bébé, le garderait, le prendrait aussi souvent qu'il le faudrait pour donner une chance à Juliette de terminer ses travaux de fin de session.

« Mais tu as autre chose à faire, Jérémie ! Toi aussi tu dois faire face à des travaux de fin de session ! Oublie-moi, je vais retourner chez ma mère. Allen a voulu régler tout seul le bail pour le logement ? Eh bien ! il s'en trouve l'unique responsable. Moi, je n'ai rien signé ! Il s'arrangera avec, à son retour ! Si jamais il revient… Il s'agit de son problème, pas du mien ! Moi, je vais partir d'ici et cesser de payer le loyer. De toute façon, il ne me reste plus un sou et je n'ai plus envie d'attendre ce sans-cœur.

– Bon! Te voilà plus raisonnable maintenant!

– Quoique… Tu sais, Jérémie, s'il revenait, j'hésiterais encore à lui garder la porte fermée. Mais, pour l'instant, je dois prendre une décision. Ça urge!

– Demande à ta mère de t'aider.

– Ma mère? Non! Je préfère la tenir loin de mes problèmes. J'ai déjà dépensé trop de son argent. Et elle va m'héberger de nouveau, ça me suffira.

– J'insiste, Juliette: termine au moins la session d'été. De l'argent, ça se trouve! Je vais aller voir mon gérant de banque demain. Il existe peut-être une solution. Reste au moins un dernier mois ici, le temps de finir tes cours. Tu aviseras ensuite. Moi, je ne vais pas te lâcher. Mais… j'y pense, ne m'as-tu pas déjà dit que Jean-François avait un parrain?

– Un parrain? Quel rapport avec mes problèmes?

– Ne vient-il pas faire du bénévolat à Montréal une journée par semaine? Pourquoi ne pas lui demander de garder le petit plutôt que d'aller à l'hôpital ce jour-là? Il s'agit d'une affaire d'à peine quelques semaines.

– Ouais, peut-être… Michèle aussi pourrait m'aider. Et ma tante Marie-Claire. Et pourquoi pas ma mère… Tôt ou tard, il me faudra bien lui dévoiler la vérité, hein? Mais plus j'y pense… Non, Jérémie, je ne dirai rien, je ne demanderai rien à personne. Je n'ai pas envie de quémander. Tout ça ne regarde que moi. Un bon jour, Allen va revenir comme il l'a fait l'an dernier. Il s'agit de me montrer patiente, voilà tout! Et de trouver le courage de l'attendre… chez ma mère! Pas si compliqué après tout!

– Pendant combien de mois encore vas-tu patienter? As-tu vraiment envie de vivre de cette façon toute ta vie? Ton mec me paraît un aventurier de la pire espèce, incapable de prendre ses responsabilités. Vivre avec toi et son fils ne représente qu'un trip de plus dans sa vie de vagabond, comment peux-tu ne pas t'en rendre compte? Oui, il va probablement revenir te conter fleurette pendant une couple de mois, et profiter de toi. Peut-être même va-t-il refaire de l'argent, ici, à Montréal. Je ne sais trop comment d'ailleurs! Mais il va surtout tirer profit du tien, j'en gagerais ma chemise! Je préfère ne pas me poser trop de questions à ce sujet. Il n'est pas sans avoir remarqué la riche mère qui veille sur toi. Puis, un jour, il va repartir une autre fois, sans crier gare. Je t'assure! Ouvre les yeux, pour l'amour du ciel! Je te parle en ami, là, Juliette!

– Tais-toi! Tu dis des conneries! J'aime cet homme. Nous vivons des choses merveilleuses ensemble, si tu veux savoir… Et il est le père de Jean-François.

– Libre à toi, Juliette. Il s'agit de ton choix, pas du mien. Mais ça me crève le cœur de te voir aussi malheureuse.

– Je ne me sens pas malheureuse. Juste un peu… un peu bousculée!

En prononçant ces derniers mots, Juliette éclata de nouveau en sanglots et tomba dans les bras de son ami. Il la pressa contre lui en caressant doucement ses cheveux. Et dans ce simple geste de solidarité et de compréhension se trouvait toute l'affection du monde. Mais… si elle le perçut, elle ne le montra pas.

Le lendemain, en revenant de l'épicerie, elle trouva une enveloppe sur le plancher du portique. Quelqu'un l'avait glissée par l'orifice de la porte servant au courrier. Elle contenait la somme de mille dollars en coupures de vingt. Sur la note qui l'accompagnait, ces simples mots :

Ton ami qui t'aime,

J.

Elle paya un mois supplémentaire de loyer et décida de terminer la session avec l'aide de ses amis qui ne se firent pas prier pour faire office de gardiens d'enfant.

Geneviève n'en sut jamais rien.

Chapitre 15

30 septembre 2002

Désiré m'inquiète. Il semblait bien se porter, pourtant, lors de notre dernière rencontre, à la fin de l'été, sur une terrasse du Vieux-Port. Ce midi-là, Juliette et sa mère avaient accepté de nous accompagner. Évidemment, Jean-François a été le point de mire et l'objet de nos attentions durant toute la durée du repas. Les serveurs ont dû exécuter un puissant travail de nettoyage autour de sa chaise haute après notre départ ! En véritable petit tyran, le chéri triait les aliments placés devant lui et jetait par terre ceux qui ne lui plaisaient pas, à l'instar de son parrain qui, lui aussi, tassait discrètement ses petits pois sur le côté de son assiette. Et cela faisait rire l'assemblée.

Désiré a toutefois gardé son sérieux en affirmant avoir souffert de troubles de digestion dernièrement. Oh ! rien de bien grave, sans doute, mais une douleur se pointait à l'abdomen de temps à autre, accompagnée de maux de cœur. Quelqu'un fit une remarque, au grand plaisir de tous, sur le genre de maux de cœur atteignant parfois les vieux garçons trop esseulés. Puis la conversation a finalement tourné vers un autre sujet et on n'a plus repensé aux problèmes de santé de ce pauvre Désiré.

La semaine dernière, cependant, j'ai composé le numéro de la maison rouge à plusieurs reprises sans obtenir de réponse. J'ai cru Désiré, d'habitude pantouflard, occupé à ramasser les feuilles mortes ou bien parti au village à la recherche de quelque denrée oubliée sur sa liste d'épicerie. Évidemment, mon neveu solitaire ne s'est jamais muni d'un répondeur, encore moins d'un téléphone cellulaire !

Bref, je ne m'en suis pas fait outre mesure jusqu'à hier soir quand une voix rocailleuse et à peine audible m'a répondu au téléphone après une dizaine de coups de sonnerie. Cette fois, la situation m'a paru sérieuse. Désiré, fiévreux et nauséeux, se plaignait de douleurs insupportables sur le côté droit irradiant jusque dans l'épaule. Il tenait à peine sur ses jambes, selon ses dires, et ne se sentait pas en condition de conduire sa voiture. J'eus beau le supplier de composer le 911, il ne voulait rien entendre. Il s'agissait d'un simple malaise, prétendait-il, ça allait passer comme les autres fois. Il n'aurait pas dû manger des spaghettis ; il était devenu trop vieux pour les digérer. Mon œil, à soixante-neuf ans ! D'autant plus qu'il se vantait des qualités de sa fameuse sauce, il n'y a pas si longtemps !

J'ai finalement rejoint Marie-Claire, la douce, l'indispensable Marie-Claire qui ne fait jamais de bruit, mais sert de dépanneuse pour tout un chacun. Elle s'est rapidement rendue à Mandeville et a trouvé son frère quasi inanimé sur le divan du salon. Ça n'a pas été long avant qu'une *ambulance le transporte à l'hôpital le plus proche où on l'a opéré quelques heures plus tard, semble-t-il.*

J'attends de ses nouvelles. Tout cela m'énerve sans bon sens. Tiens bon, mon petit Désiré! Pas question de nous abandonner, toi aussi, hein?

Chapitre 16

Juliette réussit tant bien que mal et avec l'aide de ses amis à payer quelques mois supplémentaires de loyer. Sa mère ne se doutait toujours pas du sérieux manque de fonds de sa fille, ni de l'absence prolongée du père de son petit-fils. L'étudiante finit aussi par dénicher dans le voisinage une adolescente relativement fiable pour s'occuper de Jean-François, lors de la session d'automne qui arrivait à grand pas. Entre-temps, elle se cherchait désespérément un travail à temps partiel.

Les interurbains avaient repris de plus belle. Allen se répandait en excuses et en mots d'amour et promettait n'importe quoi. Juliette essayait d'y croire pour avoir la force de supporter une autre journée. Un jour de plus, un à la fois... Le matin où elle trouva le compte de téléphone dans le courrier, elle déchira l'enveloppe d'une main nerveuse, convaincue de voir le moment de sa ruine totale officiellement survenu. Elle s'attendait à trouver une addition astronomique à cause des appels en provenance d'Amérique du Sud. Bogota-Montréal, ça ne devait pas être donné ! À sa grande surprise, on lui réclamait un montant insignifiant à peine plus élevé que la somme habituelle. Elle poussa un soupir.

En examinant de plus près la liste des appels, elle s'aperçut que les interurbains de Colombie n'avaient pas été inscrits. Seuls apparaissaient des appels à frais virés en provenance d'une *cabine publique locale*. Cela ne lui disait rien. « Tant mieux ! songea-t-elle, la Colombie viendra seulement sur le prochain compte. Allen s'en chargera lui-même, à son retour. Ou plutôt en chargera son entreprise. »

La même chose se reproduisit le mois suivant : aucuns frais n'étaient facturés pour des appels d'Amérique du Sud. Intriguée, elle contacta la compagnie de téléphone. On ne décela aucune erreur. Tout paraissait normal. Ah bon... Elle n'allait tout de même pas courir après les factures, hein ? Allen avait dû prendre des arrangements là-bas. Il le lui aurait dit, pourtant !

Elle était en train de plier une brassée de lavage lorsqu'une idée lui vint tout à coup à l'esprit : lors de sa première escapade à Bogota, Allen téléphonait aussi à frais virés à la résidence de sa mère à Laval. Ce genre d'appels à frais virés ayant la réputation de coûter très cher, Geneviève devait sûrement se rappeler les montants faramineux qu'elle avait dû payer pour sa fille durant une période de plusieurs mois. Elle composa le numéro de sa mère qui se montra surprise de cette question.

« De Bogota ? Non... je ne me rappelle pas avoir eu à défrayer des appels de là-bas. Je m'en souviendrais, voyons! Et je t'en aurais parlé! Je dois avoir conservé ces factures dans mon classeur. Attends une minute…

Juliette retint sa respiration. Une sueur froide lui glaçait le dos et elle se mit à grelotter. Les pièces du casse-tête commençaient à se placer dans son esprit. Une compagnie fantoche, des voyages d'affaires bizarres, de longues semaines sans un rond, puis de grosses sommes d'argent qui disparaissaient aussi vite qu'elles apparaissaient, des sorties mystérieuses, des absences interminables et inexpliquées… Où Allen se rendait-il, grands dieux, où? Et s'il lui mentait? S'il lui téléphonait de Montréal au lieu de Bogota? Pour quelle raison, alors, le ferait-il d'une boîte téléphonique et à frais virés? Cela ne coûtait que vingt-cinq sous après tout!

Sans s'en douter, Geneviève ajouta un argument de plus aux appréhensions de sa fille.

«Non, je ne vois rien qui provienne d'aussi loin sur les factures. On a seulement inscrit une succession d'appels locaux à frais virés en provenance d'une *cabine publique de Montréal*, sans plus. Au fait, pourquoi me demandes-tu ça?

– Oh… simple curiosité! Roland va bien?

– Toi, ma fille, tu me caches quelque chose. Je te connais! Écoute, si tu as des problèmes, tu m'en parles, hein?

– T'en fais pas, maman, je sais très bien me débrouiller.

– Pourquoi ne viendrais-tu pas souper dimanche prochain avec Allen et le petit ? M'ennuie de mon petit-fils, moi ! Et je n'ai pas vu Allen depuis des lustres. Tu pourrais bien nous l'amener pour une fois !

– Bonne idée !

– Oh ! j'oubliais… Ton oncle Désiré s'est fait opérer pour des pierres à la vésicule, la semaine dernière. Si jamais l'envie te prend d'aller faire un tour à Mandeville, une visite amicale lui ferait du bien, à ce vieux nounours farouche ! Et j'aimerais bien savoir comment il va réelle-ment. »

Juliette se mordit les lèvres. Aller visiter Désiré ? Pourquoi pas ! Aller souper chez sa mère en compagnie d'Allen ? Impossible ! Bof… elle inventerait une rai-son à la dernière minute pour excuser l'absence de son amoureux. Elle s'en voulait de mentir ainsi à sa mère et de la tenir loin de ses mésaventures. Elle l'adorait, pourtant, et savait qu'elle pouvait compter sur elle. Mais pourquoi empoisonner l'existence de Geneviève avec des futilités alors que le bonheur reviendrait à grands pas très bientôt ? Allen le lui avait encore juré, hier soir, au téléphone.

Une fois de plus l'amour aveugle avait gagné la partie. La grande colère du début et le sentiment de frustration au moment de sa disparition avaient naturellement fait place au pardon et à l'attente fébrile. Avec le retour de septembre, elle allait retourner aux études et tout rentrerait dans l'ordre. Terminées, les futilités !

Mais, à bien y penser, s'agissait-il vraiment de futilités? Cet étrange voyage de l'Anglais pour la deuxième fois, cet abandon pur et simple, sans avertissement... Et l'isolement dans lequel cela l'avait plongée, son endettement dramatique, les mensonges à sa mère... Tout ce charivari ressemblait davantage à une galère qu'à un bateau de croisière se berçant sur les eaux calmes du bonheur.

Geneviève ne semblait pas porter Allen dans son cœur, pas plus, d'ailleurs, que Juliette n'appréciait Roland. Mise au courant de son absence, elle lui conseillerait avec insistance, en bonne mère, de laisser tomber cet énergumène qui la faisait souffrir. Il n'avait qu'à se contenter d'une visite à son fils de temps à autre et à laisser Juliette vivre sa vie en paix. Il ne méritait guère mieux!

Autant la mère et la fille s'étaient rapprochées l'une de l'autre au moment de la naissance du bébé, autant elles avaient bifurqué dans des directions différentes depuis la venue d'Allen. Geneviève semblait ne plus rien comprendre à sa fille.

À l'adolescence, la jeune poulette rebelle, influencée par ses amis et forte de ses convictions personnelles sur la vie, voulait vivre ses propres expériences. Les parents, ces vieux séniles, avaient des idées démodées, ne prenaient pas de risques et rêvaient de chemins tout tracés à l'avance pour leurs enfants. Ils ne songeaient qu'à la sécurité autant affective que financière, les parents! À l'époque, Juliette refusait les conventions et préférait voler de ses propre ailes, dût-elle se les brûler de temps à autre ! Son apprentissage de la vie, elle le ferait loin de sa mère et des règles morales qu'elle prônait. « Te garder pour l'homme que tu aimeras » lui avait paru aussi désuet que d'«étudier le plus longtemps possible pour préparer ton avenir ». Elle s'était rendue facilement jusqu'à Polytechnique par goût pour l'étude et non pour faire plaisir à sa mère. Et elle persistait maintenant à la faculté des arts parce qu'elle adorait ses cours et s'intéressait aux matières enseignées. Cela n'avait rien à voir avec Geneviève.

Juliette maintenant arrivée à l'âge adulte, leur relation mère-fille aurait dû évoluer sur une base d'amitié où les rapports de pouvoir et d'autorité se réduisent petit à petit, remplacés par des liens de confiance et de compréhension mutuelles. Mais, dès le début, Geneviève, emportée par ses instincts maternels, avait trouvé à redire sur ce cher Allen, objet des amours de sa fille. Inconsciemment, elle avait contribué à refermer des portes à peine entrouvertes. Juliette n'avait plus envie de lui raconter les détails de son existence. Et pourtant, l'absence du père de Jean-François prenait maintenant des proportions qui n'avaient rien à voir avec des détails...

À l'université, Juliette avait revu le grand peintre Luc Brunelle à quelques reprises au cours de l'été, en se gardant bien de lui confier sa situation. Il l'avait invitée dans son atelier pour lui montrer ses propres œuvres. Elle était restée estomaquée devant la beauté des toiles et surtout l'originalité des sujets. Toujours inspirés de la réalité, ils traduisaient la nature humaine dans ce qu'elle a de plus expressif : une main tendue se faisant implorante, un front collé contre une vitre dans une position d'attente, le regard tragique d'un vieillard appuyé sur le dossier d'une chaise berceuse. Tous ces thèmes impressionnaient, inspiraient, remuaient la jeune femme. Elle aurait voulu posséder une main plus habile pour reproduire avec autant de justesse et de sensibilité ces émotions humaines.

Muette d'admiration, elle ne savait comment exprimer sa pensée. L'artiste devina son trouble et s'approcha d'elle.

« Vous aimez ?

– J'adore, vous n'avez pas idée, monsieur Brunelle ! Savez-vous que dans mon esprit j'arrive difficilement à dissocier poésie et peinture ? C'est plus fort que moi, je cherche toujours à transposer sur la toile les émotions exprimées dans mes poèmes...

– Vous écrivez aussi de la poésie ? Je veux voir ça ! Vite, apportez-moi tout ce que vous avez fait jusqu'à aujourd'hui. Je suis certain d'y trouver un travail de grande valeur. »

Elle n'avait pas répondu, trop émue et se demandant si elle n'était pas en train de vivre un grand moment, celui qui pourrait aiguiller l'orientation de toute sa vie. Quelques jours plus tard, elle montra, timidement et non sans hésitation, une dizaine de tableaux inspirés par ses écrits. Le peintre tomba en pâmoison, ne tarissant pas d'éloges autant pour les poèmes que pour les peintures.

« Mais vous avez un talent fou, mademoiselle ! Il faut absolument continuer dans la même veine et développer ce filon pour le moins original. Quelle bonne idée de combiner ces deux modes d'expression. Plume et pinceau, la force de l'art... Hum ! Ça me donne des idées pour l'avenir ! Pour votre avenir, je veux dire.

– Des idées ?

– Eh oui, de belles grandes idées vous concernant. Mais je ne veux pas en parler tout de suite. L'avenir nous dira si... Promettez-moi une chose, Juliette, venez me montrer tout ce que vous faites. Tout ! Je veux voir tout ! On se reparlera plus tard de ces projets, quand vous aurez terminé votre baccalauréat.

– Ce n'est pas demain la veille ! À raison de trois cours par session, j'en ai pour des années !

– Il s'agit d'une question d'argent ou quoi ?

– Une question d'argent et de logistique : j'ai un bébé de vingt mois... Évidemment, l'argent réglerait les problèmes de gardiennage et de frais de cours.

– Et si je vous obtenais une bourse ?

– Une bourse ? Je n'ai jamais songé à ça !

– Laissez-moi m'arranger avec ça, ma chère. Je vais vous donner un formulaire à remplir, vous me le remettrez en main propre le plus tôt possible. Je fais partie du comité de sélection... Voyons ! Où donc les ai-je rangées, ces satanées paperasses ? »

Juliette ne put s'empêcher de sourire. L'atelier de Luc Brunelle aurait gagné un prix dans la catégorie *désordre*! L'homme fouillait dans ses tiroirs, agitait des monceaux de papiers de toutes sortes, déplaçait des toiles empilées, soulevait des boîtes, repoussait des tubes et des pots de peinture. Bref, il n'arriva pas à dénicher les formulaires en question.

Elle le trouvait beau avec ses cheveux embroussaillés, son allure on ne peut plus dépenaillée et son regard droit et direct malgré les paillettes qui y brillaient tout au fond. Il se montrait toujours correct et respectueux envers elle et elle lui en savait gré. Bien sûr, si Allen Faulkner n'avait pas existé, elle aurait sans doute tenté sa chance. Il ne la laissait pas indifférente. Au contraire! Mais elle ignorait tout de la vie privée de cet homme-là et, de toute manière, Allen allait rentrer d'une journée à l'autre. Allen, le seul, l'unique, l'homme de sa vie. Allen, la réalité prenant de plus en plus les couleurs du rêve…

D'ici peu, il allait la tenir dans ses bras et lui dire: «Hello, ma *darling* à moi! Comment va ma petite maman?» Ah!… elle se laisserait couler contre lui et ils oublieraient le reste de l'univers. Ils reprendraient leur vie à deux, cette vie d'amoureux à peine ébauchée. Pourquoi ne pas donner une autre chance à sa petite famille? Il lui parlerait de son entreprise, lui dirait les pourquoi de son absence, lui expliquerait l'affaire des appels téléphoniques locaux. Pour sûr, il devait exister une explication à laquelle elle ne songeait pas. Ils en riraient, et elle oublierait qu'un beau peintre, au fond de son atelier du dernier étage de l'UQAM, n'aurait pas demandé mieux que de succomber à ses charmes, un soir du début de septembre. Elle le savait. Les femmes sentent toujours ce genre de choses.

Ce genre de choses qu'on n'a pas envie de raconter à sa mère…

Chapitre 17

N'eût été la voiture stationnée à la porte, on aurait pu croire la maison rouge abandonnée. Portes et fenêtres closes, rideaux tirés, amoncellement de terre et de détritus sur les marches de l'entrée, tas de feuilles mortes, vieille poubelle bosselée roulant au gré du vent sur le côté de la maison. Juliette décida de sonner à la porte avant même de sortir de la voiture Jean-François, endormi. « Des fois que mon oncle serait absent… » Elle regretta de ne pas avoir prévenu Désiré de sa visite. On n'arrive pas ainsi chez les gens, à l'improviste, sa mère le lui avait pourtant répété cent fois.

Elle allait revenir sur ses pas quand la porte s'ouvrit tout doucement en grinçant. L'homme qui apparut dans l'encadrement lui sembla méconnaissable. Pieds nus, cheveux hirsutes, yeux gonflés, mine patibulaire, pâle comme un cadavre, Désiré, simplement vêtu d'une camisole et d'un pantalon fripé, se montra à la fois surpris et content. Elle lui présenta Jean-François, mais au lieu de tendre les bras l'oncle recula d'un pas.

« Bonjour, parrain !

« – Tiens ! de la grande visite ! Bonjour, ma nièce, bonjour, mon filleul ! Excuse-moi, Juliette, je n'ose m'approcher du petit. Je ne me sens pas tellement bien et je ne voudrais pas qu'il attrape quelque cochonnerie.

– En effet, ça n'a pas l'air d'aller du tout, toi !

– Non, je me sens vraiment malade. Depuis mon retour de l'hôpital, la semaine dernière, la fièvre ne me lâche pas. De la grosse fièvre.

– Ce n'est pas normal. Il faut retourner voir ton médecin, voyons !

– J'ai un rendez-vous dans dix jours seulement. »

Elle remarqua ses yeux vitreux et injectés de sang, ses mains tremblantes, sa peau marbrée et couverte de sueur.

« Oh là là ! tu dois retourner à l'hôpital, mon oncle !

– Je n'en ai pas la force. Je vais téléphoner au CLSC.

– Non ! Habille-toi, je vais t'y mener, moi ! »

Il ne refusa pas l'offre, mais mit un temps infini à se préparer. Elle entendit couler la douche à l'étage supérieur. Assise sur le divan, elle regardait trottiner Jean-François autour de la table du salon. Si Florence le voyait ! À chacune des visites de Juliette dans cette maison, la mémoire de son arrière-grand-mère refaisait surface, comme si son âme habitait encore son ancienne demeure. Elle se rappelait la chaleur de son accueil, sa présence apaisante, enveloppante, rassurante. Deux ans, bientôt, depuis son départ pour l'au-delà...

Enfant, Juliette venait ici avec son père et sa mère, et la grand-maman trouvait toujours un bonbon dans sa poche ou quelque autre gâterie pour elle dans un recoin de la maison. Parfois, elle invitait la petite à rester quelques jours. Ensemble, elles allaient marcher dans les champs ou se baigner à la plage. L'hiver, elle l'amenait glisser sur la colline derrière la maison pendant que l'oncle Désiré travaillait au grenier. Le soir, elle lui jouait des chansons sur le piano, ce vieux piano empoussiéré qui monte toujours la garde dans un coin du salon sans avoir résonné depuis des années.

Puis un jour, Charles était disparu à jamais, et Florence avait beaucoup pleuré. C'était d'ailleurs l'un des seuls souvenirs de Juliette au sujet de la mort de son père : son arrière-grand-mère la serrant dans ses bras en poussant des hurlements à fendre l'âme. Cela avait beaucoup impressionné la fillette trop jeune pour comprendre l'horreur du drame.

Charles aussi, enfant, adorait venir chez sa grand-mère, paraît-il. Mais un cataclysme avait secoué la famille et on avait interrompu les rencontres entre la grand-mère et le petit garçon à cause de Désiré. Mais grâce aux audacieuses manigances d'Andréanne, cette belle relation avait été maintenue. Et elle, Juliette, ne savait rien de tout cela jusqu'à ce que Florence elle-même lui dévoile la vérité quelques mois avant de mourir. La jeune fille avait accueilli cette révélation comme une exhortation à l'indulgence. Essayer de comprendre au lieu de juger... Et donner une chance au fautif de se reprendre, de se racheter au lieu de le condamner… N'avait-elle pas, maintes fois, mis cette leçon de vie en pratique avec Allen ?

Elle s'installa au piano quelques instants. Plus jeune, ses parents lui avaient payé des leçons. Elle en avait peu profité, attirée par d'autres activités plus captivantes. Elle aurait dû s'exercer davantage. Aujourd'hui, elle regrettait. Du bout des doigts, elle chercha en vain une mélodie apprise autrefois. Jean-François vint aussitôt la trouver et, debout à ses côtés, le nez à la hauteur du clavier, il se mit à piocher dans le registre grave. Elle n'aimait pas ces sons caverneux répétés inlassablement, sans doute précurseurs de malheur, comme le roulement du tonnerre annonce la tempête. Elle s'empressa de refermer le couvercle.

Désiré finit par descendre l'escalier à grand-peine. Décidément, le vieil oncle n'en menait pas large. En route, il s'endormit aux côtés de Juliette, sa tête dodelinant dans tous les sens. À l'urgence de l'hôpital Notre-Dame, l'attente s'étira en longueur avant le passage du médecin. On offrit au patient mal en point de s'étendre sur une civière installée le long d'un corridor, et il put se reposer. Le petit Jean-François, par contre, ne tenait pas en place, s'approchait des autres malades, trottinait dans le passage et touchait à tout ce qui se trouvait à la portée de sa main. Juliette pensa devenir folle. Son oncle avait beau la supplier de repartir, l'assurer de pouvoir se débrouiller seul pour rentrer à Mandeville par l'autobus, elle n'avait pas envie d'abandonner le malheureux, convaincue qu'on déciderait de l'hospitaliser.

En effet, on ne mit pas de temps à soupçonner une septicémie par contamination, contractée sans doute lors de la chirurgie de la semaine précédente. Mais d'autres tests s'avéraient nécessaires pour le confirmer. Par prudence, on transporta le malade dans une chambre d'isolement.

Juliette le quitta avec soulagement en priant tous les saints de ne pas avoir attrapé cette infection, ni elle ni surtout son bébé. Le médecin la rassura néanmoins. S'il s'agissait vraiment d'une infection dans le sang, comme il le croyait, le malade n'était pas contagieux. Une série de puissants antibiotiques injectés par voie intraveineuse viendraient probablement à bout de la maladie. S'il n'était pas trop tard.

Il n'était pas trop tard, mais… moins cinq! Désiré faillit y laisser sa peau et dut demeurer à l'hôpital plusieurs semaines. Juliette allait le visiter régulièrement, après avoir déposé Jean-François chez Andréanne pour sa sieste de l'après-midi.

Elle affectionnait cet oncle solitaire, impressionnée par le supplice moral qui l'habitait toujours. Malgré son silence, elle percevait de façon aiguë cette souffrance secrète jamais formulée, jamais verbalisée. Souffrance enfouie à jamais dans les profondeurs de son mutisme irréversible… Il menait sa barque sans faire de bruit, marin esseulé au milieu des flots amalgamés du passé et du présent. Comment devinait-elle ces choses-là? Elle ne se l'expliquait guère. Elle les ressentait, voilà tout, et n'en aimait son oncle que davantage.

Certains membres de la famille ostracisaient encore le vieil homme pour ses erreurs datant de plusieurs dizaines d'années. Juliette en faisait peu de cas. Désiré reflétait la bonté, et la douceur de son regard trahissait une vie intérieure profonde. Petit garçon battu injustement et à outrance par son père, adolescent dérouté par des pulsions sexuelles plus fortes que sa volonté, grand frère montré du doigt depuis toujours par ses sœurs, adulte encore condamné après quarante ans parce qu'en sa jeunesse désastreuse il avait reporté son affection sur son cousin Olivier et, plus tard, sur le jeune Charles. Pourtant, l'homme avait lutté durant toute sa vie contre ces penchants pervers. À cause de cela, il avait dû se replier sur lui-même et vivre dans une solitude extrême, tapi au fin fond de sa campagne. Pauvre être sans malice, à la vérité, mais infiniment blessé par le destin…

Juliette le prenait en pitié. Sa demande pour devenir le parrain de Jean-François l'avait tout de même étonnée. On aurait dit un appel au secours, une supplication camouflée pour introduire un peu d'amour dans sa misérable existence. Elle n'avait pu refuser. D'ailleurs, il remplissait fort bien sa fonction de parrain. À tout moment, elle recevait par la poste un jouet, un habit, un bon d'achat pour des couches ou des produits pharmaceutiques. Il avait même déjà commencé une collection de timbres pour le petit !

La semaine précédente, elle avait écrit un poème intitulé *L'Âpre solitude* et le lui avait apporté à l'hôpital en guise de cadeau, accompagné d'un petit tableau de sa main portant le même titre. Il s'agissait d'une barque glissant sur les eaux calmes d'un lac avec un seul passager en silhouette. Devant cette image, Désiré s'était mis à soupirer et avait déclaré d'une voix dolente que cela lui rappelait la mort de son père.

« C'est fou… mon père me détestait, sans le moindre doute, mais moi, je l'aimais quand même ! Quand il est mort… »

Il ne continua pas sa phrase et se contenta de secouer la tête en baissant les yeux. Juliette ne comprit pas l'évocation, mais n'osa pas l'interroger davantage sur la question.

On finit par enrayer l'infection. Quelques jours avant de recevoir son congé de l'hôpital, Désiré, installé dans son fauteuil, sembla pour une fois en mal de confidences. Juliette s'approcha. Son oncle ressemblait à un vieillard.

« Eh bien ! ma chère nièce, je n'irai pas rejoindre ma mère de l'autre bord cette fois-ci, on dirait !

– Tant mieux, mon oncle ! Rien ne presse, hein ? N'oublie pas ta fonction de parrain de mon fils !

– Justement, je voulais t'en parler ! Tu te rappelles le jour où je t'ai demandé cette faveur, lors de l'enterrement de ma mère ? La semaine suivante, je me suis rendu chez le notaire pour rédiger mon testament. Oh ! je n'ai pas grand-chose à léguer ! Je ne possède ni fortune ni grand bien, je vis seulement avec ma pension de vieillesse et ma rente du Québec. Mais la maison rouge et le terrain autour m'appartiennent. Tout cela a pris beaucoup de valeur ces dernières années, surtout grâce à mes travaux majeurs de rénovation. Et puis, les demeures ancestrales reviennent à la mode, semble-t-il. Savais-tu que cette maison appartient à notre famille depuis soixante-huit ans ? J'avais un an lorsque Florence et Adhémar y ont emménagé. C'était déjà une vieille bicoque, à l'époque. Comme je souhaite la conserver parmi les nôtres, j'ai décidé de la léguer à mon filleul !

– À Jean-François ? La maison rouge ? Allons donc !

– Eh oui ! À Jean-François ! Après ma mort, ton fils héritera de la maison rouge, mais tu en auras l'usufruit et devras l'entretenir jusqu'à ses vingt-cinq ans. À ce moment-là, vous prendrez tous les deux les décisions qui s'imposeront alors. Moi, je ne serai plus là, c'est certain... »

Juliette resta bouche bée. Jamais elle n'aurait songé une seule minute à devenir propriétaire de l'ancienne résidence familiale, à tout le moins à la posséder au nom de son fils, cette vieille chaumière située à l'autre bout du monde. Bien sûr, elle ne manquait pas de charme, surtout depuis que Désiré s'était mis en frais de la rénover. Mais la vraie vie se trouvait à Montréal, parmi la foule, là où ça bouge. Quelle fille de vingt ans rêverait d'aller s'encabaner à la campagne avec un jeune enfant ? Allen n'accepterait jamais de la suivre. De toute manière, ce n'était pas pour tout de suite. L'oncle prenait du mieux et ne semblait pas près de rendre l'âme. Après tout, il pourrait bien durer jusqu'à quatre-vingt-quinze ans et plus !

Cet après-midi-là, de retour de l'hôpital et encore sous le coup de la surprise, Juliette se garda de parler de ce curieux héritage à Andréanne, au moment de reprendre Jean-François. Sa tante se trouvait-elle au courant ? Peu importe ! Il s'agissait seulement d'un bout de papier identifié « testament » et rangé au fond de l'un des tiroirs de Désiré. Il n'en sortirait probablement pas de sitôt. On avait tout le temps d'en reparler, on verrait en temps et lieu !

Lorsqu'elle retourna rue Chambord, en fin d'après-midi, elle ne remarqua pas tout de suite le coupe-vent bleu suspendu à la patère, près de l'entrée. Un bruit de vaisselle dans la cuisine attira plutôt son attention pendant qu'elle déshabillait son fils. Son cœur bondit.

« Allen ?

– *Darling*, mon amour ! »

Jean-François s'élança dans le corridor et alla se jeter dans les bras d'Allen. Quelques mois d'absence n'avaient pas suffi au bambin pour oublier son père.

Au cours de cette scène émouvante, Juliette oublia Désiré et la maison rouge, Bogota et les frais virés, les cours du soir et l'espoir d'une bourse, les projets de Luc Brunelle et les problèmes de gardiennage. Allen n'avait-il pas prononcé ces mots sacrés entre tous : « Mon amour » ?

Chapitre 18

24 octobre 2002

Ils ont tous accepté de venir. Ce sera la grande fête des retrouvailles pour la descendance de Florence et d'Adhémar. Ou plutôt celle de mes parents Camille et Maxime Coulombe, puisque j'y assisterai moi-même avec Olivier et sa femme Katherine. Les jumelles ont tout organisé.

Marie-Hélène, de sa tour d'ivoire de Vancouver, en a d'abord émis l'idée. Le trentième anniversaire de son fils Nick constituait une occasion rêvée pour réunir la famille au complet. Ils traverseront le continent dans trois semaines, Marie-Hélène et son conjoint, Lili et ses deux filles, et le beau Nick, toujours célibataire. Marie-Claire, elle, s'est occupée de la logistique de la fête : elle a loué une salle, commandé un buffet et acheté le champagne. Même le mari de notre regrettée Isabelle a accepté l'invitation avec ses deux grands fils et leurs enfants. Nicole aussi se joindra à nous avec mari, enfants et conjoints, ainsi que petits-enfants. Nous serons donc une trentaine à lever nos verres à la postérité. Les grands absents vont nous manquer : Charles, le fils de Nicole et père de Juliette, Isabelle, partie tout récemment… et mon Samuel, donc! Celui-là, je ne l'ai jamais oublié!

Bien sûr, Désiré a refusé poliment l'invitation, il fallait s'y attendre. Les jumelles ne pouvaient pas omettre de l'inviter malgré la certitude d'un refus de sa part. Pour une fois, le prétexte semblait plausible: sa convalescence. Au fond, mon neveu a raison de ne pas venir. Comme il l'a toujours fait, il peut très bien continuer son chemin sans cette chère famille qui n'a cessé de le juger. Pourquoi tenter de recoller les miettes d'un pot qui ne redeviendra jamais un pot? Désiré n'en a rien à foutre, d'une réconciliation apparente. Trop tard, maintenant…

Les occasions n'ont pourtant pas manqué par le passé. Si la haine a résisté à certaines cérémonies de baptême et de funérailles et, pire, si les rancœurs ne se sont pas nivelées au-dessus de la tombe de Florence, il y a deux ans, mieux vaut renoncer à tout espoir de pardon. Désiré Vachon est mort et enterré pour plusieurs, même s'il représente le plus ancien survivant de la lignée de Florence. Mort et enterré pour les familles de Nicole et d'Isabelle, à tout le moins.

Dieu merci, il lui reste son petit monde restreint mais aux assises solides. Et il vaut bien les trames d'hypocrisie et les liens tissés de non-dits entre les membres de certaines familles. Nicole reste conséquente avec elle-même et sait au moins jouer franc jeu: dans sa réponse à l'invitation, elle a accepté conditionnellement à l'absence de Désiré. Belle vacherie! Elle a renié sa mère et son frère, jadis, et elle continue de les garder hors de sa vie… et de la vie des autres! Rien au monde ne la fera changer d'idée.

Elle a choisi la haine ? Eh bien ! qu'elle y reste jusqu'au cou !
Qu'elle et les siens continuent de s'y vautrer !

Je la saluerai par politesse, rien de plus, moi, la plus âgée
de cette rude famille.

Chapitre 19

Après son retour sur la rue Chambord, Allen se mit à filer doux. Juliette retrouva l'amoureux des beaux jours. Il rentrait du travail à des heures régulières, payait sa part des dépenses et acceptait de bon gré de participer à certaines activités familiales. Le dimanche amenait la petite famille en pique-nique au parc ou en randonnée sur les routes de campagne, au grand bonheur de Juliette.

Évidemment, elle gardait toujours à l'esprit la crainte secrète de voir son homme disparaître de nouveau subitement et sans l'avertir pour quelque Bogota mystérieux probablement situé dans une boîte téléphonique de Montréal. Les explications sur sa disparition étaient restées vagues : urgence, imprévus, retards. Elle n'osait l'interroger davantage sur l'invraisemblance de ses affaires, peut-être bien de crainte d'apprendre une vérité qu'elle ne voulait pas entendre. Mieux valait profiter intensément du moment présent et ne pas s'en faire pour le reste.

L'enfant adorait son père et allait vers lui de préférence à sa mère. Le complexe d'Œdipe finirait bien par se manifester, se disait Juliette pour se consoler. Si les sentiments paternels n'étouffaient pas Allen, il démontrait tout de même un certain intérêt pour son fils. Elle commença à croire au bonheur, enfin !

Elle accepta avec enthousiasme l'invitation à la fête familiale. Non seulement elle allait y amener Jean-François, le seul représentant pour le moment de la cinquième génération, mais elle avait aussi l'intention d'introduire officiellement son conjoint dans la famille. Ils verraient tous quel beau parti elle avait déniché. Sans contredit, le père ne pouvait renier son fils, leur ressemblance se faisant de plus en plus marquée.

Jean-François vola la vedette en effet et fit l'admiration de tous. Si les yeux verts d'Adhémar Vachon s'étaient perpétués sur plusieurs des visages parmi les participants à la fête, l'enfant, lui, affichait le bleu-gris métallique de ceux de son père. De caractère facile et sociable, il accepta de bon gré de passer entres les mains des grands-parents, vieilles tantes et petites cousines. Juliette se sentait le cœur gonflé de fierté.

Allen, cependant, perdu parmi cette foule d'inconnus, semblait s'ennuyer ferme et commença très vite à regarder sa montre. Juliette, elle, n'avait pas le goût de quitter aussi tôt, trop contente de renouer avec certains membres de la famille perdus de vue depuis longtemps. Elle proposa à Allen de retourner à la maison avec le petit, à la fin du repas. Il ne se le fit pas répéter deux fois.

« Va le mettre au lit, mon chéri, je te rejoindrai plus tard, en fin de soirée. Quelqu'un s'offrira sûrement pour me ramener, sinon, je prendrai un taxi. »

La fête s'éternisa. Ça parlait fort et buvait dru. Même la tante Andréanne resta jusqu'à la fin. Toujours aussi coquette, elle arborait une magnifique robe de soie pervenche qui mettait en valeur son teint clair et ses cheveux tout blancs. Olivier, le beau colonel, semblait aux petits soins pour sa mère. Il tirait sa chaise, allait lui chercher un verre de vin ou une autre tranche de gâteau, lui donnait appui pour se rendre à la toilette. La vieille dame se déplaçait péniblement et à petits pas mesurés comme si elle traînait une lourde charge derrière elle. Sa tête et ses mains déformées par l'arthrite tremblaient légèrement mais sans arrêt. Juliette aurait eu envie de la prendre dans ses bras et de la serrer longuement afin d'interrompre ces affreuses oscillations involontaires dont le mouvement perpétuel semblait vouloir l'emporter vers une destination obscure dont on ne revient pas. La nièce adorait sa tante depuis toujours, et celle-ci le lui rendait bien. Hélas, il fallait se rendre à l'évidence : la tante Andréanne se trouvait en perte d'autonomie.

Les jumelles, quant à elles, s'étaient retrouvées avec émotion. Si, à soixante-trois ans, la figure plus lisse de Marie-Claire trahissait un certain pathétisme, consé-quence manifeste d'une trop grande solitude, le visage de Marie-Hélène, lui, exhibait davantage de rides et de replis, résultat d'une jeunesse tumultueuse éloignée des siens et de longues années finalement heureuses mais baignées sous les trop ardents rayons du soleil de la Colombie-Britannique. Les deux femmes d'affaires s'en étaient bien tirées financièrement, Marie-Claire par la vente de ses magasins, Marie-Hélène par sa compagnie de vêtements griffés qui continuait de rapporter des profits considérables. Leurs vieux jours semblaient assurés, gage de sérénité quand les années prendraient le tournant de l'âge d'or.

De son côté, Nicole, la sœur aînée, accusait bien la fin de la soixantaine malgré la fixité de ses traits et son port rigide. À croire qu'un jour, elle allait casser d'un seul coup comme une vieille branche sèche sous l'emprise du vent. Très peu de petites fleurs sur les ramures non plus. Avec elle, aucune souplesse ni flexibilité. Elle avait tout de même réussi à bien élever ses quatre enfants, à cheval sur les principes, les valeurs morales, la bienséance et les bonnes manières. Chacun avait bien réussi dans la vie et l'avait rendue plusieurs fois grand-mère et même arrière-grand-mère grâce à Juliette, la fille de Charles. La mort de ce fils aîné lui avait porté un dur coup et elle ne s'en était jamais remise complètement. Juliette et sa mère Geneviève n'aimaient pas beaucoup cette grand-mère grincheuse et l'avaient peu côtoyée depuis le décès de Charles. Trop distante. Trop froide.

Florence, l'aïeule de tout ce beau monde, demeurait la grande absente de cette fête. Comme elle l'avait toujours été durant la majeure partie de sa vie, d'ailleurs ! Même ceux qui eurent une pensée pour elle se gardèrent de prononcer son nom. Pourtant, dans les conversations, on revenait sans cesse en arrière, on ressortait des souvenirs d'enfance, on se rappelait sa jeunesse, on se racontait des anecdotes, mais toujours les noms de Florence, d'Adhémar et, bien sûr, de Désiré s'en trouvaient évincés.

Les plus jeunes invités ignoraient, pour la plupart, la tragédie qui avait jadis isolé une mère et son fils d'une bonne partie de la famille. Fils, filles, petits-fils, petites-filles, conjoints, que savaient-ils de ces tristes événements ? Qui se rappelait les erreurs de Désiré, ce vieux bouc habitant toujours la maison de Mandeville et complètement tombé dans l'ignorance et l'oubli ? Tant d'eau avait coulé sous les ponts. Tant d'années et tant de larmes aussi… Le silence, à sa manière, remportait sa victoire une fois de plus et s'infiltrait insidieusement à toutes les tables de la grande salle : on maintenait le souvenir de Florence Coulombe et de son fils dans le mutisme le plus total.

Juliette ne croyait pas à la vie éternelle. À l'école, sa mère avait préféré l'inscrire aux cours de morale au lieu de l'enseignement religieux. La jeune fille n'avait pas connu de crise existentielle, ce temps de la vie où les grandes questions sans réponse aboutissent nécessairement soit dans l'athéisme radical, soit au néant angoissant, soit à la croyance en un Dieu tout-puissant. Pour elle, les défunts poursuivaient leur existence tant et aussi longtemps que les vivants de la terre ne cessaient de les vénérer dans leur souvenir. Elle se demandait si l'âme des écrivains cheminait à plus long terme dans la mémoire du monde grâce à leurs écrits. L'âme de tout artiste, à bien y penser, continuait-elle d'exister par ses œuvres de création ? La jeune fille y croyait fermement et en avait la perception intuitive quand elle composait ses poèmes et peignait ses tableaux. Ses réalisations représentaient le prolongement d'elle-même, sa propre continuation, le filon qui la prolongerait très loin dans les générations futures. Qui, parmi les membres de cette assemblée, connaissait les écrits de Flo D'or ? Qui avait lu ses adorables contes pour enfants ? Qui avait savouré son seul et merveilleux roman *Le Temps des coquelicots*, depuis longtemps disparu des tablettes des librairies, tout grand succès qu'il eût été ?

Non ! Son arrière-grand-mère n'allait pas mourir ! Juliette en parlerait à son fils et aux autres enfants qu'elle aurait plus tard, elle se le promettait. Elle leur montrerait les livres de leur ancêtre et, grâce à elle, Florence survivrait dans leur cœur jusqu'à la fin de leur propre existence. Elle demeurerait leur alliée et leur confidente secrète. De là-haut, elle veillerait sur toute sa lignée. Et elle continuerait ainsi d'exister.

La fête battait son plein. On offrit à Nick, en cadeau d'anniversaire, deux billets pour le match de hockey du lendemain, au centre Bell, entre les Canadiens et les Canucks de Vancouver. Il riait et pleurait tout à la fois, le beau cousin de l'autre bout du pays. Mi-Chinois de par son père, il restait attaché à la famille malgré la distance. Future relève de sa mère à la compagnie

Marie-Hélène, il s'intégrait petit à petit dans les rouages de l'entreprise qui marchait sur des roulettes. Lili, quant à elle, ne s'y était jamais intéressée et préférait gagner sa vie comme psychologue tout en élevant ses deux enfants. La jeune femme, fort jolie avec son teint bistre et ses yeux légèrement bridés, semblait bien dans sa peau et coulait des jours sereins avec sa famille. Elle semblait n'avoir conservé aucun souvenir de ses premières années à Mandeville, à peine quelque vague image d'une balançoire suspendue au grand érable devant la maison rouge. De la fraîcheur du lac et de ses balades en chaloupe, de l'odeur des confitures de fruits de Florence, des histoires racontées par sa grand-mère avant de s'endormir, il ne restait plus rien.

Une jeune fille s'approcha de Juliette attablée devant un verre de vin. Plongée dans ses pensées, cette dernière sursauta puis s'exclama de joie à la vue de Jennifer, elle aussi petite-fille de Nicole. Les deux cousines ne s'étaient jamais fréquentées et ne se connaissaient pas beaucoup. À peine s'étaient-elles rencontrées à une ou deux reprises.

« Jennifer ! Comment vas-tu ?

– Je vais très bien ! J'entre à l'université la saison prochaine. Dis donc, tu étudies à la faculté des arts, il paraît ?

– Oui, mais à raison de trois cours par semaine seulement. Et encore… des cours du soir ! Je n'arriverais pas autrement avec le bébé, tu comprends.

– Moi, j'hésite entre la littérature et les arts visuels.

« – Tu aimes écrire ? Moi aussi, j'écris des poèmes à mes heures… Nous avons dû hériter cela de Florence, notre arrière-grand-mère.

– Ah oui ? Notre arrière-grand-mère écrivait ? Je ne savais pas ça !

– Allons donc ! Ne me dis pas que tu ignores l'existence des recueils de contes de Flo D'or !

– Flo D'or ? Qui c'est, celle-là ? On ne m'en a jamais parlé.

– On ne t'en a jamais parlé ! Je n'en reviens pas ! Pourtant, à l'époque, tous les petits-enfants de Florence ont reçu un exemplaire dédicacé de chacun de ses cinq livres de contes et de son unique roman pour adultes *Le Temps des coquelicots*. Ta mère a dû les recevoir quand elle était une petite fille, mon père aussi. Le cousin Nick en a même apporté un exemplaire lors des funérailles de Florence.

– Je ne savais rien de ça, moi ! Je pense même que mes parents n'en ont jamais été informés. Ma mère n'a jamais reçu ces livres de contes.

Juliette écarquilla les yeux. Scandalisée, elle avait du mal à croire sa cousine.

– Ça dépasse les bornes ! Demande à notre chère grand-mère Nicole de te révéler une vérité à laquelle tu as droit ! »

Non seulement on avait coupé les relations avec Florence, mais on ne s'était même pas préoccupé de propager ses livres écrits justement pour laisser en héritage à ses petits-enfants ! Le silence avait donc étendu ses tentacules et instillé son poison jusque-là : en plus de rompre des liens sans prix et d'éteindre le feu des souvenirs, il avait détruit le legs le plus précieux de l'ancêtre. De quel droit… Elle jeta un regard de mépris sur Nicole, cette diablesse qui, en se taisant et en détruisant les livres, avait déversé sa rancœur sur sa propre descendance et, par son influence, sur celle de sa sœur, la défunte Isabelle. Juliette la détestait, cette vieille rancunière, cette minable, cette méchante…

Jennifer paraissait sincère. Brunette plutôt jolie, elle affichait elle aussi le principal trait caractéristique familial : des yeux vert tendre comme les nouvelles pousses du printemps. De qui donc tenaient-ils tous ce regard ?

« Dis-moi, cousine, que sais-tu au juste de Florence et de Désiré ?

– Désiré ? Connais pas ! Je n'ai jamais entendu prononcer ce nom-là !

– Mais, voyons ! Désiré est notre grand-oncle, le frère de notre grand-mère Nicole, le fils de Florence. Et il vit encore à Mandeville, dans la maison ancestrale.

– Ça alors ! Il me semble avoir vaguement entendu parler d'un grand-oncle disparu en bas âge… Je ne sais trop ! »

Disparu en bas âge… Elle n'aurait pu si bien dire ! Disparu, oui, mais encore bien vivant ! Écœurée, Juliette ravala sa salive et prit le parti de se taire. Mais Jennifer revint à la charge.

« Il m'en manque des bouts, je crois ! Notre grand-mère Nicole nous a toujours raconté très peu de choses sur son passé. Elle a grandi à Saint-Charles-de-Man-deville et a perdu son père Adhémar dans un accident de chasse alors qu'elle venait de se marier et de s'installer à Berthier. Quelques années plus tard, elle a perdu Florence de vue parce qu'elle avait "viré folle", si je me rappelle bien. Rien de plus… N'est-elle pas décédée depuis peu ?

– Ton arrière-grand-mère n'a jamais "viré folle", Jennifer, si tu veux savoir la vérité. Je peux te l'assurer pour l'avoir fréquentée jusqu'à la fin, survenue il y a moins de deux ans. Crois-moi, elle était très lucide, bien au contraire !

– Hum… tu as des choses à me raconter, toi, j'ai l'impression !

– Pas ici, cousine, pas devant la famille réunie. Mais si tu viens me reconduire chez moi avec ta voiture, je te prêterai les livres dédicacés par Florence à mon père. Tu n'en reviendras pas ! Notre arrière-grand-mère a même écrit un best-seller !

– Quoi ? »

***

La voiture de Jennifer se trouvait stationnée depuis deux heures devant la porte du logement de la rue Chambord quand Juliette annonça que, vraiment, il lui fallait rentrer. Il passait quatre heures du matin ! Elle avait tout raconté de long en large à sa cousine, toute l'affligeante histoire de Florence et de son fils. La jeune fille se sentait ébranlée.

« Ma grand-mère Nicole et sa sœur Isabelle, Dieu leur pardonne, me surprennent énormément. Ainsi, elles auraient entretenu la haine durant toutes ces années… Je n'arrive pas à y croire !

– Moi, j'essaye de ne pas les juger, mais… Il s'agissait probablement d'un geste excessif de protection de leur progéniture. Ces "trop mères" voulaient mettre leurs petits à l'abri de l'agresseur. Maintenant que je possède un enfant, je les comprends mieux. Il s'agissait tout de même d'actes de pédophilie.

– Mais ce reniement, cet abandon, ce silence dans lequel elles ont laissé croupir leur pauvre mère, c'est terrible ! Leur frère, passe encore… Mais leur mère !

– Ne pas jeter la pierre, Jennifer, mais tendre la main… Ces deux femmes ont vécu avec une crotte sur le cœur et cela a dû les rendre malheureuses, crois-moi. Tant pis pour elles ! Regarde notre grand-mère Nicole : un vrai bloc de glace ! Crois-tu qu'elle reflète l'image d'une femme heureuse ?

– Pour ça… non !

– Tout ça ne nous concerne plus, toi et moi. Le passé doit s'effacer, mis à part l'héritage littéraire de Florence. Au moins ça… Écoute, attends-moi juste une minute, je cours chercher ses recueils de contes et je te les apporte tout de suite. »

Elle monta quatre à quatre les marches de l'escalier extérieur en spirale. Étonnamment, la porte n'était pas fermée à clé. Elle s'empressa de prélever les livres sur le rayon de la bibliothèque du salon et redescendit aussitôt.

« Tiens ! je te les prête. Trois sont écrits pour les tout-petits. Elle a dédié le premier à mon père Charles. Regarde, on voit son nom imprimé à l'intérieur. Le second s'adressait à notre cousin Nick, et le troisième… Devine pour qui ? Pour moi, au moment où je suis née ! N'est-ce pas impressionnant ? Les deux autres œuvres racontent des histoires pour les ados. Et voici *Le Temps des coquelicots*, le fameux roman qui a connu ses heures de gloire à l'époque, paraît-il. Une belle histoire d'amour inspirée de la vie même de Florence. Savais-tu qu'elle a profondément aimé le médecin qui a mis ta mère au monde ? Il se prénommait Vincent dans la réalité. Tu vas adorer ce roman ! Tu y fais attention, hein ?

– T'en fais pas ! Je t'en reparle bientôt. *Ciao*, cousine ! Et… merci ! »

Une fois rentrée, Juliette s'empressa d'aller jeter un œil dans sa chambre et celle du bébé. Cette porte non verrouillée ne lui disait rien qui vaille.

Elle ébaucha un soupir de soulagement en voyant ses deux hommes dormir comme des anges, dans les bras l'un de l'autre au milieu du grand lit de sa chambre.

Chapitre 20

Après avoir dévoré chacun des recueils de contes prêtés par Juliette, Jennifer s'en fut à la hâte trouver sa grand-mère Nicole afin de la questionner à ce sujet. Quand elle revit Juliette pour lui raconter sa rencontre, la cousine semblait passablement perturbée.

« J'ai assisté à une véritable crise d'hystérie de la part de notre grand-mère. À croire que je réveillais les morts !

– Comment ça ?

– Elle m'a lancé les volumes par la tête en disant que tout ça ne la regardait pas. Elle s'est fermé la trappe seulement quand je lui ai affirmé être au courant des livres dédicacés et envoyés par la poste par Florence, lors de chacune de ses publications, à chacun de ses petits-enfants dont ma mère. Ces livres que cette ogresse sans conscience avait systématiquement fait disparaître sans jamais en remettre aucun à personne…

– Et alors ?

– Ça lui a cloué le bec, à la grand-mère ! Elle s'est effondrée en braillant. Tu aurais dû la voir !

– Et alors ? Continue !

– Elle a demandé à te rencontrer à tout prix pour en discuter avec toi.

– Oh là là ! Je ne sais pas, moi, si j'ai envie de remuer cette boue. Mon père est décédé depuis belle lurette, Florence est maintenant disparue, ta mère à toi ne semble au courant de rien et ne t'en a jamais parlé. Ça servirait à quoi de ressortir toute cette merde ? On ne recommence pas le passé. Nicole a peut-être raison, ça ne nous concerne pas. Que peut-elle bien me vouloir ? Je n'ai rien à voir avec tout ça, moi ! Je t'en ai parlé parce que… parce que…

– Voilà une superbe occasion de réhabiliter Florence aux yeux de la famille, Juliette. Il faut y aller, je t'assure. Et puis, tu sais quoi ? J'ai l'impression que cette chère Nicole est rongée par le remords… Je t'accompagnerai, si tu veux.

– En fin de semaine prochaine, ça te convient ? Je vais amener Jean-François. Il va créer une diversion et détendre l'atmosphère si jamais ça devient trop lourd. »

***

La maison des Désautels, à Berthier-sur-Mer, trahissait bien l'opulence dans laquelle Nicole avait élevé sa famille. Épouse d'un cadre de compagnie et enseignante dans une école de la région, elle avait pris sa retraite à regret quelques années auparavant, à l'âge de soixante-cinq ans. Ses enfants n'avaient manqué de rien. Elle les avait aimés, dorlotés, choyés, protégés.

Surprotégés, même ! Et chacun, à part Charles, roulait sa bosse et élevait sa famille de son côté sans faire d'histoires. Quand, enfant, ce dernier lui avait avoué « se faire chatouiller le zizi » par Désiré, elle n'avait eu qu'une préoccupation en tête : sinon tuer son frère, à tout le moins couper drastiquement et à jamais les ponts avec les habitants machiavéliques de la maison rouge. Non sans raison...

Juliette ne connaissait pas parfaitement les circonstances de ce terrible drame, mais elle ne pouvait blâmer sa grand-mère d'avoir réagi aussi violemment. Si jamais quelqu'un osait abuser de son Jean-François, elle aussi voudrait le tuer, rien de moins ! Elle avait songé à ces événements durant toute la semaine précédant sa rencontre avec Nicole. À vrai dire, elle regrettait un peu d'avoir prêté les recueils à Jennifer. Il eût mieux valu les laisser s'empoussiérer sur les tablettes de sa bibliothèque, refermés à jamais sur la saga de leur création beaucoup plus pathétique que les histoires anodines qu'ils présentaient aux enfants.

En franchissant la porte de sa grand-mère, elle éprouva une sensation de malaise. Ces vieilles disputes de famille ne la concernaient en rien. Soudain, elle aurait voulu se trouver à cent lieues de là...

Nicole accueillit néanmoins ses deux petites-filles assez chaleureusement, et souleva avec un contentement évident son premier arrière-petit-fils.

« Ce qu'il est beau cet enfant-là ! Franchement, Juliette, tu l'as bien réussi. Et intelligent en plus ! Tu devrais me l'amener plus souvent ! »

On prit le thé et parla de choses et d'autres sans aborder une seule fois l'histoire des livres. Jennifer ne disait rien et semblait suivre la conversation d'un air ennuyé. Plus le temps passait, plus Juliette se disait que jamais sa grand-mère n'aurait le courage d'en faire mention et de plonger dans le vif du sujet. « Aussi bien comme ça ! Laissons les morts avec les morts ! songea-t-elle. Déguerpissons d'ici au plus vite avant que le ciel ne nous tombe sur la tête ! »

À regret, elle vit tout à coup Nicole plonger radicalement en eaux tumultueuses en déposant bruyamment sa tasse dans sa soucoupe.

« Tu dois te demander, Juliette, pourquoi j'ai fait disparaître les livres que Florence avait envoyés à chacun de mes enfants, y inclus ton père.

– Mon père ? J'ai pourtant hérité de sa collection…

– Ta tante Andréanne a dû y voir, je n'ai aucun doute là-dessus ! Elle s'est liguée contre moi dès le début de cette affaire et a pris la part de sa sœur. Elle s'organisait même pour la mettre en contact avec mon pauvre petit Charles à mon insu, la chipie !

– Pourquoi avoir détruit tous ces livres ? Des livres inoffensifs pour des enfants… Les petits-enfants de l'auteure par surcroît. Franchement !

– Je les ai brûlés un à un, ma fille, et avec rage ! Je ne le regrette pas et je ne le regretterai jamais. Dis-toi bien que je referais la même chose dans la même situation.

– …

– Tu n'as pas l'air de te rendre compte, Juliette : si Charles n'avait pas parlé, Désiré aurait pu le violer à loisir pendant des années. Comme il l'a fait à ce pauvre Olivier, d'ailleurs !

– Je te comprends, grand-maman. J'aurais agi de la même manière sur le coup. Mais les années ont passé, Désiré s'est fait soigner, il s'est pris en main et s'est racheté. Et Florence… Florence faisait du déni, n'admettait pas que son fils puisse agir de la sorte, elle me l'a avoué bien sincèrement. Elle s'est montrée naïve et irresponsable, je te le concède. Mais elle a tant regretté ! Sa vie a été marquée par le chagrin de n'avoir pas connu plusieurs de ses petits-enfants. Et cela a démoli sa joie de vivre. Te rends-tu compte de sa frustration ? Elle en aurait crevé si ses écrits ne l'avaient pas sauvée de la dépression. Elle parlait de l'écriture et de la magie des mots comme d'une lumière dans sa vie, une véritable planche de salut, l'unique bonheur dans la noirceur de son existence.

– Comment sais-tu tout ça, toi ?

– Florence m'a raconté sa vie en détail quelques mois avant de mourir. Il s'agissait, je crois bien, d'un véritable testament spirituel.

– Eh !... La vieille sorcière a dû en dire long contre ma sœur Isabelle et moi ! Ça devait être beau à entendre !

– Pour quelle raison Florence aurait-elle parlé contre vous ? Au contraire, elle n'a jamais cessé de vous aimer. Elle vous a attendues toutes les deux, elle vous a espérées à chacun des jours de sa vie. Des milliers de fois, elle vous a demandé pardon en silence. Elle me l'a dit en pleurant.

– Tais-toi, Juliette, tais-toi ! Je ne veux pas entendre ça ! »

La femme s'effondra et porta les mains à son visage.

« Je ne voulais que protéger mes petits contre le monstre, moi ! Mon maudit frère ! Ce salaud... Et j'avoue avoir influencé ma sœur Isabelle pour la faire pencher du même bord. Ma mère aurait dû le mettre à la porte, son vicieux de fils, il ne méritait rien de moins. Qu'avait-elle donc à tant le défendre ?

– C'était lui, "son petit" à protéger, grand-maman. Son petit garçon malade dans la tête... Elle l'avait tant et tant de fois vu se faire violenter par son père. Tu le sais bien qu'Adhémar ne l'avait jamais accepté et le battait continuellement sans raison. Pourquoi l'aurait-elle abandonné ? Au contraire, elle sentait la nécessité de l'aider à se sortir de ses graves problèmes.

– N'as-tu pas peur que Désiré touche à Jean-François, une bonne fois ? Moi, à ta place, j'userais de prudence et je me tiendrais loin !

– Euh… non ! Je lui garde ma confiance. Tout ça reste de l'histoire ancienne. Désiré mène une vie rangée depuis ce temps-là. Il n'a jamais récidivé. Je ne vois aucune raison de me mettre à le craindre. »

La jeune mère toussota légèrement. De quel droit cette vieille femme se permettait-elle de semer le doute dans son esprit ? Nicole ne sembla pas remarquer la confusion qui s'emparait de la jeune fille et enchaîna :

« Dis-moi, Juliette, quel genre de vie a finalement mené ma mère ?

– Elle n'a pas connu une existence très heureuse, je le crains. Elle s'est défendue à sa manière contre la peine et a tout de même réussi à se faire une petite place au soleil, un pâle et tiède soleil d'octobre, pendant la dernière étape de sa vie. Plus jeune, elle a beaucoup aimé le docteur Vincent, mais, là aussi, le destin s'est montré cruel. Tu sais, grand-maman, je n'ai que vingt et un ans, je n'ai pas d'expérience de la vie, je ne me rappelle plus exactement les mots de mon arrière-grand-mère, mais je sais une chose avec certitude : le silence, le sien d'abord, puis le vôtre ensuite, lui a brisé le cœur… »

Cette dernière affirmation ne trouva pas d'écho, sinon justement le silence, un silence lourd et révélateur, presque palpable, qui se mit à peser dans le salon cossu où personne n'osait plus bouger. Incapable d'en supporter davantage, Jennifer se leva d'un bond pour aller chercher la théière à la cuisine. Elle se mit en frais de remplir les tasses de nouveau, d'une main mal assurée.

Le petit Jean-François, blotti dans les bras de sa mère, tétait sa sucette avec ferveur, comme s'il avait deviné le tragique du moment. Son heure de dodo avait sonné depuis longtemps, mais il restait là, sans protester, à écouter la conversation des grands à laquelle il ne comprenait rien.

Juliette profita de l'accalmie pour lever l'ancre. Nicole semblait encore ébranlée par ce qu'elle venait d'entendre. Quand vint le temps de se dire au revoir, elle étreignit Juliette et lui murmura à l'oreille :

– Merci pour le beau cadeau que tu viens de m'offrir.

– Quel cadeau, grand-maman ?

– Ma mère est partie sans me détester. C'est fou, mais de le savoir me réconforte. C'est difficile pour moi de l'admettre, mais cette certitude me vaut très cher. En tout cas, ça me fait réfléchir, je te le jure ! Maman n'a pas rendu la haine pour la haine. Maman... je n'ai pas prononcé ce mot depuis des siècles, il me semble !

Nicole s'essuya le coin des yeux, incapable d'en dire davantage. Juliette lui tapota l'épaule.

– Je suis même certaine que Florence veille sur toi de là-haut, grand-maman ! Et tu n'as plus le choix de la laisser faire ! Ha ! Ha ! »

Ces propos rallumèrent les sourires sur les visages. Allons, la vie continuait... On promit de se visiter plus souvent, on se souhaita une bonne santé, on se fit la bise et on se sépara avec un grand soupir. Juliette éprouva le sentiment tonifiant du devoir accompli. Encore sous le choc, Nicole s'empressa de refermer la porte derrière elle.

Sur le chemin du retour, Jennifer toisa sa cousine avec un drôle d'air.

« T'ai-je déjà dit que je te trouve formidable ? »

Chapitre 21

15 février 2003

Ils ont tous mis cela sur le compte de la vieillesse, je le sais bien... Comme si j'étais devenue sénile! Allons donc! Ça arrive à tout le monde d'oublier une casserole sur le feu! J'étais en train de lire une lettre de Marie-Hélène et cela m'a distraite. Avec ma vue qui baisse, cela me prend une éternité pour lire une page. J'aime bien lire ses lettres. Cela me ramène à autrefois, dans sa belle résidence sur le bord de la mer. Ah! Que de souvenirs! Les beaux enfants sur la plage de sable cherchant des coquillages avec moi, Marie-Hélène qui pleure entre les bras de ma sœur, un certain matin ensoleillé... Ma nièce m'écrit de longues lettres pour me raconter les péripéties de sa famille, les bons coups et les mauvais coups de ses petites-filles. Elle me décrit aussi la dernière blonde en ligne de Nick, le riche et séduisant célibataire, trousseur de jupons par excellence de Vancouver. La compagnie Marie-Hélène se porte toujours bien, semble-t-il, et se spécialise maintenant dans le jeans et le prêt-à-porter. Nick aime les défis et démontre une passion démesurée, autant pour les affaires que pour les femmes.

Tant mieux ! Je le comprends ! J'avais le feu sacré, moi aussi, à l'époque de mon premier magasin, rue Saint-Hubert. C'était la vie dure, pourtant : personne pour m'aider et mon fils à nourrir... Qu'importe, je m'en suis bien tirée. Quand Marie-Claire a pris la relève, les ventes ont continué de monter en flèche. Elle a ouvert une succursale, puis deux. Il n'en reste plus rien, maintenant. Plus rien qu'un souvenir et... la fierté d'avoir réussi quelque chose.

Mais on ne vit pas que de souvenirs. Pas moi, en tout cas ! J'aime trop la vie, j'aime quand ça bouge, j'aime rencontrer des gens, leur parler, discuter, j'aime l'action. Les vieux, eux, se contentent d'écouter, repliés sur eux-mêmes dans un coin du salon. Bien souvent, ils ne disent rien, les vieux... Ils ont l'air d'écouter, mais, au fond, ils n'entendent plus ce qui se dit autour d'eux. Non seulement à cause de leur surdité, mais peut-être aussi parce qu'on oublie de les questionner et d'écouter leurs réponses... Alors ils ne parlent plus. Leurs idées ne comptent pas, on dirait. Trop démodées, trop anciennes, trop basées sur des préjugés, les idées des vieux ! Leurs opinions et leurs conseils, ça ne vaut plus grand-chose. Comme s'ils ne connaissaient plus rien. Ils restent pourtant sages, et ils ne font pas de bruit, les vieux... Trop sages, même !

Je ne veux pas être vieille ! Je ne veux pas avoir oublié la casserole sur le feu, je ne veux pas que les voisins aient alerté les pompiers à cause de la fumée et des flammes qui léchaient le bas de l'armoire. Je ne veux pas que l'on ait appelé Olivier à Ottawa pour l'avertir.

J'ai seulement oublié... Ça arrive à tout le monde d'oublier, pas seulement aux vieux! N'ai-je donc pas droit à une petite erreur de temps en temps?

Chapitre 22

« *Hello, darling ?* Je ne rentrerai pas ce soir. T'inquiète pas, O.K. ?

– Mais j'ai un cours à l'université, Allen. Et je crains de ne pas trouver de gardienne. Pourquoi m'appelles-tu à la dernière minute ?

– Je n'ai pas le choix, ma chérie… Trop de travail ! Mais j'aurais un service à te demander pour après tes cours. Quelque chose d'important. »

Et voilà ! On venait de la manipuler encore une fois ! Juliette grinça des dents. Trouver une gardienne la concernait elle seule, et qu'elle assiste ou non à son cours n'intéressait absolument pas le chéri ! Mais pour le service à lui rendre, par contre, monsieur y tenait absolument.

À vrai dire, les choses allaient moyennement dans le couple. Elle poursuivait ses études et lui continuait de travailler comme un effréné pour l'entreprise *Intras* sans trop d'histoires, mais elle accumulait les frustrations. Elle tentait malgré tout de se faire à l'idée et savait maintenant composer avec les horaires irréguliers et aléatoires de son compagnon. Elle disposait d'un réseau de jeunes gardiennes fiables dans le voisinage sur lesquelles elle pouvait compter. Mais il arrivait qu'elle se trouve prise au dépourvu. Dieu merci, elle finit par en dénicher une pour ce soir-là.

Allen ne lui avait jamais remis les dix mille dollars de sa marge de crédit, mais il s'occupait enfin des dépenses familiales depuis quelques mois. Juliette lui en savait gré. Enfin elle pouvait souffler un peu malgré les intérêts élevés à payer. Quand elle parlait de se trouver elle-même un emploi à temps partiel pour arrondir les fins de mois, il protestait à hauts cris.

« Je suis capable de nourrir ma femme et mon fils. »

Elle n'oubliait pas, cependant, le temps de vaches maigres pas si lointain. Le spectre de la Colombie menaçait toujours. Quand Allen prolongeait trop longtemps ses absences de la maison, elle « capotait » littéralement. Allait-il rentrer dans une heure ou dans six mois ? Il détestait en entendre parler et se contentait de jurer par tous les dieux de ne plus repartir sans préavis. Sa compréhension s'arrêtait là. Elle s'efforçait de le croire et de lui faire confiance. Pour oublier, elle ressortait sa plume ou son pinceau.

Quand elle se remettait à peindre ou à écrire, Juliette oubliait le reste de l'existence. Tout à coup, elle palpitait dans une dimension n'appartenant qu'à elle seule. Elle retrouvait ses émotions vives et poignantes, non seulement ses chagrins, ses déceptions et ses peurs, mais surtout son immense amour de la vie, sa passion pour la nature, la musique, la poésie et la résonance des mots. Elle recréait dans ses poèmes l'euphorie de ses premières amours autant que ses angoisses face à l'abandon et l'indifférence des humains. Sur la toile, elle s'émouvait de la beauté d'un cristal de neige autant que de celle d'un bourgeon en train d'éclore prodigieusement sur le bout d'une branche. Et comme le bourgeon, le cœur de Juliette se gonflait, palpitait, prêt à éclater. Si vivant... Le miracle de la vie!

D'un autre côté, inhérente à cette exaltation et ces grands moments de bonheur, demeurait une amère solitude où nul ne venait partager ses états d'âme. Allen n'y comprenait rien. Il ne s'intéressait pas aux créations de sa conjointe, ni visuelles ni littéraires. Il s'en fichait, à vrai dire, et vivait aux antipodes de cet univers artistique et fantaisiste.

Seul Luc Brunelle se montrait attentif, touché même par la passion qui animait son élève. Passion nourrie d'ailleurs par ses encouragements et ses conseils judicieux. Juliette et lui s'étaient liés d'amitié et se permettaient, de temps à autre, de prendre un café à la sortie des cours. Il lui avait confié qu'il vivait avec la même femme depuis vingt ans, ce qui éliminait d'emblée toute éventualité d'une idylle amoureuse entre eux. Juliette préférait cela et se sentait plus à l'aise en compagnie du grand maître.

Dieu merci, il avait obtenu pour elle la fameuse bourse d'honneur offerte par l'université à l'élève le plus méritoire et talentueux de sa classe. Cela avait flatté l'ego de Juliette, bien sûr, mais elle s'était bien gardée de s'en vanter à qui que ce soit par prudence. À part Jérémie, personne, pas même sa mère, ne savait que ses frais de scolarité étaient assumés par l'université et qu'elle disposait d'un certain montant d'argent pour pallier les imprévus. Et peut-être l'essentiel, un de ces jours, sait-on jamais ! Elle éprouvait certains remords, toutefois, de ne pas avoir mis Allen au courant de ce fait. Mais mieux valait ainsi. L'insécurité s'était infiltrée insidieusement parmi ses préoccupations. Qui sait s'il n'aurait pas trouvé quelque prétexte pour lui emprunter de nouveau cet argent.

Ce soir-là, à la fin des cours, elle se dirigea donc en direction de Montréal-Est par la rue Notre-Dame, à la recherche de la rue Francis.

« Là, tu tournes à droite, côté fleuve, mais n'y va pas avant dix heures quarante pile, pas une minute de plus ou de moins. »

Allen le lui avait bien recommandé au téléphone. Il lui restait donc une grosse heure pour tuer le temps. Tuer le temps ! Elle était bien bonne, celle-là ! Comme si elle avait du temps à perdre ! Ce n'était pas Allen qui allait se lever pour Jean-François le lendemain matin !

D'ailleurs, où se trouvait-il, le chéri, à cette heure-là, pendant qu'elle lui « rendait service » ? Certainement pas en train de dicter des lettres d'affaires à son employée de bureau ! Elle n'osait l'imaginer en train de bambocher dans les discothèques, à la chasse aux secrétaires avec des intentions moins édifiantes que celle d'écrire des lettres! Peut-être recherchait-il d'autres petites Juliette crédules pour leur faire sniffer de la poudre magique?

Elle n'aimait pas se rappeler cet incident. Il évoquait une fausse note dans leur relation. Pour quelle raison Allen lui avait-il proposé de la drogue? Et pourquoi avait-elle si facilement accepté? Cette question n'avait jamais été élucidée entre eux. Un jour, elle lui en reparlerait froidement et à tête reposée. Les rares occasions où elle avait vu son compagnon autrement que dans son état normal, c'était plutôt sous l'influence de l'alcool. Tout compte fait, Allen Faulkner n'avait rien d'un toxicomane, et leur première rencontre continuait de représenter un mystère.

Après avoir repéré le lieu où elle devait se rendre, elle décida de faire une promenade à pied autour du quadrilatère en attendant l'heure fatidique. L'air était pur et vif. Elle se mit à marcher d'un pas allègre. Chacune des fenêtres éclairées de chaque côté de la rue abritait une histoire, un drame ou une aventure. Histoire d'amour, de haine, de paix ou de tourmente, drame passionnel, familial ou romantique, aventure ténébreuse ou amoureuse. L'orage ou l'arc-en-ciel... Elle se mit à rêver, et l'envie d'écrire la prit, impérative. Elle pénétra dans un petit bistrot, se commanda un café et se mit à composer un poème à l'endos du napperon de papier: *L'Odyssée humaine*. À bien y penser, elle se sentait bien seule au milieu de cette odyssée.

Soudain un éclair de lucidité la ramena à la réalité. Quoi! Dix heures trente! Dieu du ciel! Elle allait arriver en retard à son rendez-vous ! Elle vola plutôt qu'elle ne courut jusqu'à sa voiture stationnée en retrait à ce qui lui sembla l'autre bout du monde. À bout de souffle, elle s'engagea ensuite dans la rue Francis qui débouchait sur une haute clôture métallique. Elle se rappela la consigne :

« Tu éteins tes phares, tu sors en douce de l'auto pour ouvrir la porte de la clôture. Le cadenas aura l'air fermé, mais il ne sera pas enclenché. Tu fais pénétrer la voiture dans la cour sans faire de bruit et tu remets ensuite le cadenas en place comme si de rien n'était, sans le refermer. Le cargo amarré au quai s'appelle le *Santa Maria*, en provenance de Colombie dont il arborera le pavillon rayé à l'horizontale jaune, bleu et rouge. Dirige-toi vers l'arrière du bateau et gare-toi entre deux lampadaires à l'endroit le plus sombre. Puis, attends. Un type viendra frapper à ta fenêtre et te dira son nom : Ramon. Tu restes dans la voiture, toutes portes verrouillées, tu m'entends ? Pas question d'en sortir. Mais ouvre-lui le coffre arrière. Il y déposera deux caisses. C'est tout ! Tu reviens calmement sans faire de bruit et tu uses du même stratagème pour franchir la barrière. Puis, tu rentres rue Chambord. Rien de plus ! Ta mission sera terminée. »

Quand elle arriva sur le quai, il était moins le quart. Juliette se mit à claquer des dents. Elle sentait son cœur lui marteler la poitrine comme un tambour annonçant la fin du monde. Dans quelle galère s'était-elle embarquée ? Pourquoi éteindre les phares, pourquoi cette obscurité, ce mystère, cette dissimulation ? Et en quoi consistait cette marchandise à prendre en charge ? S'agissait-il de quelque chose de malhonnête ? S'était-elle laissé embarquer encore une fois ? Allen avait bien dit : « produits naturels de toutes sortes ».

Et s'il s'agissait d'opiacés, de plants de marijuana, de graines de pavot ? Et quoi encore ! Ce genre de produits qu'on ne livre pas à ciel ouvert... Belle façon de déguiser la vérité !

« Importateur et distributeur », c'est bien ce qu'il lui avait affirmé, le bel Anglais, ce fameux soir où elle était tombée dans ses pattes, complètement subjuguée. En d'autres mots : narcotrafiquant ! Elle s'en doutait bien un peu même si elle refusait de se l'avouer. Importateur et distributeur de drogue dans un réseau de discothèques et de boîtes de nuit. Grossiste en fumier et distributeur de misère, quoi ! Qui lui disait que, le soir de leur première rencontre, il ne se cherchait pas une cliente éventuelle ou une partenaire pour un trip ? Peut-être même une adjointe possible pour distribuer ses cochonneries auprès des étudiants de Polytechnique, qui sait ? Mais il n'avait rencontré qu'une petite fille naïve et pure, prête à l'aimer sincèrement.

Que raconterait-elle à la police si elle se faisait attraper, hein ? La croiraient-ils si elle jouait la carte de l'innocence ? La belle affaire ! Non, non ! elle se trompait ! Allen l'avait choisie parce qu'elle lui plaisait. Elle n'avait pas le droit de le soupçonner de manigance et de conspiration. Après la naissance de

Jean-François, il était venu la trouver de son propre chef. Il avait reconnu son fils, il s'était attaché à lui. Et à elle. Il ne travaillait pas dans le trafic de la drogue, elle fabulait ! Elle n'avait pas le droit d'entretenir de tels soupçons. Allen était un homme intègre et au-dessus de tout soupçon, voyons ! Il possédait sa compagnie officielle *Intras*, elle avait vu son nom dans l'annuaire téléphonique même si jamais personne ne répondait à ce numéro. Le siège social se situait justement quelque part dans le port. Il avait même un associé en chair et en os : Jack.

Le *Santa Maria* devait sans doute lever l'ancre très tôt le lendemain matin, voilà la véritable raison pour laquelle elle se trouvait ici, sur le quai fermé aux livraisons trop tardives. Le dénommé Ramon faisait sans doute des heures supplémentaires en catimini, voilà la raison pour laquelle on lui avait demandé d'éteindre ses phares de voiture. Elle avait l'imagination trop fertile !

Elle prendrait possession du matériel au plus vite et tout serait terminé en un tournemain. À quoi servait de se poser autant de questions ? Tout cela ne la regardait pas ! Ou plutôt si, puisqu'on l'y avait impliquée. La nature des fameux produits naturels ne cessait de l'intriguer. Que pouvaient bien contenir ces deux caisses ? Chose certaine, leurs dimensions devaient s'avérer suffisamment réduites pour tenir dans le coffre d'une automobile. Peut-on considérer de l'or, ou plutôt des bijoux en or ou en argent comme des produits naturels ? Des médicaments, alors ? Codéine, narcotiques ou quelque chose du genre ? Hum ! pas bien loin de la drogue, ça ! Non… Allen ne s'y connaissait absolument pas en médicaments et ne semblait posséder aucun lien avec le monde de la santé. Alors ? De la soie ? De l'ivoire ? On ne trouvait pas d'éléphants en Colombie ! En Colombie, on cultivait de la cocaïne…

Quelqu'un frappa quelques coups secs dans sa fenêtre et la fit sursauter. Trop tard, maintenant, pour reculer. Elle descendit la vitre, surprise d'y voir la tête d'un Noir.

« Ramon ?

– *No. Yo soy Roberto. Ramon no esta aqui, esta noche.*[2]

– Quoi ?

– *No importa ! Abre pronto el maletero !*[3]

– Quoi ?

– *Abre, detras !*[4] »

Elle tira sur le bouton d'une main ferme. Le plus tôt tout cela se terminerait, le mieux ce serait ! L'homme transporta deux lourdes boîtes qui ébranlèrent la voiture lorsqu'il les laissa tomber une à une au fond du coffre. Puis, il abaissa le couvercle avec précaution et se contenta de cogner discrètement dessus avec la main en guise d'au revoir. Elle ne demanda pas son reste et amorça un virage serré pour rebrousser chemin. En longeant de nouveau le navire, elle vit que l'homme avait déjà disparu. Ni vu ni connu.

---

2 Non, je suis Roberto. Ramon n'est pas ici, ce soir.
3 Peu importe ! Ouvrez vite le coffre !
4 Ouvrez, derrière !

De retour sur la rue Chambord, elle paya la gardienne en s'excusant de rentrer si tard. Elle s'aperçut, une fois seulement blottie sous les couvertures, qu'elle avait froid et tremblait de tous ses membres.

Allen ne rentra pas de la nuit. Le lendemain matin, en jetant un œil dans la rue, elle s'aperçut qu'on avait déplacé la voiture. Comme elle s'y attendait, le coffre était vide.

Chapitre 23

Allen ne rentra pas durant les trois jours suivant l'aventure de Juliette au port, et il évita même de donner signe de vie. Elle ne savait plus où elle en était, ni si elle devait pleurer ou se sentir soulagée. Une seule idée l'obsédait : se sortir de cette atmosphère suffocante et insupportable. Elle en avait assez des mystères et des cachotteries sans fin et, surtout, de cette manipulation éhontée. Elle n'en pouvait plus de vivre sur la corde raide sans même savoir de quel côté elle se dirigeait. Plus elle songeait à son aventure au port, plus elle avait envie de se sauver en courant loin de ces intrigues. Tant pis pour le bel amoureux !

Elle allait partir et retourner chez sa mère. Allen Faulkner ne menait pas un genre de vie qui lui convenait. Il se fichait d'elle et l'exploitait honteusement. Soudain, elle ressentait le besoin criant de recommencer à neuf, de retrouver une vie stable et transparente avec son petit garçon, ses études, ses centres d'intérêt bien à elle, ses projets. Une vie heureuse avec elle-même, quoi ! Sans lourdeur, sans appréhensions, sans angoisse. Et que le diable emporte l'Anglais ! Seulement de songer à ce nouveau vent de fraîcheur lui faisait déjà un bien immense.

Il revint tout de même, piteux et la mine repentante, en fin d'avant-midi, le quatrième jour. Son regard vitreux et son air hébété n'échappèrent pas à la jeune femme. Il ne s'aperçut même pas de la présence de valises dans le hall d'entrée et faillit s'étaler de tout son long. Elle se sentait dans tous ses états.

« *Hi! darling! How are you?*[5]

– Adieu, Allen! Je retourne chez ma mère. Tu es invivable, je n'en peux plus. Si tu veux voir Jean-François, tu n'as qu'à t'arranger avec un travailleur social ou un juge pour organiser des visites. Moi, je démissionne, tu ne me reverras plus. Je te quitte. »

Sans doute l'homme ne saisit-il pas les paroles de la jeune fille, car il ouvrit bêtement la porte du réfrigérateur pour prendre une bière.

« Ça va mal, *baby*, ça va très mal… *I need money*[6]. J'ai besoin d'argent, beaucoup d'argent! »

Il frotta son pouce et son index en direction de Juliette qui recula d'un pied. Cette fois, il n'allait pas l'amadouer avec sa belle gueule et ses supplications. De toute façon, il ne semblait pas en pleine possession de ses esprits ni de sa raison, ni de son corps puisqu'il se déplaçait en titubant et articulait ses phrases avec une bouche molle et pâteuse.

« Je t'aime, *my darling*. Tu m'as fait un beau petit garçon…

---

5 Bonjour, chérie! Comment vas-tu?
6 J'ai besoin d'argent.

– Va chier avec tes machinations !

– Je te jure, *honey*, que…

– Tu ne le mérites pas, ton beau petit garçon ! Tu n'es même pas foutu d'en prendre soin. J'en ai assez de tes disparitions soudaines et de tes absences inexpliquées qui durent des mois. Va-t'en, sale menteur ! Ta Colombie ne se trouve pas très loin d'ici, d'après moi. C'est qui, ta colombe ou ta colombine, hein, Allen ? Son nom de famille est-il Coca ? Ou Mari ? Marie Juana, tiens ! Vient-elle du Sud elle aussi ? Du sud de Montréal, peut-être ?

– *Come on, darling !*[7]

– *Darling* te quitte, chéri ! Tu peux garder l'appartement et en faire ce que tu veux : une piquerie, un centre de distribution, un refuge, une cachette, un bordel, *whatever* ! De toute façon, le loyer du mois dernier n'a pas encore été payé. Débrouille-toi comme tu veux, ou comme tu peux, avec le propriétaire ! C'est toi qui as signé le bail. »

L'Anglais ouvrit grand les yeux. Il venait brusquement de comprendre l'intention réelle de Juliette de rompre de façon définitive.

« *No ! no !* Ne pars pas ! Tu ne peux pas me laisser tomber comme ça, je suis dans le trouble jusqu'au cou. J'ai besoin de toi, *my sweet darling*…

– Tu as besoin de mon argent, tu veux dire ! »

La *sweet darling* descendit d'abord l'enfant et l'installa dans son siège d'auto dans sa voiture. Puis, elle rangea

---

7 Allons, ma chérie !

les valises dans le coffre. Elle remonta une troisième fois pour arracher la clé de l'appartement de son trousseau de clés et, sans dire un mot, la lancer à la tête de l'Anglais assis sur le coin de la table, la tête enfouie dans le creux de son bras. Puis elle claqua la porte bruyamment et descendit l'escalier à la hâte.

Au coin de rue suivant, elle stoppa la voiture contre la bordure du trottoir pour retrouver son souffle. Elle sanglota longtemps, le nez contre le volant, Jean-François hurlant en écho. Une fois calmée, elle saisit son téléphone cellulaire en reniflant et composa un numéro.

« Maman ? Je reviens à la maison ! »

***

Allen ne mit pas une semaine avant de sonner à la porte de Geneviève Désautels, à Laval. Juliette avait prévu le coup et se garda bien de répondre, tapie derrière le rideau de la fenêtre panoramique du salon. Il pouvait sonner et sonner encore, celui-là ! Il perdait royalement son temps, elle ne l'aimait plus !

Il ne lui avait fallu que quelques jours de paix et de sérénité chez sa mère pour réaliser dans quel enfer Allen l'avait précipitée depuis la naissance du bébé. Trois jours de calme et en sécurité dans une maison silencieuse où on l'avait traitée aux petits soins, trois jours où elle s'était sentie entourée d'amour et de respect, trois jours sans attendre personne, sans s'inquiéter de qui que ce soit, trois jours en symbiose avec son enfant, trois jours pour comprendre que cet amoureux inadéquat lui avait empoisonné la vie. Parce que menteur et hypocrite, parce qu'égoïste et insaisissable. Et peut-être bien malfaiteur. Non seulement il ne répondait pas et ne répondrait jamais à ses questions, mais il ne correspondait pas à ses critères, ni à ses rêves de jeune fille de vingt ans, cette attente légitime du grand amour, ce besoin d'union parfaite avec l'homme de sa vie, un homme fort et solide sur lequel s'appuyer. Un homme vibrant et profond, un homme avec qui tout partager.

Allen ne ressemblait en rien à ce modèle, mises à part la stature et la belle gueule. Comment ne l'avait-elle pas réalisé plus tôt ? Quelle connasse elle faisait ! Florence l'avait pourtant mise en garde quelques années auparavant et elle avait insisté sur l'importance de ne pas se laisser enguirlander par la beauté futile d'un homme. N'avait-elle pas elle-même gâché son existence pour les beaux yeux d'Adhémar ? Son arrière-petite-fille n'allait pas répéter la même erreur. Oh ! Que non ! Dieu merci, elle venait de s'en rendre compte.

Mieux valait séparer Jean-François d'un tel père avant qu'il ne déteigne sur lui et ne lui transmette ses penchants pour le laisser-aller, la négligence, la tricherie, la duperie, l'escroquerie, le manque de fiabilité, l'inconstance... Et quoi d'autre encore !

Allen avait dû deviner la présence de Juliette dans la maison, car il s'acharnait de plus belle sur la sonnette en donnant de grands coups de pied dans la porte de devant. Puis, le vacarme cessa soudain. Elle le croyait reparti quand elle le vit contourner la demeure et se diriger allègrement vers l'arrière. Ah! Seigneur! La porte-fenêtre de la cuisine était demeurée ouverte, elle en était certaine. Elle traversa les pièces en courant et se jeta sur la porte pour la pousser. Allen se pointa juste à ce moment-là et eut le temps d'y glisser le pied pour l'empêcher de la refermer.

« Holà, *darling*! tu ne sembles pas très accueillante aujourd'hui! On a déjà connu des jours meilleurs, hein?

— Va-t'en, Allen, et cesse de m'importuner. C'est fini entre nous, tu n'as pas encore compris? *It's over!*[8] »

Ils se parlaient à travers l'entrebâillement de la porte, et Juliette gardait contenance avec difficulté.

« Écoute, je ne vais pas te faire de mal. Je ne suis pas aussi méchant que tu le crois et, sincèrement, j'ai bien essayé que ça marche entre nous deux. Cesse donc d'appuyer stupidement sur cette porte. Tu sais très bien que je pourrais facilement entrer dans la maison si je le désirais. Toutes les fenêtres sont ouvertes. Et puis, il y a le garage, la porte du sous-sol, la porte-fenêtre dans la chambre de ta mère. Laisse-moi seulement te parler. Je suis sérieux, je t'assure.

— Va-t'en, je t'ai dit! Je ne veux même plus t'écouter!

— Ne me pousse pas à bout, je t'avertis. Je veux juste un peu d'argent. Après, je vais te ficher la paix pour le reste de tes jours, c'est promis! Je t'en prie, *darling*, donne-moi trois cents dollars.

8 C'est terminé!

— Pourquoi je te donnerais de l'argent, Allen Faulkner ? Au nom de quoi ? Tu n'es qu'un sale voleur ! De l'argent, je n'en ai plus, tu me l'as tout pris !

— Ta mère…

— Laisse ma mère tranquille, O.K. !

— D'accord, si tu veux me voir réclamer la garde de Jean-François un week-end sur deux, je peux le faire ! Je t'ai déjà envoyé une lettre d'avocat pour exiger un test d'ADN, je pourrais bien t'en envoyer une autre pour réclamer la garde de mon enfant…

— Tu es un père inadéquat et je peux le prouver. Un bel écœurant ! Tu ne ferais pas long feu devant un juge, d'après moi !

— Ça reste à démontrer, *darling* ! Tu devras prendre un avocat et commander une enquête, te lancer dans les poursuites judiciaires si tu veux faire la preuve de mon indignité. Je te souhaite bonne chance, ma fille ! Ça coûte cher, tout ça ! *Very much* !

— Va-t'en, je te dis !

— Trois cents piastres, Juliette, et je m'en vais. Tu n'entendras plus parler de moi, je t'en fais le serment.

— Salaud ! Et tu me fiches la paix pour combien de temps ? Cinq jours, un mois, six semaines peut-être ? À moins que tu ne repartes pour l'un de tes petits voyages à la con…

— Tu ne me reverras plus, juré, craché, *darling* !

— Ton amour pour ton fils, ça tient à trois cents piastres ? Quel beau dégoûtant tu fais, mon cher ! »

Elle se mordit les lèvres, ne sachant comment réagir. La paix valait beaucoup plus que trois cents dollars. La sécurité de son petit, surtout, n'avait pas de prix. Elle accepta finalement de lui signer un chèque de deux cents dollars.

« Pas deux cents, Juliette, trois cents ! Et, je ne veux pas de chèque. *I need cash, sweetheart, CASH !*[9]

– Bien, tu iras le changer à la banque, ton maudit chèque !

– *I need cash*, est-ce clair ? Tu dois aller à la banque toi-même, car moi, on va me refuser de changer le chèque immédiatement, tu comprends ?

– Quel homme d'affaires bizarre tu fais, Allen ! Même pas capable de changer un chèque à la banque ni au guichet automatique ! Pas très rentable, la business *Intras* du port de Montréal, est-ce que je me trompe ?

– Ça ne te regarde pas !

– C'est bon, je vais aller à la banque. Mais ensuite, tu t'en vas, tu l'as promis, hein ?

– Veux-tu que je garde le petit pendant que…

– Jamais dans cent ans ! Tu ne touches pas à un poil de Jean-François, est-ce clair ? On va à la banque ensemble ou on n'y va pas.

– Tu oublies, ma chère, que mon ADN coule dans les veines de cet enfant et qu'il s'agit de mon fils… »

Ils se quittèrent devant la banque. Il s'y était rendu en auto ; elle avait préféré utiliser la poussette plutôt que de grimper dans sa voiture. Il l'attendit à la porte

---

9 J'ai besoin d'argent comptant, ma chérie, COMPTANT !

et, en ressortant, elle lui lança l'argent au visage. Elle ressentit un certain plaisir à le voir se pencher pour recueillir à la hâte les coupures de vingt dollars comme un chien court après la nourriture qu'on lui lance. Un chien sale…

Elle lui tourna le dos en silence, souhaitant ne jamais le revoir.

Chapitre 24

23 mai 2003

J'ai pleuré toute la nuit. Olivier m'a rendu visite, hier, en compagnie de Katherine, sa femme docteure. La maladie de Parkinson évolue plus rapidement que prévu, semble-t-il, et il serait préférable pour moi d'aller vivre dans une résidence pour personnes âgées en perte d'autonomie. «Plus sage et plus prudent», tel a été le principal argument du petit boniment de mon fils tout préparé à l'avance. Le ton ne semblait pas naturel, placé un demi-ton plus haut que son timbre normal. On aurait dit qu'il s'était exercé à plusieurs reprises avant de me tenir ce discours pour le moins déchirant.

La docteure, elle, sans doute habituée à soigner des soldats, n'y est pas allée de main morte. «Il faut casser maison, belle-maman. Vous tremblez continuellement et cela peut devenir très dangereux : un café brûlant renversé, un faux pas ou un geste maladroit dans le bain, et voilà la catastrophe ! Et puis, vous êtes très souvent dans la lune, vous savez... »

Oui, je sais. La lune... Je m'y évade souvent, dans la lune. Je suis si bien là-bas, douillettement bercée par les souvenirs. *Emportée par l'imagination aussi. Comment ne pas y retourner souvent, je n'ai rien d'autre à faire ! Sur la lune, j'entends mon Samuel me faire la sérénade sur son violon... En sourdine, il m'emporte sur des airs de Paganini et de Chopin. Même ma sœur y joue du piano. À ses côtés, son beau docteur Vincent chante «Parlez-moi d'amour»... Ah ! comme c'est beau, la lune... Pourquoi me reprocher d'y aller de temps en temps ?*

Hélas ! il faut en revenir... L'autre jour, l'épicier a fait une crise de colère et alerté tout le quartier pour des vétilles. J'avais commandé une longue liste de produits par téléphone. Quand il est venu me les livrer, je n'avais pas d'argent comptant pour le payer. J'avais tout simplement oublié de passer par la banque ! Habituellement, lors de mes rares sorties, je pense à aller me chercher un peu de sous à la Caisse populaire. Bien sûr, il existe un guichet automatique tout près d'ici, mais je préfère parler directement à une caissière. Tous ces pitons-là, ça va trop vite pour moi. Tu n'as pas le temps de déposer ta sacoche sur la minuscule tablette que déjà la machine te sollicite ! Vite, vite, ça presse ! Mets ta carte dans le bon sens, pitonne ton numéro personnel, vite ! Ce numéro que je ne me rappelle jamais... Puis pitonne ce que tu veux faire. Dépôt ? Retrait ? Virement ? Combien ? Vite, vite ! Et surtout, ne te trompe pas ! Sinon, il faut tout recommencer et re-pitonner pendant que le monde soupire et attend impatiemment en file derrière toi. Tout cela m'énerve sans bon sens ! Tout presse, de nos jours... Difficile à suivre pour les vieux.

Toujours est-il que, comble de malheur, il m'a été impossible de trouver mon portefeuille contenant mes cartes de crédit et mon carnet de chèques pour payer ce cher épicier. Le bonhomme s'en est retourné avec la commande, très fâché d'avoir perdu son temps. Et moi, j'ai continué de chercher mes cartes durant toute la journée, croyant m'être fait voler. J'ai failli faire venir la police. Comment se fait-il que mon portefeuille se trouvait dans la poche de ma robe de chambre, je ne le comprends pas encore ! Pour mon grand malheur, j'ai fait la bêtise de raconter cette mésaventure à mon fils quand on s'est parlé au téléphone, la semaine dernière. Le coquin a évoqué ce fait banal pour justifier sa proposition de me déménager. Ça, et le feu de l'autre jour…

La belle affaire ! Comme si cela constituait une raison suffisante pour m'obliger à quitter ce logement que j'habite depuis une cinquantaine d'années ! Je veux mourir ici, moi ! Olivier, Katherine, Marie-Claire, Geneviève me tiennent tous le même discours. Même Désiré est intervenu et m'en a parlé l'autre jour ! De quoi se mêlent-ils ? Mon chez-moi se trouve ici, pas ailleurs !

Marie-Claire a même offert de m'installer chez elle. J'apprécie son offre, c'est gentil. Mais je n'aime pas les chats, et j'étoufferais dans son condo de quatre pièces et demie situé au douzième étage d'une tour du centre-ville. J'estime énormément ma nièce, elle se montre toujours affable et de bonne compagnie, mais je la trouve trop effacée, trop raisonnable, trop…, tiède, drabe, neutre ! Il lui manque le brin de folie qui rend la vie pétillante. Je m'ennuierais auprès d'elle, je crois. Non, décidément, je préfère la lune !

Je me sens bien, moi, chez nous, sur la rue Sherbrooke, pas très loin du parc Lafontaine, même si je ne m'y rends presque plus. J'ai mes habitudes, ma routine, mes affaires, et même mes petites manies. Je connais tous les voisins et ils me connaissent eux aussi. Je ne veux pas qu'on me sépare de chez moi, ne peut-on pas comprendre cela ? De quel droit veulent-ils me prendre en main de la sorte ? Qu'ils me fichent donc la paix, je ne les achale pas, moi ! Et qu'on me laisse gérer moi-même ma vieillesse !

Oui, j'ai pleuré toute la nuit. Parce que, hier, devant mon fils, je me suis sentie démunie et sans moyens pour défendre mes droits. Moi, la femme forte d'autrefois, la belle et séduisante maîtresse, la femme d'affaires, la femme de tête et de cœur, moi, la ratoureuse, me voici réduite à pleurer en silence au milieu de la nuit. Je me fiche de me brûler avec du café bouillant, je me fiche de me casser le bras sur le bord de la baignoire, je me fiche de ne pas entendre sonner le téléphone. Et je me fiche de l'épicier ! Il n'aura qu'à repasser ! Moi, je veux continuer à vivre ma vie à ma manière et dans mon univers. Chez nous ! Pas dans l'antichambre d'un hospice pour moribonds ambulants ! Ça, non, je refuse !

Je veux manger seule, me laver seule, me soigner seule, vivre seule. Qu'ils aillent se faire foutre avec leurs résidences « très bien, même luxueuses », leurs soins « d'excellente qualité » et leurs services « adaptés et vraiment supérieurs » ! Je n'en veux pas, point final !

Ah ! mon Dieu ! Pourquoi donc me faut-il trembler encore plus fort quand la colère m'emporte à ce point ?

Ne me reste-t-il que les larmes pour défendre ma peau ? Olivier et Katherine sont repartis déçus de ma réaction. Je les sentais déstabilisés par ma révolte. Tant pis! Le colonel et sa belle doctoresse, ces combattants de l'armée, n'ont pas encore gagné cette bataille-là. Qu'ils se le tiennent pour dit!

On ne va pas disposer de moi comme d'une vieille chaussette! Oh! que non!

Chapitre 25

Jérémie semblait contrarié et frappait dans sa main à grands coups de poing. Il n'avait pas développé de sympathie envers Allen, mais jamais il n'aurait cru que ce type-là irait aussi loin dans l'exploitation de son amie. Le lendemain de l'histoire des trois cents dollars, Juliette l'avait appelé en catastrophe, complètement affolée. Elle n'avait pas osé en parler à sa mère de peur de l'énerver inutilement. D'un autre côté, confier cette mésaventure à Michèle aurait constitué un risque qu'elle ne répande, avec sa grande langue, la tournure déplorable de sa relation avec l'Anglais.

Jérémie était aussitôt accouru et avait proposé un pique-nique à l'île Sainte-Hélène avec le petit. Là-bas, nul n'écouterait aux portes, et ils risquaient peu de tomber sur Allen. Encore le matin même, le tyran l'avait rappelée dans l'espoir de lui soutirer plus d'argent. Elle ne savait plus comment réagir, n'osant pas mêler la police à sa vie privée.

Jérémie lui donnait raison : il s'avérait inutile d'informer les forces policières à cette histoire. Tout le contexte sentait mauvais, certes, mais Allen n'avait commis aucun geste criminel envers elle. Ses manœuvres éhontées pour lui extorquer de l'argent ne constituaient pas un délit. Juliette le lui avait toujours remis volontairement et de plein gré comme une idiote. En quoi la police pouvait-elle intervenir ? De plus, Allen possédait des droits paternels indéniables sur Jean-François. S'il fallait qu'il se mette à les revendiquer devant un juge, il risquait d'obtenir gain de cause. Qui sait s'il ne gagnerait pas le droit de garder le petit, du moins la moitié du temps... Elle en deviendrait folle ! À bien y réfléchir, elle se trouvait dans une véritable impasse dont elle ne savait comment se sortir indemne.

L'été tirait à sa fin. Déjà quelques arbres commençaient à s'orner de parures d'or et de sang, signe avant-coureur de températures moins clémentes. Juliette n'avait qu'une idée : voir se terminer cette saison. Cet interminable été n'avait représenté pour elle qu'un temps néfaste de remise en question, de déceptions et finalement de rupture. Vite que le vent se lève et souffle sur son infortune ! Qu'il apporte enfin un temps nouveau rempli de fraîcheur et d'air pur. Elle n'en pouvait plus de cette atmosphère étouffante et viciée. En cette belle saison, elle avait cru naïvement trouver chaleur et douceur auprès du grand blond. Mais il avait failli la brûler et la dessécher comme le soleil torride et insupportable qui avait dominé tout l'été. Elle voyait venir l'automne avec un mince espoir. Qui sait si le changement de saison ne transformerait pas aussi sa misérable vie ?

Assis sur une couverture posée sous un grand arbre du parc, Juliette et Jérémie donnaient de loin l'image parfaite d'une petite famille heureuse pendant que Jean-François gambadait joyeusement autour d'eux. De plus près, par contre, la scène prenait une autre allure : l'homme serrait les poings, blanc de colère, tandis que la femme retenait ses sanglots à grand-peine, les yeux rivés sur l'enfant pour se donner contenance.

« Dis quelque chose, Jérémie, je t'en prie !

— Je vais tuer ce gars-là !

— Calme-toi, voyons ! Il doit bien exister une autre solution plus intelligente et moins dangereuse !

— Il serait préférable de tout raconter à ta mère, je crois. »

Sa mère… Une fois de plus, Juliette n'avait pas tout dit à Geneviève. Bien sûr, elle n'avait pas prévu un retour aussi précipité dans la maison de son enfance. La semaine précédente, pour rapporter ses pénates de la rue Chambord à Laval, elle avait avancé pour prétexte la fin de sa liaison avec Allen après une sérieuse dispute. Incompatibilité de caractères, mentalités différentes, incompréhension, trop grand écart d'âge, infidélité, elle avait mis le paquet pour éviter de lui dévoiler l'entière vérité. Les trop nombreuses absences de l'Anglais et son indifférence à l'égard de son fils constituaient assurément des raisons suffisantes pour justifier une rupture définitive. De ses emprunts d'argent jamais remboursés, de son harcèlement actuel, de ses activités louches, de l'étrange mission qu'on lui avait confiée sur les quais de Montréal, Geneviève ignorait tout.

Et Juliette hésitait encore à la mettre au courant. Dix mille dollars perdus et à rembourser, ce n'était pas rien, tout de même ! Comment arriverait-elle à remettre ce montant à sa mère ? Et comment allait-elle assumer ses frais de scolarité pour la prochaine session ? Elle ne possédait plus rien. Avec les trois cents dollars remis à Allen, elle venait de perdre les dernières traces de sa bourse d'honneur reçue quelques mois auparavant.

« Ta mère possède plus d'expérience de la vie que nous et elle semble plus solide financièrement. Elle peut certainement nous aider, tu ne penses pas ? »

Jérémie avait-il bien dit : « Nous aider » ? Pourquoi ce « nous » ? Pourquoi pousserait-il l'amitié jusqu'à partager les conséquences des étourderies de sa copine ? À lui aussi, elle devait de l'argent, et à Michèle, et même à sa tante Marie-Claire !

« T'en fais pas, Jérémie. Un jour, je vais te le remettre, ton argent. Laisse-moi juste un petit peu de temps.

– Il ne s'agit absolument pas de ça, voyons ! Je veux simplement voir enfin cesser pour toi cette aberration, ce calvaire !

– Toi, Jérémie Émond, tu es le plus gentil des hommes !

– Après ton Anglais, oui, je le sais ! »

S'agissait-il d'une farce ? Ou d'une boutade ? Se moquait-il d'elle ou prononçait-il ces mots par dépit ? Qu'avait-il donc à lui tirer ainsi la pipe ? Elle se tourna vers lui et fut immédiatement captivée par ses yeux rieurs, de grands yeux bruns dont la paupière inférieure se gonflait sous les lunettes quand il riait. Jérémie ne remporterait pas la palme dans un concours de beauté masculine, surtout aux côtés d'un Allen en grande forme, mais pour la jovialité, la franchise, la transparence, le grand cœur, l'intelligence vive aussi, il méritait la médaille de champion toutes catégories. Elle sentit monter une bouffée de tendresse envers celui qui demeurait son ami depuis presque quinze ans. Son ami et le grand frère dont le destin l'avait privée. Un cadeau de la vie. Le gage de ne jamais rester complètement seule jusqu'à la fin de ses jours. Elle en remercia secrètement le ciel.

Mais la magie ne dura qu'une seconde. Le bambin, profitant de ce moment de distraction de sa mère, s'était dirigé à la course vers un petit étang à la conquête des canards qui glissaient paisiblement parmi les nénuphars. Après avoir buté contre une pierre légèrement soulevée du trottoir, il plongea tête première dans le lac sans que Juliette s'en aperçoive. Jérémie bondit brusquement sur ses pieds et se mit à courir.

Il n'hésita pas une seconde et sauta lui-même dans l'eau saumâtre mais profonde qui avait englouti le petit bonhomme. La mère lança un cri d'horreur, ne voyant ni l'un ni l'autre remonter à la surface de l'eau. Le jeune homme mit plusieurs secondes à réapparaître en tenant à bout de bras l'enfant suffoqué qui cherchait désespérément son souffle. On l'étendit par terre et tenta de l'aider à se débarrasser de l'eau qui avait envahi ses bronches. Jean-François régurgita des tonnes de liquide nauséabond et finit par reprendre une respiration normale. Il retrouva son calme, les adultes aussi. La mère n'arrêtait pas de l'essuyer, de le bercer, de le consoler, de le questionner pour s'assurer qu'il avait retrouvé tous ses esprits. Elle le serrait contre elle avec l'impression d'avoir failli perdre ce qu'elle possédait de plus précieux au monde.

« Jérémie, Jérémie, tu as sauvé la vie de mon enfant !

– Oui, il était moins une ! Heureusement que je l'ai vu tomber dans le marais. Quelques secondes de plus et le drame survenait. Il eût suffi que je regarde ailleurs… J'aime autant ne pas y penser ! »

Une demi-heure plus tard, enveloppé dans la veste de sa mère, Jean-François courait de nouveau sur la pelouse. À deux ans et demi, il avait déjà oublié qu'il venait de frôler la mort de près. Le garçon manifestait des qualités d'explorateur et de fouineur expert. Il touchait à tout, goûtait à tout, démolissait tout, courait tous les périls. Il semblait posséder une joie de vivre à toute épreuve !

Soudain, Jérémie s'empara de lui et se mit à tournoyer en faisant mine de le lancer dans les airs. Les premières protestations de l'enfant se transformèrent rapidement en cris de joie et en éclats de rire. Merveilleux tableau que celui de l'homme tenant un enfant à bout de bras devant un décor enchanteur. N'est-ce pas ainsi dans la réalité ? On soutient le petit, on le porte bien haut, on le protège du danger, on lui apprend le plaisir, on lui transmet sa force et sa grandeur. Non, ce n'était pas toujours ainsi…

La beauté de la scène n'échappa pas à l'œil artiste de la peintre, et elle l'enregistra inconsciemment dans sa mémoire.

« Tu feras un excellent prof auprès des enfants, Jérémie.

– Ça s'en vient bientôt, si je peux jamais terminer ce sacré bac !

– Et tu feras un excellent père !

– Euh… j'aimerais bien ça !

– Chose certaine, tu es le meilleur des amis. »

***

Michèle tint un discours plus nuancé à Juliette au sujet des derniers événements avec Allen. Les deux amies s'étaient retrouvées au centre sportif de l'Université de Montréal pour une partie de tennis intérieur. L'étudiante en génie avait battu son amie à plate couture et remporté facilement tous les sets.

« Dis donc ! Tu as perdu la forme, toi ! Je ne te reconnais pas ! Avais-tu laissé ton puissant revers chez toi ?

– Je ne joue plus au tennis, Michèle. Je n'ai plus les moyens ni le temps de m'offrir ça. Je suis devenue, euh… comme immobile !

– Allons donc ! Tu disposes de plus de ressources financières que moi !

– Ça, ma chère, c'était avant le passage du cyclone dénommé Allen dans ma vie. Je n'ai plus un sou. PLUS UN SOU. Ce soir, je suis venue parce que tu m'as invitée. Je dois de l'argent à tout le monde, même à toi ! Il ne me reste plus rien dans le compte ouvert pour moi par ma mère. Autrement dit, ma marge de crédit se trouve saturée et je ne sais pas comment je vais rembourser tout cet argent. Je ne trouve pas le courage d'en glisser un mot à maman. Elle va partir en peur, pour sûr !

– Ne me dis pas que ton Anglais t'a tout pris, le scélérat ! Franchement !… Tout ça me fait capoter !

– Oui, il m'a tout pris. Je me suis comportée comme une belle imbécile. Tu n'as pas idée comme je m'en veux. Et il continue de me harceler, voilà le pire. Chaque fois, je paye pour acheter la paix. Je vois bien maintenant à quel point j'ai manqué de jugement. Mais je l'aimais, tu comprends ? Je l'aimais, cet homme-là !

– La belle affaire ! Comment as-tu pu t'amouracher d'un tel salopard ? Je ne te comprends pas !

– Je ne sais plus comment me défendre ni comment me tirer de ce mauvais pas. Tu sais quoi, Michèle ? J'ai peur !

– Il faut alerter les autorités policières, porter plainte pour harcèlement, extorsion de fonds. Ils vont le tenir à l'œil, lui imposer des règles…

– Tu ne comprends pas. Allen n'a jamais porté la main sur moi. Et cet argent, j'ai toujours consenti à le lui donner sans trop protester. Pire, il a des droits légaux sur mon fils. Il me téléphone à tout bout de champ et joue la fibre paternelle pour me manipuler comme une marionnette. Ou encore, il se prétend menacé et m'abreuve de fausses promesses. Il exerce sur moi un tel pouvoir, tu n'as pas idée! Maintenant, j'en ai peur.

– Tu dois absolument cesser de le voir, Juliette. Il faut te cacher. À tout le moins refuser de lui répondre. Demande à ta mère de changer de numéro de téléphone.

– C'est inutile, il connaît l'adresse par cœur. Et je ne sais pas où aller.

– Il existe des résidences pour femmes en difficulté. Ou alors viens vivre chez moi, même si j'habite avec Marc-André.

– Merci, ton offre me touche, mais Allen me trouverait en moins d'une heure. Il connaît bien mon réseau d'amis, et tu sembles oublier que nous avons vécu à ton adresse durant trois mois. Dis donc, ça va bien avec ton Marc-André?»

Elle n'aurait pas dû poser cette question génératrice d'amertume et de regrets pour elle-même. Sans s'en rendre compte, Michèle se mit à brandir sous le nez de sa copine sa merveilleuse histoire d'amour avec le bel étudiant en pharmacie. L'homme de sa vie, « tellement bon et attentif, tellement romantique, prévenant et tendre, tellement plein d'avenir »… Tellement tout ce qu'Allen n'était pas et ne serait jamais! Ils projetaient de se marier et de fonder un foyer à la fin de leurs études. De mettre le doigt sur la plaie chavira Juliette et la plongea dans un désarroi profond dont Michèle ne se rendit pas compte au début. Elle sirotait suavement sa bière en racontant sa vie trépidante et limpide, le regard ailleurs et l'esprit emporté par l'évocation de son roman d'amour fort prometteur.

Soudain, elle s'arrêta net. Juliette ne l'écoutait plus, le visage baigné de larmes, ce qui ne passa pas inaperçu parmi la foule. Déjà, dans le petit bar rempli d'étudiants, on commençait à lui jeter des regards curieux. Ils pouvaient bien aller au diable, ces gars et ces filles de son âge détendus et joyeux, cette bande de sportifs libres comme l'air. Elle ne voulait pas qu'ils la regardent pleurer, elle ne voulait pas qu'ils contemplent sa souffrance avec leurs mines indifférentes. Qu'avaient-ils donc tous à lui brandir leur bonheur au visage? Ils n'avaient pas le droit d'être heureux devant elle, devant sa face, alors qu'elle, elle croulait sous les problèmes avec un boulet attaché au pied. Un adorable boulet prénommé Jean-François. Adorable et terrible. Jamais, de toute sa vie, elle ne s'était sentie aussi seule qu'en ce moment même.

Elle se mit à sangloter de plus belle, incapable de s'arrêter. Michèle la prit par les épaules et l'entraîna dans le vestiaire des dames.

«Ma pauvre Juliette! Commence par aller prendre une douche, ça va te changer les idées. Ensuite, on ira jaser ailleurs qu'ici, tu veux bien?

– Tu as raison, l'eau chaude va peut-être me détendre. »

Une heure plus tard, les deux amies se trouvèrent attablées devant un morceau de tarte au sucre dans un petit bistrot du chemin de la Côte-des-Neiges.

« Tu sais, Juliette, moi je te trouve plus riche que tous les étudiants réunis dans le centre sportif où nous nous trouvions tantôt. Réfléchis à cela une seule minute.

– Moi, riche ? Comment ça ?

– Tu possèdes un petit garçon extraordinaire. Et cela n'a pas de prix ! Tu fais sûrement l'envie de nombreuses femmes… Y as-tu déjà songé ?

– Tu crois ? Mais… Je n'ai ni l'âge ni les moyens d'être mère, tu comprends ? C'est un grand luxe que je n'aurais pas dû me permettre.

– Les années ne manqueront pas de régler ton problème d'âge. Quant aux moyens, ça viendra aussi. Tu as la chance de posséder une mère qui t'aime. Moi, j'ai perdu la mienne à l'âge de douze ans. Pourquoi ne pas aller la trouver et lui raconter simplement tes mésaventures ? Elle saura, elle, comment t'aider à te débarrasser du grand blond. Tu possèdes de vrais amis, aussi. Ne l'oublie jamais. Allons, il faut cesser de voir tout en noir.

– Michèle, tes mots me font du bien ! »

Quelques instants plus tard, les deux copines déambulaient sur le trottoir et s'arrêtaient nonchalamment à toutes les vitrines pour passer leurs commentaires

banals sur les marchandises exposées. La roue continuait de tourner...

Chapitre 26

26 octobre 2003

Plier bagage, faire le deuil de ces innombrables objets hétéroclites qui ont habité ma vie, témoins de mes jours et de mes nuits... Ils ont pris ma couleur et mon odeur, mon empreinte. Ils sont de moi, en moi. Ils sont moi ! Au nom de quoi dois-je m'en arracher et y renoncer ? Sacrifier ma petite lampe torchère, mon vase de Chine peint à la main, mon vieux malaxeur, mon horloge fidèle qui n'a jamais cessé de marteler le temps... Mon temps ! Me défaire de mes tableaux, de mes livres, mes disques, mes papiers, ma verrerie de cristal... Le violon de Samuel. Ah ! celui-là, ils ne l'auront pas ! Personne ne va m'en séparer, je te le jure, Samuel.

Non... Je vous en supplie, ne m'arrachez pas tout cela ! Ces objets sont mes amis, mes souvenirs, ils sont ma vie, ils m'appartiennent. Arrête, Olivier ! Arrêtez, Olivier et Katherine, Marie-Claire, Geneviève ! Au secours, quelqu'un ! Laissez-moi vivre mes dernières années en paix, laissez-moi entre mes murs, dans mon chez-moi. Pourquoi me faudrait-il commencer à mourir aujourd'hui, dès maintenant ? Je ne veux pas mourir, moi !

Je veux vivre encore. Vivre debout, dans mes affaires, dans ma maison. Je n'en ai rien à foutre de ces mots que vous me servez sur un plateau doré : prudence, confort, vie plus facile, meilleurs soins, surveillance médicale. Je me moque de vos meilleurs soins et de vos excellents services, je n'en ai pas besoin ! Je suis encore capable de me soigner moi-même, O.K. ?

Regardez mes ongles, ils sont taillés et vernis. Oh ! je tremblais un peu et le pinceau a un peu dépassé. Puis après ? Ça vous dérange ? Et mes cheveux, ils sont propres, non ? Que voulez-vous de plus ? Pourquoi devrais-je payer si cher pour avoir oublié de renouveler mon ordonnance de médicaments, la semaine dernière ? Je n'en suis pas morte que je sache ! Toutes ces pilules à ingurgiter chaque matin. Pouah ! Du vrai poison ! Quand même j'aurais passé quelques jours sans m'en gaver ! Je suis encore là, bien vivante, vous le voyez bien ! Mon fils et sa chérie en ont pourtant fait tout un plat. Et... oui, je me suis égarée, l'autre jour, en tentant de me rendre au parc Lafontaine. Il faisait si beau... Et alors ? Revenez-en ! Ça arrive à tout le monde de se perdre un jour ou l'autre, non ? Un passant a bien fini par me ramener sur la rue Sherbrooke, que diable ! Même si parfois je m'écarte de mon chemin et ne me rappelle plus mon adresse, je ne pars jamais sans elle, bien écrite sur un papier dans mon sac à main. Évidemment, le hic est de ne pas oublier le sac à main quelque part quand je sors !

Prudence, prudence... Ils peuvent bien en parler ! C'est le seul langage qu'ils me tiennent, comme une obsession. J'en ai assez de cet éternel discours. Je la pratique, la prudence, moi, tous les jours! L'autre matin, comme je me sentais frileuse, je suis sortie avec mes mitaines. Pas question d'attraper un rhume. Bien là encore ils ne sont pas contents. Il paraît qu'au mois de septembre, ça ne se fait pas de porter des mitaines!

Olivier ne comprend rien à tout cela. C'est sa vilaine doctoresse qui doit lui mettre ces idées-là dans la tête. Elle voit du danger partout. S'imagine-t-elle que de me séparer de mon piano améliorerait ma sécurité? Surtout que je n'en joue presque plus! Bizarre, je ne reconnais plus les notes sur la partition, et mes doigts ne tiennent plus le rythme...

Mon beau piano à queue... Il m'a tant bercée, tant consolée. Mon fils parle de le vendre pour s'en débarrasser. Il ne veut même pas le récupérer! Moi, j'aimerais l'offrir gracieusement à une école de musique ou une résidence pour jeunes filles. Ou le donner à une personne qui rêve d'en jouer, mais n'a pas les moyens de s'offrir un tel cadeau. Geneviève et Juliette en possèdent déjà un, Marie-Claire n'a jamais eu d'intérêt pour la musique. Si seulement je connaissais quelqu'un qui pourrait palpiter comme je l'ai tant fait au-dessus du clavier. Pour brailler ses chagrins et exalter ses bonheurs... Je me rappelle ma sœur Florence, autrefois, quand elle se trouvait dans l'obligation d'aller jouer de temps à autre au village, sur l'orgue de l'église, parce qu'elle ne disposait pas de piano. Peut-être devrais-je l'offrir au couvent de Saint-Charles-de-Mandeville? Tiens! Voilà une bonne idée! Je vais en glisser un mot à mon fils, lui qui se donne le droit de prendre toutes les décisions.

En fouillant dans mon banc de piano, j'ai déniché une pile de chansons écrites jadis par ma sœur, justement. Un air de violon, J'ai dansé avec la lune, Mon patin... *Comme elles m'apparaissent jolies, ces chansons! Et comme nous étions jeunes! Comment ai-je pu les oublier aussi facilement? Ah! figer le temps, marier hier et demain, confondre les jamais et les toujours en un seul maintenant comme le fleuve se confond dans la mer, enfermer le temps dans une bulle à l'abri des saisons, ne vivre qu'au présent comme font les petits-enfants... Bon, me voilà redevenue poète, maintenant! Cesser d'avancer en chancelant sur ce dur chemin du vieillissement, retenir les pas qui nous mènent un à un vers une destination de solitude et de retranchement. Quand l'horizon prend les couleurs inquiétantes du néant et s'appelle noirceur...*

Je me rappelle très bien ce Noël 66, quand Florence m'avait offert ces chansons en cadeau. Ah! nous étions heureux! Le savions-nous au moins? Elle avait aussi apporté une série de contes pour enfants destinés à Charles et m'avait demandé de les lui remettre en catimini. Ni elle ni moi ne nous doutions qu'ils deviendraient le premier recueil édité de Flo D'or. Qui aurait dit que Dédé le gentil petit loup, puis le lapin et le vilain canard, et aussi le garçon trop timide et la maman goéland survivraient à ma sœur?

Hier, quand Juliette est venue, je lui ai remis les chansons inédites de Florence comme on confie un trésor sans prix. J'ignore ce qu'elle en fera, mais, au moins, elles n'iront pas à la poubelle comme le reste de ma correspondance, de ma paperasse, de mes écrits. Comme ce journal aussi, écrit d'une main tremblante… Olivier l'a dit : « Il faut éliminer tout ça, maman ! » Dégager, débarrasser, libérer, il n'a que ces mots-là à la bouche. Et moi, dans ma tête, je songe à déchirer, arracher, écorcher, meurtrir… Je croyais pourtant que mon fils avait un grand cœur. Mais quand parle la raison, les vieux n'ont qu'à se taire… Comme le cœur !

Sur le dessus de la pile de chansons de ma sœur se trouvait une courte mélodie composée par moi, l'unique d'ailleurs, lors de notre arrivée à Montréal pendant la crise, après la mort de papa. J'avais seize ans. La chanson s'intitulait Sainte misère. *Je l'avais envoyée par la poste à ma sœur restée seule à Mandeville avec son moineau de mari. Comme si de lui raconter mes misères allait la consoler de la sienne ! Quelle naïveté ! Et je lui avais offert ça en cadeau de Noël !*

J'ai tout raconté à Juliette au sujet de cette époque. La crise économique, la pauvreté, la séparation d'avec ma sœur. Le départ de toute la famille vers la ville et Florence, restée seule sur le quai avec son gros ventre et son bel Adhémar. Ma nièce m'écoutait religieusement avec de grands yeux étonnés. Ces yeux-là… Ils sont passés de génération en génération sans perdre leur éclat, ces yeux verts… Dieu sait s'ils me rappellent certaines folies de jeunesse !

Je lui ai parlé d'une autre sorte de misère, la détresse qui m'assaille aujourd'hui, cette douleur vive de m'arracher de tous ces objets qui, là, dans ma demeure, forment le lien essentiel entre le souvenir et l'oubli, entre le passé et le présent. Ils me rappellent mille événements, petits faits, anecdotes sans importance, détails anodins de mon histoire personnelle. Ils sont ma vie. Sans eux, je risque de débouler tête première dans le précipice du trou de mémoire. Et du silence. Et je ne le veux pas, mon Dieu, je ne veux tellement pas de cette noirceur !

Juliette a-t-elle compris quoi que ce soit à mon discours de vieille femme traquée ? Après avoir jeté un rapide coup d'œil sur les chansons de ma Flo, elle a juré que j'en entendrais parler de nouveau, tôt ou tard. Espérons que ce sera tôt de préférence à tard ! J'ignore la signification de ses paroles, mais je lui fais confiance. Cette jeune fille ira loin, j'en ai l'intuition. Je lui ai offert de prendre tout ce qu'elle désirait dans la maison. Hélas, elle a très peu réagi à mon offre, car elle vit encore chez sa mère.

Par le temps qui court, mon fils cherche une résidence pour personnes du troisième âge dans le quartier où j'habite présentement. Il ne faut pas déraciner ni désorienter les personnes âgées, paraît-il. Les garder dans le même arrondissement semble une priorité. Ils en ont de bonnes avec leurs belles théories ! Puisque je n'aurai plus à sortir, ça servira à quoi de demeurer près du parc Lafontaine, voulez-vous bien me le dire ?

Chapitre 27

L'hiver finit par installer ses pénates dans le paysage. De sa touche magique, il transforma le décor en une féerie de blancheur et d'immobilité muette. Seuls les appels stridents du geai bleu et le babillage joyeux des mésanges déchiraient le silence dans l'air glacé de certains petits matins neigeux. D'autres jours, par contre, le vent se lamentait aux fenêtres et secouait les grands arbres, signe annonciateur de tourmente. Mais Juliette réussissait tant bien que mal à éviter la tempête.

Elle se réjouissait d'habiter à l'abri et dans le calme de la banlieue où la neige conservait un minimum de propreté. Elle n'échappa pas au miracle de la métamorphose et retrouva enfin une certaine quiétude et un air plus serein. Sa mère poussa un soupir de soulagement.

Allen avait fini par s'assagir et régler ses problèmes. Du moins, elle l'imagina puisqu'il cessa complètement de la harceler. Non seulement il ne lui quémandait plus d'argent, mais il ne lui donnait même plus de nouvelles. Au début, elle demeurait sur ses gardes, ne répondait ni à la porte ni au téléphone. Mais à la longue, elle finit par se convaincre qu'un autre voyage en Colombie tenait probablement Allen Faulkner au loin. Disparu de sa vie, le beau grand blond !

Elle resta abasourdie quand il surgit à l'improviste à la porte, un bon matin, après quelques mois d'absence, pour réclamer la présence de son fils. Toujours aussi séduisant, il semblait avoir perdu son air frondeur et regardait Juliette avec une certaine déférence.

« Allo, *darling*… Écoute, je m'ennuie de cet enfant-là, moi ! Je n'ai que lui au monde, as-tu oublié ça ? »

Oui, elle avait tout fait pour oublier ça. Non seulement les sentiments paternels fort discutables de cet homme, mais surtout l'homme lui-même et tout le mal qu'il représentait. Et si, l'espace d'une seconde, elle avait éprouvé un certain contentement de le revoir, elle ne mit pas de temps à sortir ses griffes.

« Il n'est pas question d'amener Jean-François, mon cher. Je n'aime pas que mon enfant fréquente les gens de ton espèce. À moins d'un mandat dûment signé par un juge, je ne le laisserai pas partir avec toi.

– Je ne te savais pas si méchante et égoïste.

– Parle pour toi-même, Allen Faulkner ! Si ton fils te manque tant, tu n'as qu'à venir le visiter à Laval, ici, chez moi. Cette fois, je ne reviendrai pas sur ma décision : le petit ne sortira pas de la maison en ta compagnie. C'est définitif. »

Elle savait pourtant qu'elle n'aurait pas le choix de lui ouvrir la porte une fois de temps à autre, non par générosité, mais strictement par devoir envers son enfant. Jean-François avait le droit de connaître son père.

« Est-ce que je peux venir le voir ici, alors ? »

Pendant un certain temps, il se montra fidèle à ses rendez-vous. Petit à petit, Juliette en vint à lui donner la permission de l'amener au parc ou dîner chez McDonald's. Le garçon accueillait toujours son père avec joie. Si Allen saluait froidement Juliette, il lui ramenait l'enfant avec le regard du type satisfait du devoir accompli. Juliette questionnait son fils, le scrutait à la loupe, s'assurait que rien de grave ne s'était produit.

Elle se sentait redevenir confuse. Ces brèves rencontres et surtout le départ du bambin en compagnie du père, ne serait-ce que pour une heure ou deux, la plongeaient sans cesse dans l'angoisse. Si elle avait tenté de tirer un trait définitif sur les entorses passées et fini par oublier l'oppression dont elle avait fait l'objet, l'été précédent, elle demeurait méfiante malgré tout.

Toutefois, Allen exerçait encore un certain pouvoir de fascination sur elle. Il lui aurait fallu peu d'efforts pour la reconquérir. Un regard tendre, un geste complaisant, une main quelque peu baladeuse, et elle serait retombée dans ses bras. À chacune de ses visites, en dépit de ses bonnes résolutions, elle souhaitait secrètement percevoir une ouverture, une ébauche de véritable réconciliation.

Mais l'Anglais continuait à se montrer de glace. L'histoire d'amour avec lui, si jamais une authentique histoire d'amour avait existé entre eux, semblait bel et bien terminée. Elle avait été inspirée de passer l'éponge sur cette idylle pour le moins tumultueuse et de se tourner vers d'autres horizons.

Entre les visites d'Allen, Juliette coulait des jours de grand calme et de rêvasserie en regardant, à travers les fenêtres de la maison, poindre le printemps au tournant de la rivière des Prairies. Bien sûr, Roland l'exaspérait par moments. Mais, d'un autre côté, elle appréciait de laisser Jean-François à Geneviève et son compagnon les soirs de cours et souvent durant la fin de semaine. Cela lui procurait une certaine liberté et elle en profitait pour revoir ses amis, aller magasiner avec Michèle ou sortir avec Jérémie. Moments de grâce où elle redevenait la jeune fille libre et insouciante de vingt-deux ans pleine de rêves et riche d'avenir, et dont le principal objectif était de vivre intensément l'instant présent. Et, pourquoi pas, de s'amuser enfin.

Cependant, mis à part son fils, ses cours à l'université avaient la priorité dans son existence. Elle adorait peindre, et la création artistique occupait la majeure partie de son temps. Elle partait en fin de journée, cartable sous le bras, dès l'arrivée de Geneviève. L'espace de quelques heures, elle oubliait la monotonie du quotidien. À la vérité, elle ne s'ennuyait guère durant le jour, seule à la maison avec son enfant qui jouait calmement à ses côtés pendant qu'elle mélangeait ses couleurs ou cherchait des mots dans le dictionnaire.

Lors de sa dernière visite à Andréanne, la vieille tante lui avait remis, la larme à l'œil, une pile de chansons écrites autrefois par Florence. La vieille tantine, obligée de casser maison, inspirait la pitié. Elle voulait tout donner à Juliette, ses meubles, son lit, son piano, son fauteuil préféré.

« Mais, ma tante, je ne peux accepter ! Où pourrais-je ranger tout ça ? Je ne possède pas d'appartement, moi ! »

Mais la vieille oubliait le refus de sa nièce et revenait à la charge quelques jours plus tard. Et cela bouleversait la jeune fille. Elle finit par accumuler un certain nombre de meubles et d'appareils électriques dans le sous-sol de la maison de Laval. Cela pourrait toujours servir quand elle reprendrait maison. Hélas, Juliette ne voyait pas le jour où cela se produirait. D'autant moins qu'à la longue Allen devenait de plus en plus intrigant, pour ne pas dire mystérieux. Si jamais elle se remettait en ménage, le conjoint ne se prénommerait sûrement pas Allen Faulkner !

Les poèmes de Florence séduisirent immédiatement la jeune fille. Les thèmes de plusieurs strophes l'inspirèrent pour la création de tableaux et donnèrent lieu à une série de peintures intitulée *Silhouettes* dont elle se sentait particulièrement fière. *La lune courait avec moi, cette fée des nuits de roi, et traçait son sillon d'argent sur la glace vive de l'étang* donna lieu à la silhouette d'un patineur au clair de lune se reflétant sur le miroir glacé d'un lac. *Je me laisse emporter sur un violon envoûté. Accordée à ses accents, monte ma prière d'enfant* inspirèrent la silhouette d'un petit garçon vu de dos et en gros plan, le menton appuyé sur son instrument, sa main tirant l'archet sur les cordes tendues. Pour illustrer la strophe sur l'amitié, Juliette dessina deux silhouettes rapprochées sur la surface enneigée d'un lac où quelqu'un avait tracé un immense cœur. *À l'usure, le temps efface ces sillons que l'on trace sur les déserts de glace. Seules resteront en la demeure les brèches qui ont déchiré mon cœur.*

Les magnifiques tableaux évoquaient les images qui avaient dû habiter l'esprit de Florence lors de la composition de ces chansons. Les figures du temps passé prenaient maintenant la forme de silhouettes ombragées et imprécises sur les toiles de son arrière-petite-fille, mais le rayon de la lune sur le miroir, l'archet sur le violon ou le cœur dessiné sur la neige demeuraient vibrants et baignaient abondamment en un centre lumineux au milieu des tableaux. Elle peignit dans le même style quelques autres silhouettes, toujours inspirées et accompagnées des écrits de son arrière-grand-mère.

Quand elle fit voir à Luc Brunelle ces tableaux assortis aux chansons de Florence, il se montra épaté et ne tarit pas d'éloges.

« Quelle idée géniale que ces silhouettes et ces zones de lumière, ma chère Juliette ! Vous avez un talent fou ! Et l'imagination débordante, il n'y a pas à dire ! Encore une dizaine de tableaux de cette trempe jumelés à des poèmes de cette qualité, et vous aurez un recueil fantastique à présenter à l'édition.

– À l'édition ? Vous croyez ?

– Trouver un éditeur ne constituera pas un problème, croyez-en ma parole. Je sais ce dont je parle, j'ai l'expérience ! Et... vous pouvez compter sur mon assistance, ma chère Juliette !

– Il s'agit de chansons inédites composées par mon arrière-grand-mère, il y a plus de quarante ans. Mais je dispose moi-même d'une grande quantité de poèmes. J'écris presque tous les jours. C'est fou, cela me vient tout seul...

– Eh ! eh ! Les gènes, ça ne pardonne pas, hein ? Allez-y, continuez, ma belle ! Laissez-vous aller. Je vous fais confiance. N'ayez pas peur d'étaler votre âme, il faut se donner sans retenue et sans pudeur dans ce métier-là ! Le résultat de votre travail en sera non seulement heureux, mais d'une originalité surprenante. Et vous en êtes très capable. Vous irez loin, ma chère enfant, car vous avez la trempe d'une grande artiste. »

En lui disant ces mots, le peintre la prit par les épaules et la gratifia d'un sourire désarmant. La jeune fille se sentit intimidée. Ces prunelles broussailleuses, ce regard limpide et droit, ces mains fermes qui l'empoignaient comme pour s'approprier d'elle... Elle en perdit l'usage de la parole.

Sa relation avec le peintre demeurait tout de même strictement professionnelle. Si, au début, elle avait pressenti l'ébauche d'un jeu de séduction, la fréquence et l'habitude de leurs rencontres dans les ateliers de l'université les avaient finalement situées à un niveau plus prosaïque. Et plus neutre. Le maître dirigeait sagement son élève, et l'élève, béate d'admiration devant son maître, observait rigoureusement les directives de son enseignement. Rien de plus, sinon une confiance et un respect mutuels indéniables. Et, peut-être bien, l'ébauche d'un réel sentiment purement amical.

S'il leur arrivait, à de rares occasions, de se retrouver ensemble devant un café ou une bière, le manque de disponibilité de l'un et de l'autre ne leur permettait pas de poursuivre plus loin une relation qui aurait pu facilement outrepasser les balises d'une simple amitié. L'enfant de Juliette attendait sa mère à la maison et Luc restait fidèle à sa femme et à son fils. Ni l'un ni l'autre n'avait le goût, momentanément, d'une aventure amoureuse sans issue.

Juliette en avait bien assez avec Allen dont elle appréhendait, malgré tout, les appels et les retours sporadiques. Dieu seul savait comment se terminerait toute cette histoire. La vie instable et les hautes qualités de manipulateur du grand blond ne lui disaient rien qui vaille. Pourtant, elle ne pouvait détacher de son esprit ces heures bénies où, autrefois, cet homme lui faisait l'amour comme un dieu. Sans doute ces moments ne reviendraient-ils plus jamais...

Un jour, elle se mit à peindre la silhouette d'un homme soulevant un enfant à bout de bras dans un rayon de soleil, un adorable petit garçon de trois ans, beau comme un chérubin. Étrangement, l'homme qui servit de modèle à la scène, dans l'esprit de Juliette, n'était pas Allen, mais Jérémie. Elle dessina un profil plutôt trapu et aux cheveux raides et courts, mais à la tête altière, tournée vers la lumière. Elle avait vu cet homme porter son fils de cette manière à l'île Sainte-Hélène, l'automne précédent, le fameux jour où il lui avait sauvé la vie au bord du marais. À son insu, l'image s'était imprimée clairement dans sa mémoire.

Curieusement, elle trouva ardu d'écrire un poème concordant avec le sujet. Tantôt, elle avait envie de composer un hymne à la joie de vivre… Insatisfaite, elle rédigeait des rimes cadencées sur l'amitié. Mais d'autres jours elle songeait à la mémorable victoire sur la mort remportée par son ami.

Et cela lui donnait le frisson.

Chapitre 28

10 avril 2004

Ils appellent ça la Maison du Bonheur! Peuh!... Ma chambre est jolie, je le concède. J'aime bien ce papier peint à fleurs et ces rideaux de guipure. Ça me rappelle l'ancien temps. L'espace est suffisamment grand pour laisser passer aisément une chaise roulante autour du lit. La belle affaire!

Par la fenêtre, je vois le fond de la cour arrière entourée d'une haute clôture de bois. Espérons qu'on y suspendra des jardinières l'été prochain. Si, un soir, j'oublie de baisser mon store, quatre voisins pourront m'admirer en petite tenue du haut de leur deuxième ou troisième étage!

Dire que, sur la rue Sherbrooke, mon horizon se trouvait de l'autre côté de cette large avenue bordée d'érables centenaires. Si je me penchais au coin de la fenêtre du salon pour regarder vers l'est, je pouvais deviner au loin le début du parc Lafontaine avec ses grands arbres et ses pelouses. Je voyais les promeneurs du dimanche accompagnés de hordes d'enfants s'y diriger allègrement. Maintenant, en me tournant dans la même direction, j'entrevois la magnifique série de poubelles de la merveilleuse Maison du Bonheur.

De quel bonheur il s'agit, je l'ignore. Je ne l'ai pas encore compris ! Celui de manger un repas diététique à la cafétéria à l'heure qu'on a décidée pour moi ? Je déteste souper à cinq heures de l'après-midi, moi ! Celui de m'asseoir en face d'une inconnue complètement sénile et incapable d'avaler sa nourriture sans en répandre la moitié sur son menton et ses vêtements ? Celui de prendre mon bain avec l'aide d'une préposée à des moments fixés à l'avance deux fois par semaine ? Celui d'assister aux activités culturelles offertes par la maison ou de jouer au bingo en compagnie de gens de mon âge avec lesquels je ne me sens aucune affinité et n'ai rien en commun à part, justement, notre âge dit vénérable ?

Je dois participer à ces séances récréatives, Marie-Claire et Olivier ne cessent de me le recommander. « C'est bon pour le moral et il ne faut pas rester seule. » Même Désiré, quand il vient me rendre visite après son temps de bénévolat à l'hôpital Notre-Dame, me tient le même discours. Il peut bien parler de socialiser, celui-là, le pire solitaire de la terre !

Et si je n'ai pas le goût, moi, de me faire des amis, hein ? Si je n'ai plus envie de rien ? Seules Geneviève et Juliette ont l'air de comprendre mon désarroi et ont affiché un air désolé quand elles sont venues dernièrement. À croire que seuls les jeunes peuvent comprendre les pauvres vieux !

Dieu merci, le bridge existe ! Il y a plusieurs années, je m'étais inscrite à un club de bridge où l'on offrait des leçons. C'était au retour de mon voyage en Europe avec ma Flo, si je me rappelle bien. J'avais adoré ça ! Et j'ai bien envie de m'y remettre. Pourquoi pas ? Puisqu'il faut absolument se casser la tête, aussi bien me la casser pour des choses intelligentes !

Certains pensionnaires pratiquent ce jeu, je les ai aperçus, l'autre jour, dans un coin du grand salon. Ils formaient un îlot de bons vivants, ces rescapés du grand âge encore capables de réfléchir et de résister à la contamination par la démence sénile, l'Alzheimer et autres fléaux du même acabit. Ouf! Ils ont l'air de prendre ça très au sérieux ! Mais, d'autres fois, ça rit et ça parle fort. Deux tables, sept femmes et un homme, un beau grand gris avec des lunettes que je croise souvent dans l'ascenseur. Hum! pas si mal, le monsieur ! Quel partenaire il me ferait ! Aux cartes, bien sûr ! Parce que pour les pensées impudiques...

J'aimerais bien me joindre à ce groupe, moi, et m'y faire toute petite. Au début, je pourrais remplacer celui ou celle qui oubliera de se lever un bon matin. Ça ne devrait pas tarder à se produire, le roulement de la clientèle semble prédominant dans ce genre d'établissement. Toutes les raisons semblent bonnes pour rester au lit : un début de gastro-entérite, une crise d'arthrite, une petite toux persistante, un mal de tête lancinant, des jambes trop faibles et bien d'autres choses plus graves. Dans cette maison, les grands départs ne manquent pas de se produire, les nouvelles arrivées non plus...

Je pourrais lui demander, à ce beau sportif de l'intellect, s'il accepterait de me rafraîchir la mémoire au sujet des règles et principes du jeu de bridge. Je pourrais même m'installer auprès de lui pendant qu'il joue et voir comment il procède. Peut-être pourrions-nous devenir de bons amis ? Et pourquoi pas des amoureux ? Qui sait… J'adore les beaux grands gris à lunettes !

Et puis, à défaut d'attraits physiques, séduire un homme simplement par ma vivacité d'esprit ne me déplairait certainement pas. On verra bien si je sais encore charmer, eh ! eh !

Chapitre 29

Tôt ou tard, ça devait arriver. Un vendredi, Allen omit de ramener Jean-François à l'heure prévue, en fin de journée. À cause de la pluie, il avait décidé d'amener le petit au cinéma. Toujours sur la défensive, Juliette n'aimait pas beaucoup cette proposition.

«Reste ici plutôt, on va faire des jeux ensemble, tous les trois.

– Trop tard, je lui ai promis de l'amener voir *Les 101 Dalmatiens II*. Écoute, c'est présenté à Laval cet après-midi. Et le film dure moins d'une heure et demie. Juliette, tu exagères, ne sois donc pas si mère poule!»

La mère poule regarda avec résignation s'éloigner son fils. Elle détestait le voir partir avec son père de plus en plus hermétique, de plus en plus intrigant. Elle ignorait maintenant où il habitait et à quoi il s'occupait. Il avait changé son téléphone cellulaire récemment, mais lui avait refilé un faux numéro à deux reprises, malgré ses insistances. Elle ne savait plus ni où ni comment le rejoindre en cas d'urgence. Il ne parlait plus de son travail ni de sa compagnie *Intras* et ne semblait pas rouler sur l'or non plus. Tôt ou tard, elle s'attendait à le voir surgir pour quémander de l'argent à nouveau. Elle se sentait mal à l'aise dans cette relation tordue, source de soucis et de tiraillements, et ne pouvait croire que cela allait durer jusqu'à la maturité de son fils. Plus que jamais, elle regrettait de s'être laissé emporter vers cette impasse, ce mur bétonné qu'elle n'arriverait jamais à défoncer.

Quand elle vit l'heure passer, elle prit panique. Six heures, sept heures, huit heures... Pas de réponse évidemment sur le cellulaire d'Allen, pas de réponse non plus à la dernière maison de chambres où il avait habité, pas de réponse chez Jack. Elle s'affola. Geneviève et Roland avaient beau tenter de calmer l'énervement incontrôlable de la jeune mère, rien n'y faisait.

«Tu t'en fais pour rien. Il doit s'agir simplement d'un retard imprévu.»

Sur le bord de la crise d'hystérie, Juliette rugissait littéralement en marchant de long en large dans la maison. Elle ne s'arrêtait que pour renouveler ses appels téléphoniques toutes les cinq minutes.

«Il a enlevé Jean-François, il a pris mon petit garçon! Vite, maman, il faut alerter la police!

– Calme-toi, Juliette, voyons donc! Attends encore un peu!

– J'aurais dû m'en douter! Allen avait un air bizarre, ce midi. Son air des mauvais jours. Ce regard fuyant, évasif... Et cette idée d'apporter le manteau du petit malgré la température chaude de l'après-midi. J'ai eu beau protester... Ça aurait dû me mettre la puce à l'oreille : il avait une idée derrière la tête. Je le connais !

– Justement, il avait peut-être l'intention de causer une surprise à Jean-François et de l'amener souper à l'extérieur de la ville sans te le dire. Il va téléphoner ou "retontir" d'une minute à l'autre, tu vas voir, j'en suis sûre. »

Malgré leurs efforts pour fanfaronner, Geneviève et Roland semblaient de plus en plus gagnés par l'inquiétude, eux aussi. Autour de la table, personne ne disait mot. Le contenu des assiettes devint froid et immangeable et aboutit au fond de la poubelle. Dix heures, onze heures... Aucun signe du père et du bambin. Juliette n'en pouvait plus. Elle semblait avoir atteint les limites du tolérable et répétait sans cesse la même chose.

« Il a volé mon enfant, il a volé mon enfant !

– Tu exagères ! Son téléphone fait probablement défaut. Ou il ne l'a pas apporté avec lui. Ou il a éprouvé des ennuis de voiture. S'il se trouve à l'extérieur de la ville, il aura probablement décidé de passer la nuit dans un hôtel.

– Non ! je reste convaincue que non ! Et si c'était dans un hôtel en Amérique du Sud qu'il a décidé de l'amener, hein ? Et puis, ils ont peut-être eu un accident, qui sait... Ah ! mon Dieu ! Ah ! mon Dieu !

– Allons donc ! Il a dû rencontrer des amis et prendre un coup avec eux. Et il a bêtement oublié de t'appeler. Il va arriver demain matin, penaud et la mine basse, en s'excusant. Le petit aura dormi sur une chaise. Tu ne le connais donc pas encore, ce grand distrait toujours sur une patte et sur l'autre ?

– Oui, justement, je le connais ! Il faut appeler la police, maman. Allen a kidnappé Jean-François, je le sens.

– Les policiers ne vont pas te prendre au sérieux. Allen n'est pas le premier père divorcé à ne pas ramener son enfant à l'heure prévue. Ils vont te recommander d'attendre patiemment et de garder ton calme. Tout va bientôt rentrer dans l'ordre.

Juliette passa la nuit entière le nez collé contre la vitre du salon dans l'espoir de voir surgir la vieille bagnole d'Allen. Mais nulle voiture, nul bruit ne venaient perturber le silence nocturne de cette trop paisible rue résidentielle.

De temps à autre, elle se rendait dans la chambre de l'enfant, s'emparait de ses vêtements, les pressait sur son cœur et y enfouissait le nez pour humer son odeur à pleins poumons. Par terre, de nombreux jouets jonchaient le sol, son jeu de Lego, sa valise de docteur avec laquelle il soignait les « gros bobos » de maman, quelques feuilles éparses de ses dessins abondamment colorés, son nounours de peluche à qui il manquait une oreille… « Mon amour, mon amour, où te trouves-tu ? Dors-tu paisiblement et en sécurité ? Ah ! je t'en prie, reviens-moi, mon tout-petit… »

Elle qui ne savait pas prier se mettait à parler à Dieu avec ferveur, comme la plus convaincue des croyantes, son esprit oscillant sans cesse entre le désespoir profond et la conviction démesurée que tout se réglerait facilement le lendemain matin. Elle pensa devenir folle. Geneviève se leva à plusieurs reprises pour la supplier d'aller dormir un peu.

« Tu t'épuises pour rien, Juliette. Le temps passera plus vite si tu dors, non ? Viens, je vais me coucher avec toi.

– Je veux Jean-François, je veux mon bébé ! »

Geneviève la forçait à s'étendre et venait se coller contre elle. Et là, dans la douceur du giron maternel, Juliette se calmait un peu et redevenait la petite fille d'autrefois pour qui sa mère représentait une source infinie de tendresse. Fallait-il vivre de telles épreuves pour abolir enfin les barrières érigées par l'adolescence et retrouver les bras de sa mère, cet unique et incomparable havre de sécurité et de paix qui avait adouci son enfance de petite fille privée de père ?

Dans la chaleur de Geneviève, Juliette finissait par s'assoupir quelques minutes, soulagée d'avoir remis ses problèmes entre les mains d'un ange gardien déguisé en mère. Mais, quelques minutes plus tard, elle se réveillait en sursaut. Non, elle ne rêvait pas, Allen était bel et bien disparu avec Jean-François. Hystérique, elle retournait à la fenêtre du salon et refusait de la quitter d'un pouce, ne serait-ce qu'un seul instant, se contentant de pleurer en silence. Silence de peur, silence de mort. Dernier refuge de l'être humain dépassé par les événements, écrasé par son destin. Dernier recours face à la petitesse et à l'impuissance de l'homme. Silence porteur de la dernière révolte, du dernier espoir...

À quatre heures du matin, Juliette, n'en pouvant plus, se mit à hurler.

«Je veux mon fils, je veux mon petit garçon...»

Désemparés, Geneviève et Roland firent du café et vinrent rejoindre la jeune femme au salon. Elle claquait des dents et tremblait de tous ses membres.

«Il a dû l'amener à Bogota. Je ne le reverrai plus...

– Tu fabules, voyons!

– Tu ne sais pas tout d'Allen, maman... Tu n'as pas idée de ce dont il est capable. Ses harcèlements, ses intimidations...

– Comment cela, ses harcèlements et ses intimidations? Je ne comprends pas. Explique-toi, ma fille!»

Juliette n'hésita plus et déversa d'un seul trait devant sa mère abasourdie toute la vérité sur Allen Faulkner. Une vérité jamais dévoilée, connue d'elle seule et de ses amis Jérémie et Michèle. Une vérité à faire frémir, à glacer d'effroi.

Les deux femmes s'installèrent sur le divan moelleux du salon, mais au lieu de s'y enfoncer confortablement, elles demeuraient tendues et hérissées. Juliette larmoyait sans arrêt tandis que Geneviève serrait silencieusement les poings. Roland, quant à lui, restait debout face à la fenêtre, toutes oreilles ouvertes mais muet et le dos tourné, sans broncher.

La jeune fille parla de l'incapacité de l'Anglais à mener une vie stable. Elle raconta ses disparitions subites et imprévisibles, ses étranges et interminables voyages qu'elle avait toujours camouflés à sa mère, elle mentionna son entreprise plutôt insolite et qui ne lui disait rien de bon, elle souligna les fluctuations extrêmes de sa situation financière. Elle évoqua aussi son audace, son arrogance, son mépris, son irresponsabilité, son immense pouvoir de manipulation pour lui extorquer de l'argent. Elle annonça également à Geneviève le débordement de ses propres dettes et la surcharge de sa marge de crédit remplie à ras bord. Quand vint le temps de souligner les circonstances pour le moins suspectes dans lesquelles Jean-François avait été conçu, Geneviève se sentit défaillir.

« Ma pauvre petite, dans quel pétrin t'es-tu fourrée ? Pour quelles raisons ne m'as-tu jamais confié tout ça ?

— Je ne voulais pas t'emmerder, maman. Et puis… j'entendais déjà tes reproches et surtout tes conseils insistants de le laisser tomber. Je l'aimais, tu comprends ? Et je me croyais assez mature pour mener ma barque toute seule. Mais, là, je n'en peux plus. Depuis des mois, je vis dans l'inquiétude, j'ai peur de lui, maintenant. Et puis, je me sens continuellement dans l'obligation d'emprunter de l'argent à gauche et à droite. Je ne vois pas le jour où je vais m'en sortir !

— Je t'aurais dépannée, moi, tu le sais bien ! Je t'aurais soutenue, aidée, protégée, que sais-je ! Je ne pouvais pas me douter…

– Justement, maman! Tu aurais crié au meurtre et m'aurais obligée à couper les ponts avec lui, pas vrai? Je ne suis plus une petite fille…

– Ah non? Pas certaine de ça, moi! J'aurais eu largement raison de te forcer à l'abandonner! Regarde où tu en es maintenant: pas plus avancée et endettée jusqu'au cou pendant que le mec court la galipote avec ton argent et… ton fils! Bon Dieu de la vie, que va-t-il arriver à notre Jean-François? Tout à coup, je commence à faire du mauvais sang, moi aussi! Ah! ma fille, tu mériterais la fessée, crois-moi! Dans quelle galère tu t'es fourrée, ce n'est pas croyable! Je n'en reviens pas!

– J'avais ce gars-là dans la peau. Il m'envoûtait, me fascinait, je n'en voyais pas clair. Encore maintenant, quand il vient chercher le petit, je me retiens pour ne pas le supplier de recommencer à neuf notre nid d'amour.

– Nid d'amour, mon œil! Ce type-là ne t'a jamais aimée, j'en ai bien peur. Quant à sa paternité, il a une façon bien particulière de l'assumer, on dirait!»

Roland s'était bien gardé de donner son opinion et d'intervenir dans la conversation sauf quand Juliette mentionna les voyages d'Allen en Colombie et l'énigme des appels interurbains en provenance d'une cabine téléphonique locale. Il ne put s'empêcher de se retourner d'un bloc et de s'écrier, horrifié:

«Oh là là! Ça sent mauvais, cette histoire-là!»

Il fut décidé, de connivence avec le couple, de composer immédiatement le 911. Geneviève restait convaincue que les policiers ne broncheraient pas avant quelques jours. Le père biologique ne s'était jamais montré violent envers l'enfant. Il n'avait jamais proféré de menaces précises et il était venu le chercher à l'enseigne de la bonne entente. Il n'y avait certainement pas lieu de paniquer; il s'agissait d'une simple question de délai en raison d'un malentendu ou d'un oubli, voilà tout! «Ou à cause de la mesquinerie et l'indifférence d'un homme insouciant de la détresse de la mère de son fils...» renchérit Geneviève, amère. Quant à l'Amérique du Sud, Roland fit valoir le point que l'enfant ne possédait pas de passeport et se trouvait, par conséquent, dans l'impossibilité de quitter le pays, selon les derniers règlements internationaux en vigueur.

Geneviève s'empara du sans-fil et s'apprêtait à faire un numéro quand la sonnerie déchira le silence à six heures vingt-cinq minutes précisément. Elle reconnut immédiatement l'accent de l'interlocuteur et se mordit les lèvres pour ne pas le couvrir de bêtises et l'engueuler vertement.

Juliette vola plutôt qu'elle ne courut vers l'appareil.

«Allo? C'est toi, Allen? Ah! enfin...

– *Darling?* Excuse-moi pour hier. Je n'ai pas pu t'appeler. Mon cellulaire...

– Où est Jean-François? Où est mon fils?

– T'énerve pas! Il va bien, ton fils! Il se trouve là, juste à côté de moi. Euh... j'aurais un service à te demander: j'ai besoin d'argent, Juliette. C'est urgent, très urgent. Je me trouve dans une mauvaise situation. C'est très grave, cette fois. Je veux dix mille dollars.

– Deviens-tu fou ? Tu m'en dois déjà dix mille et même plus ! Je ne possède pas tout cet argent, tu le sais bien ! Salaud ! Tu es encore plus pourri que je croyais. Ramène-moi mon fils, tu m'entends ? Sinon, j'appelle la police tout de suite. »

La voix à l'autre bout du fil prit soudain un ton plus ferme et sans réplique, comme si Allen avait appris son boniment par cœur. Il le prononça lentement, en articulant minutieusement chaque mot :

« Écoute-moi bien, Juliette Désautels. Tu ne disposes pas de beaucoup d'argent, je le sais. Mais ta mère, elle, est pleine jusqu'aux oreilles. Dis-lui de ma part que si elle veut revoir son petit-fils vivant, elle devra payer en argent comptant dès ce soir. Et n'oublie pas que les banques sont fermées demain.

– Si je comprends bien, tu demandes une rançon, c'est ça ? Tu prends notre fils en otage ? Espèce de rat ! Tu n'as pas le droit, tu n'as pas le droit ! »

Juliette criait dans le téléphone en donnant de grands coups de poing dans le mur. Mais cela ne sembla pas impressionner son interlocuteur.

« Tu as raison, *darling*, je suis un rat, et tu ne mérites pas ça ! Mais je n'ai pas le choix, il s'agit pour moi d'une question de vie ou de mort. Et je n'ai pas envie de mourir pour économiser dix mille balles à ta mère, tu comprends ? Je te remettrai ça un de ces jours, tu peux me croire…

– La police ne te laissera pas agir de la sorte. Je vais tout lui raconter.

– Écoute-moi bien encore, *darling*, je n'ai pas fini. Si tu avertis les policiers ou qui que ce soit, j'emmène le petit en Colombie. Nos deux billets se trouvent déjà dans ma poche et j'ai suffisamment de *cash* pour me rendre à l'aéroport. Je te jure que je suis sérieux. Je ne te l'ai jamais dit, mais mon fils possède un passe-port depuis très longtemps. Tout a été prévu... »

Le ton qu'il avait pris pour prononcer MON fils eut l'effet d'une gifle en pleine figure pour Juliette. Allen n'avait jamais prononcé ces deux mots-là de cette manière. Elle ne devait pas l'oublier, Jean-François appartenait autant à Allen qu'à elle-même. Mais l'homme poursuivit son discours sur le même ton acerbe et précis :

« J'ai des amis en Amérique du Sud qui ne demande-raient pas mieux que de l'adopter. Une Colombienne que j'aime beaucoup, entre autres, et qui n'a jamais réussi à procréer. T'ai-je déjà parlé de cette pauvre Pepita ? Tellement frustrée... Si je n'ai pas l'argent comptant aujourd'hui, Juliette, tu n'entendras plus parler de moi ni de ton fils. Bonne chance pour nous retrouver ! Tu n'y arriveras jamais, j'aime autant te le dire ! Non, cette affaire doit se régler entre toi et moi uniquement et sans témoin, mise à part ta mère qui devra se rendre à la banque, naturellement. Me fais-je bien comprendre ? »

La jeune fille sentit les sueurs froides lui recouvrir le corps. Allen semblait sérieux. Elle se mit à pousser des hurlements dans le combiné.

« Qui me dit que tu ne partiras pas quand même avec le petit et l'argent ?

– Je t'en fais le serment, Juliette.

– Comment te croire ? Tu m'as menti tant de fois !

– Je te le jure sur… sur ce que nous avons vécu de beau ensemble.

– De beau ensemble ? Te moques-tu de moi ? De la merde, tu veux dire ! De la belle grosse merde qui pue !

– Ne dis pas ça, Juliette. Tu m'as donné de l'amour vrai, et je ne connaissais pas ça. Je l'ai apprécié plus que tu ne le crois. Et je ne l'oublierai jamais. Je… Excuse-moi pour ce qui arrive. Cette fois, je n'ai vraiment pas le choix, *darling*. Jamais de ma vie je ne me suis retrouvé dans une situation aussi précaire. On me fait des menaces sérieuses, je te jure… »

Le ton avait changé. Juliette croyait déceler une fibre de sincérité dans ces dernières paroles. Mais… il pouvait tout aussi bien s'agir d'une magistrale manipulation. Comment le croire ?

« Où est mon enfant ? Où l'as-tu emmené ? J'ai si peur, Allen… Passe-le-moi, je veux lui parler !

– Tiens ! Le voilà… »

La voix de Juliette se mit à trembler, entrecoupée de sanglots. Elle tenta de retrouver son sang-froid et d'user d'une élocution plus douce.

« Jean-François ? Allo, mon amour… C'est maman. Dis-moi comment tu vas. Es-tu allé au cinéma hier ?

– Oui, il y avait beaucoup de petits chiens.

– Que fais-tu en ce moment ?

– Je mange un muffin avec papa. »

L'enfant paraissait serein et ne semblait aucunement réaliser les enjeux. Juliette poussa un soupir de soulagement.

« Et… tu as bien dormi ?

– Oui…

– Où te trouves-tu en ce moment ? Dis-moi, Jean-François, où as-tu dormi ?

– Ici, avec papa…

– Où ça, ici ?

– Euh… ici, dans la chambre !

– C'est loin de chez nous ?

– Euh… pas trop ! »

Comment un petit bonhomme de trois ans et demi pouvait-il comprendre qu'il faisait l'objet d'une effroyable demande de rançon de la part de son père ? Comment aurait-il pu lui décrire le lieu où il se trouvait ? Comprendre les dangers qui le menaçaient ? Allen reprit la communication.

« Je vais te rappeler en fin d'après-midi, à cinq heures, pour te dire à quel endroit laisser l'argent au cours de la soirée. De l'argent comptant, n'oublie pas. Réfléchis bien, je ne badine pas aujourd'hui. Tu payes ou je pars avec le petit.

– À cinq heures, je vais attendre…

– Si tout se passe bien, tu retrouveras ton fils dès ce soir. Promis! Sinon, bien… il t'enverra une carte postale de Bogota dans quelques années, quand il sera en âge d'écrire. Si jamais il se rappelle de toi! À moins que… Va sur Internet, Juliette, et essaye de lire l'histoire de Charles Lindbergh. Ce genre de drame se produit malheureusement de temps à autre. Il s'agit pour moi d'une question de vie ou de mort, je te le répète. Si tu sauves ma peau, tu sauves aussi la sienne…

– Tu es l'être le plus dégueulasse que la terre ait jamais porté!

– Dix mille dollars, *darling*… *Cash!*»

À l'évocation de Charles Lindbergh par Juliette, Roland sursauta, stupéfait.

«Charles Lindbergh… Attendez, ça me dit quelque chose! Voyons voir… N'est-ce pas cet aviateur qui, dans les années trente, s'était fait kidnapper son bébé? Ouais… Tu ferais mieux d'aller à la banque, Geneviève. Le bébé de Charles Lindbergh avait été retrouvé mort quelques jours après le rapt.»

En entendant ces mots, Juliette lança un grand cri. Il ressemblait à un cri de mort.

Chapitre 30

12 juin 2004

Le beau grand gris avec des lunettes ne s'est pas vraiment montré à la hauteur, à la longue. À la très, très longue! Ça lui a pris deux interminables mois pour me prendre par la main. Et encore! C'est bien parce que j'ai failli perdre pied et qu'il a gardé ma main dans la sienne un peu plus longtemps qu'il n'aurait fallu. Signe d'amitié sans doute, mais rien de vraiment amoureux. Je m'étais dit: ça y est, il vient de tomber en amour avec toi, ma belle. Tu "pognes" encore! Peuh! Pas de danger! Il n'a jamais recommencé, ni à me prendre les mains, ni rien d'autre. À peine un bec sur la joue aux grands événements. Pourtant, de toutes les petites vieilles décrépites qui hantent les corridors ici, je fais certainement partie du club des plus séduisantes. Disons, des "moins pires"! Oui, ma chère!

À bien y penser, il n'y a pas grand-chose à espérer de ce côté-là! Les trente-sept femmes pensionnaires de la maison rêvent de conquérir les huit mâles présents, en bonne santé mais totalement dépourvus de libido. Pas même un seul en rut dans le paysage!

N'empêche, le gai luron m'a offert une jolie plante pour mon anniversaire, prélevée à même le lierre qui court sur le rebord de sa fenêtre. J'ai pu admirer sa fameuse verdure grimpante lors de mon unique visite en sa demeure, quand il m'a invitée à pénétrer dans son capharnaüm. Dieu du ciel, il n'y a pas que le lierre qui a envahi cette chambre! Tout m'a paru à l'envers. Cet homme réussit le tour de force d'accumuler des traîneries et d'établir un désordre incroyable malgré le passage régulier et intransigeant de la femme de ménage. Dans tout ce bric-à-brac, j'ai découvert des tonnes de livres et de disques pas mal intéressants. Hélas, non seulement il ne m'a pas invitée à profiter de son lit, mais il s'est contenté de me prêter son coussin chauffant quand je lui ai parlé de mon mal de dos. Pour le romantisme, on peut repasser! Zut!

J'ai placé la bouture à côté de l'orchidée de Désiré. Lui aussi m'a apporté une fleur pour mes quatre-vingt-sept ans. Depuis la conversion de la cuisine d'été de la maison rouge en solarium, mon neveu a développé un goût marqué pour l'horticulture. Il paraît qu'on trouve chez lui toutes sortes de plantes exotiques dont une magnifique collection d'orchidées. Je n'ai pas eu la chance de les contempler avant mon entrée dans cette résidence. Désiré a juré qu'il m'a apporté la plus belle et a gentiment promis de m'amener voir son bel assortiment, un de ces jours.

Avec les années, il me semble plus heureux et détendu, celui-là. Comme si la disparition de ma sœur avait délivré ses frêles épaules d'un poids trop lourd. Je le sens libéré non seulement des soucis de santé de Florence et des soins à

*lui prodiguer, mais aussi de l'obsession de projeter devant
elle l'image d'un homme serein, délivré à jamais de tous
ses problèmes. Je souhaite très fort qu'il le soit vraiment,
maintenant.*

*Toujours est-il que le grand gris, après plusieurs ten-
tatives pour insérer quelques rudiments de bridge dans
ma caboche, a semblé abdiquer pour des raisons obscures.
Trop compliqué? Pour lui ou pour moi? Trop difficile à
expliquer? Élève trop peu réceptive? Je ne sais pas! À vrai
dire, je ne comprenais pas grand-chose à ses explications, et
j'ai fini par y renoncer moi-même. Tant pis pour le bridge
et ses raffinements intellectuels, tant pis pour les casse-têtes
inutiles. Tant pis pour les grands gris inaccessibles et tous
les autres deux de pique de la Maison du Bonheur! Et tant
pis pour le flirt, je n'en ai plus envie.*

*Je préfère maintenant écouter de la musique seule dans
ma chambre ou regarder la télévision et lire mes livres.
Mais je m'endors sur mon roman après cinq minutes,
j'oublie la teneur de l'épisode précédent des séries télévisées
et je me contente d'écouter toujours le même disque sur
mon baladeur: les* Nocturnes *de Chopin. Ah! comme c'est
beau, Chopin... Mais quelle tristesse, quelle mélancolie,
quelle profondeur... Comme si l'âme remontait à la surface, comme si je pouvais la sentir palpiter dans mes mains
comme un cœur qui bat. Ah! merveilleuse musique... Elle
seule arrive à m'emporter loin d'ici, loin de cette prison.
Elle seule me ramène à mon Samuel, faiseur de musique
et de rêve.*

En moins d'un mois, j'ai réussi à perdre mes deux plantes. L'orchidée et le lierre sont morts tous les deux complètement noyés. L'infirmière m'a réexpliqué pour la énième fois qu'il ne fallait pas les arroser tous les jours. Une fois par semaine suffisait.

Est-ce ma faute si, dix minutes après avoir versé l'eau, j'ai oublié ce que je venais de faire ? Ils appellent ça un début de sénilité. Tant mieux s'il s'agit seulement du début, et souhaitons que le début dure encore dix ans ! Ils me donnent des petites pilules orange pour ça, d'ailleurs. Sans parler des huit autres à ingurgiter soit le matin, soit le soir, l'une avant, l'autre après les repas, une autre avant d'aller au lit. À prendre avec un verre d'eau, ou de préférence avec un verre de lait. Ou en mangeant. J'en avale des bleues, des blanches, des jaunes, et même des rayées rouge et blanc !

Cela devrait éclaircir mon sang, entretenir mon foie, mes reins et mes autres glandes. Les pilules orange préservent la mémoire et retardent le processus de durcissement de mon cerveau, paraît-il. L'infirmière me l'a dit. J'espère qu'elles vont faire effet et m'aider à me concentrer. J'adore ça, moi, les orchidées ! L'an prochain…

Mais au fait, me concentrer sur quoi ? Je me le demande !

Chapitre 31

À sept heures pile du soir, Juliette se rendit au Terminus Voyageur, boulevard de Maisonneuve, et ouvrit le casier numéro vingt-trois tel qu'indiqué par Allen. Trop nerveuse, elle éprouva un mal fou à déclencher la serrure. Puis, d'une main crispée, elle déposa la grande enveloppe brune scellée contenant dix mille dollars en coupures de cent. Elle referma rapidement la porte, en retira la clé et la lança dans la poubelle disposée près de l'entrée, selon les directives d'Allen. Comme il le lui avait fortement recommandé, elle se garda bien de jeter un regard autour d'elle. Terrassée par la peur, elle observait les consignes à la lettre. Tout pour récupérer son enfant, elle aurait été prête à tout ! Même à se faire couper en petits morceaux !

Geneviève, en état d'alerte, l'attendait dans sa voiture stationnée devant la porte d'entrée de la gare d'autobus, moteur en marche et clignotants en fonction. Si Juliette se sentait trop surexcitée pour réfléchir un tant soit peu, la grand-mère, elle, tentait de garder son sang-froid, bien consciente qu'un observateur se trouvait sûrement aux alentours et les avait à l'œil. Après le passage de la jeune fille à l'intérieur de la station, un complice viendrait sans doute vérifier l'exactitude du montant d'argent avant de joindre par cellulaire quelqu'un posté au parc Lafontaine et l'aviser de laisser aller le petit. Allen Faulkner avait des complices, le salaud!

Elle embraya dès le retour de Juliette. Elle n'avait pas hésité une seconde à retirer un magot aussi important de la banque, mais dut mentir pour expliquer l'urgence d'obtenir une telle somme le jour même. Les banques ne disposent plus d'autant d'argent liquide disponible dans l'immédiat pour les clients pressés ayant négligé de prévenir à l'avance. On ne lui remit les coupures, d'ailleurs, qu'en fin d'après-midi.

Les deux femmes se dirigèrent ensuite à la hâte vers le parc. Allen avait juré par tous les dieux que Jean-François se trouverait alors dans l'aire d'amusement, près de la rue Rachel. Y serait-il? Rien de moins sûr. Il n'existait aucune garantie que l'homme tiendrait parole. Si Juliette semblait portée à lui faire confiance, Geneviève, elle, éprouvait un réel scepticisme. Cet abruti avait toutes les audaces. Comment s'assurer qu'il n'avait pas changé d'idée et ne recommencerait pas le lendemain en exigeant davantage d'argent? Ils auraient dû faire appel à la police malgré le chantage d'Allen et les supplications de Juliette.

Elle se gardait bien, cependant, de confier ses doutes à sa fille. La malheureuse éprouvait de la difficulté à respirer tant elle était inquiète. Pauvre Juliette! Trop pure, trop ingénue pour vivre de tels cauchemars...

Si seulement elle avait fait confiance à sa mère dès le début de sa relation avec l'Anglais… Mais l'heure n'était pas aux regrets. Il s'agissait maintenant de sauver sa peau. Ou plutôt celle de l'enfant.

Un silence de plomb s'installa à l'intérieur de la voiture, à peine atténué par la rumeur de la circulation. Geneviève faillit causer un accident et se fit engueuler par l'autre conducteur passablement frustré. Elle lui répondit en brandissant un doigt d'honneur, à la grande surprise de Juliette qui réprima un demi-sourire malgré son état de fébrilité. Le parc Lafontaine se trouvait à quelques coins de rue seulement, mais aux yeux des deux passagères il sembla à l'autre bout du monde.

Juliette ne laissa même pas à sa mère le temps de trouver un endroit pour se garer et sortit en trombe de la voiture dès l'apparition des modules de jeu derrière une zone gazonnée entourée d'une haie. Elle courut à toutes jambes vers le terrain de jeu, sauta par-dessus les buissons en s'écorchant les genoux et s'arrêta pile devant la cinquantaine d'enfants en train de s'amuser innocemment, en ce beau soir du début de l'été, sous la surveillance quelque peu distraite de leurs parents.

Les yeux embrouillés par les larmes, elle se mit à crier. Mais aucun son ne sortait de sa bouche. Où donc se trouvait son petit parmi cette horde de bouts de chou grimpés dans les glissoires et les échelles de cordes, ou se balançant dans l'air frais en criant à tue-tête ? Ces enfants normaux de parents normaux ? Elle ne le voyait pas. Sur le point de s'évanouir, elle réussit à prononcer le nom de son fils d'une voix faible et brisée.

L'enfant l'entendit-il ? Il se releva soudain, au milieu du carré de sable, en brandissant en l'air un énorme camion rouge de plastique.

« Regarde, maman, ce que papa m'a acheté ! »

Il était là ! Il était là, bien vivant avec tous ses morceaux ! Elle pouvait le voir, le toucher, l'embrasser. « Mon amour, mon amour... Ah ! merci, mon Dieu ! » Elle n'aurait jamais cru que l'on puisse aimer quelqu'un à ce point. Elle le pressait sur son cœur et ne cessait de le cajoler, de l'ausculter, de le tripoter, de le caresser encore. Rien d'autre au monde n'existait plus. Silhouettes fondues, fusionnées dans un même élan, îlot de tendresse au milieu d'un parc... Moment d'amour absolu. Juliette jura secrètement à son enfant que cette mésaventure ne se reproduirait plus jamais. À n'importe quelle condition. À n'importe quel prix.

Geneviève, quant à elle, serrait les dents et ne pouvait s'empêcher de jeter un coup d'œil à la ronde, mine de rien. Où se cachait-il, cet ignoble filou ? Si elle le pouvait, elle le tuerait. Elle s'approcha en courant de sa fille et de son enfant et s'agenouilla devant Jean-François en le prenant par les épaules avec un air effaré. Elle se mit à l'examiner sous toutes les coutures. Non, on ne l'avait ni battu ni drogué comme elle l'avait appréhendé. L'enfant se montrait souriant et affichait un regard limpide dépourvu de frayeur.

« Dis à grand-maman qui est venu te reconduire ici, Jean-François. Vite, dis-le à grand-maman. Est-ce papa ?

– Oui, c'est papa.

– Et où il est ton papa ? Le sais-tu ? Le vois-tu ?

– Il a dit que maman s'en viendrait bientôt puis il est parti par là.

– Où ça, par là ? »

L'enfant haussa les épaules et désigna le coin de la rue, ne saisissant pas les raisons de tout cet affolement. Allen était « parti par là ». La belle affaire ! Par là où se trouvaient la foule, le carrefour achalandé, les voitures, le trafic, les autobus… Par là où se trouvait l'univers entier, quoi ! Aussi bien dire nulle part ! Le néant ! Disparu vers le néant, le salaud !

« Viens, mon amour, on s'en va chez nous, chez grand-maman. »

De retour dans la voiture, Geneviève verrouilla les portes, puis se trouva stupide. Comme si le ravisseur allait revenir de sitôt ! Allons donc ! C'était à l'avenir qu'il faudrait protéger l'enfant. L'enfant et sa mère. Que leur réservait demain ? L'espace d'une seconde, elle entrevit des perspectives incertaines, imprécises, assombries par la crainte et l'anxiété. Un avenir dans la tourmente… Un autre temps d'orages. Elle s'empara de son téléphone cellulaire et déclencha le signal automatique vers sa maison de Laval.

« Roland ? Opération un et deux réussies : argent livré et enfant récupéré. Opération trois, maintenant. »

Juliette sursauta.

« Opération trois ? Que veux-tu dire par là, maman ?

– Tu verras, ma fille. On ne va tout de même pas laisser ce bandit recommencer son manège une autre fois, hein ? »

À leur retour à Laval, Roland les attendait de pied ferme.

« Opération trois accomplie. Les policiers vont arriver d'une minute à l'autre. Ils sont en route. »

Si Jean-François manifesta quelque joie à l'idée de recevoir la visite d'une patrouille policière, Juliette, elle, protesta bien haut.

« Non, non, je refuse de porter plainte. J'ai trop peur, maman ! Ne me force pas. Allen pourrait riposter, reprendre Jean-François, me l'enlever à jamais. S'il te plaît…

– Les policiers existent précisément pour nous protéger, Juliette. Ton gars mérite des sanctions et doit être gardé à l'œil. As-tu envie de le voir recommencer ?

– Justement ! Je lui avais promis de ne pas prendre de mesures. Il ne me le pardonnera pas, il va se venger. J'ai tellement peur !

– Laisse faire tes promesses à Allen Faulkner, ma fille ! Les tient-il, lui, ses promesses ?

– Il les a tenues, tantôt. Nous avons récupéré Jean-François.

– Et son engagement à te le ramener après le cinéma, hein ? As-tu déjà oublié ? Réveille-toi, pour l'amour du ciel, et arrête de te comporter comme une belle imbécile!

– Tu as sans doute raison. Je ne sais plus…

– C'est moi, en tant que grand-mère, qui vais porter plainte si tu refuses de le faire. Je n'ai pas de cadeaux de dix mille dollars à faire à cet énergumène tous les six mois! Il va devoir s'amender, ce fumier… Et nous ficher la paix, la maudite paix!»

Roland, plus stoïque, écoutait parler les deux femmes tout en surveillant par la fenêtre l'arrivée des patrouilleurs.

«Tiens! Les voilà! De toute manière, vous n'aurez même pas besoin de porter plainte, ils vont réagir à la simple évocation de toute cette saloperie.»

Les deux hommes se présentèrent, imposants dans leur uniforme. Sous le regard ébahi et admiratif de l'enfant, ils écoutèrent froidement les faits rapportés surtout par Geneviève. Affichant une attitude professionnelle, ils démontrèrent peu d'empathie à la jeune fille qui, son petit garçon serré contre sa poitrine, s'entêtait à ne pas signer de formulaire de plainte. Le plus âgé des deux officiers manifesta quelque impatience et extirpa un dossier de son sac.

«C'est bon, mademoiselle. Je vais vous informer sur la sorte d'individu auquel nous avons affaire. Vous croyez bien connaître Allen Faulkner, je présume?

– Je le fréquente depuis environ quatre ans.

– Donc, si je comprends bien, vous devez être au courant de ses trois incarcérations au cours de ces dernières années…

– Comment ça, trois incarcérations ? Le père de mon fils s'est rendu en Amérique du Sud à trois reprises, mais il n'est jamais allé en prison ! Pas depuis que je le connais, en tout cas.

– Votre homme a possiblement fait certains voyages, ça, nous l'ignorons, mais probablement pas ceux que vous croyez. Monsieur Faulkner est surtout allé en prison. Non pas dans la jolie ville de France où on fabrique du bon vin, mais à l'Établissement de détention de Montréal que les Montréalais appellent communément Bordeaux. Désolé de vous décevoir, mademoiselle, mais j'ai en main une copie de son épais dossier judiciaire, et il y est clairement stipulé que monsieur Faulkner a été incarcéré à cet endroit de mars à la fin de décembre 2000 et à deux autres reprises depuis ce temps-là pour des séjours respectivement de huit mois et de trois mois, toujours pour les mêmes raisons : trafic de stupéfiants, port d'arme, voies de fait.

– Ce n'est pas possible, voyons ! Allen ne consommait pas de drogue. Ou si peu !

– S'il n'en usait pas lui-même, il en importait une quantité astronomique et la distribuait à des pushers bien connus des forces policières. Il exerçait son petit commerce au centre-ville, plus précisément aux alentours du port de Montréal, je peux vous l'assurer.

– Vous devez vous tromper de dossier. Nous ne parlons certainement pas du même homme. Allen se rendait bel et bien en Colombie. La preuve : il me téléphonait régulièrement de Bogota toutes les deux semaines.

– En Colombie, hein ? Savez-vous ce qu'on fabrique en Colombie, mademoiselle ? De la cocaïne pour l'exportation ! J'ignore comment il s'y prenait pour feindre de vous appeler de Bogota, mais je peux vous certifier qu'à ces dates-là, ses appels provenaient de Bordeaux, sur le boulevard Gouin, à Montréal. D'ailleurs, voici une photographie de monsieur Faulkner. Il s'agit bien de lui, n'est-ce pas ? Le reconnaissez-vous ? »

Juliette se pencha sur la photo officielle que lui tendait l'officier. Allen la fixait d'un regard dur et impersonnel. Pour la première fois de sa vie, elle le trouva laid. Oui, il s'agissait bien de lui. Elle s'effondra. Ainsi, Allen s'était trouvé en prison durant tout le temps de sa grossesse, et il y était retourné par la suite sans le lui dire…

Le policier se mit à ricaner et enchaîna :

« En prison, on oblige les détenus à utiliser des téléphones publics installés à l'intérieur des murs et à appeler à frais virés, car ils n'ont pas le droit de disposer eux-mêmes d'argent sonnant. Je n'en reviens pas de son audace ! Vous laisser croire qu'il appelait d'Amérique du Sud ! Je n'avais jamais vu ça en vingt ans de carrière ! Quel toupet, tout de même ! Et vous l'avez cru ! »

Voilà donc pourquoi les frais virés provenaient d'une boîte téléphonique locale durant les longues périodes d'absence d'Allen. Le scélérat avait eu ce culot! Elle n'arrivait pas à le croire! Comme elle s'était montrée dupe et crédule, et comme il avait profité d'elle! Elle n'en revenait pas. Elle se laissa choir sur sa chaise en gémissant.

Tous les morceaux du casse-tête tenaient en place, maintenant. Oh! elle avait éprouvé des doutes à plusieurs reprises durant toutes ces années, mais, à l'instar de l'autruche, elle avait bien vite chassé ces idées dérangeantes de son esprit, préférant idéaliser le père de son enfant et lui attribuer des fonctions importantes au sein de sa mystérieuse entreprise *Intras*. Compagnie d'importation et de distribution de produits naturels... Il en avait de bonnes! Voyages d'affaires, siège social au Vieux-Port, associé, livraison, travail urgent...

Belle manière de masquer la vérité! Comme il s'était moqué d'elle, de sa candeur toute juvénile! Son appartement de l'île des Sœurs, délaissé à cause d'un voyage... Voilà donc pourquoi il ne l'avait jamais rappelée après leur première rencontre: on l'avait mis en état d'arrestation dès le lendemain! Et ce service sans doute risqué qu'il lui avait demandé, un soir, sur un quai de l'est de la ville... Ces besoins imprévus d'argent, question de vie ou de mort...

Comme il avait dû rire d'elle dans sa barbe! Et elle avait mordu à l'hameçon comme une idiote à chaque fois! Il l'avait manipulée jusqu'à la limite, à la limite de cette journée effroyable qu'elle était en train de vivre et où son fils s'était trouvé dangereusement impliqué. Allen Faulkner n'avait vu en elle qu'une source d'argent à exploiter. Et il avait réussi !

Il restait maintenant une seule question sans réponse. La plus intrigante de toutes : pour quelle raison Allen avait-il revendiqué sa paternité ? Avait-il déjà flairé l'occasion rêvée de pressurer une jeune fille riche ? Juliette pencha une fois de plus pour la sincérité. Et s'il avait connu un moment d'authenticité en apprenant l'existence d'un fils, lui, le gars tout seul au monde ? En autant que l'histoire de son passé soit véridique et n'ait pas été inventée de toutes pièces pour la séduire. Elle ne savait plus distinguer la vérité du mensonge dans le méli-mélo de ses racontars.

Ils avaient tout de même connu de bons moments ensemble, des périodes douces où elle avait cru en son amour. Où elle voyait en lui non seulement un amant mais un père pour son enfant. Foutaise et fruit de son imagination que tout cela ! Quel gâchis ! Il l'avait trompée et exploitée sans vergogne. Il s'était servi de son propre fils pour lui voler de l'argent. Elle s'était endettée de milliers de dollars et il s'en fichait éperdument. Un monstre ! Le père de Jean-François se réduisait à un monstre, un monstre dégoûtant qui ne méritait rien d'autre que la prison. Il n'avait qu'à y retourner, dans son Bogota derrière les barreaux ! *Darling* venait définitivement de rendre l'âme.

« D'accord, monsieur, vous avez gagné. Je vais porter plainte et engager toutes les poursuites que vous voulez. Je vais vous faire part de tout ce que je connais à son sujet. Il faut interrompre les activités de ce triste sire. Il a déjà fait assez de mal. Qui sait s'il n'agit pas déjà ainsi avec d'autres filles naïves comme moi… Non, tout ça doit cesser ! J'accepte de collaborer entièrement avec vous. »

Jusque-là, Geneviève semblait s'être réfugiée dans le silence, bouleversée, dépassée par ce qui arrivait à sa fille. Le scénario lui apparaissait pire qu'elle ne l'avait cru ! Elle s'approcha de Juliette et la prit dans ses bras.

« Je pense que ma petite fille vient de franchir un grand pas dans le monde des adultes. Roland et moi sommes fiers de toi, mon amour…

– Maman, aujourd'hui, en ce moment même, mon fils Jean-François vient de perdre son père. Son géniteur ne mérite pas un tel titre… Je me suis leurrée sur toute la ligne. Je ne verrai plus jamais Allen Faulkner, mon fils non plus. Je t'en fais le serment solennel. »

Les policiers, occupés à remplir leur paperasse, s'étaient gardés d'intervenir dans la conversation. Mais, aux paroles de Juliette, l'un d'eux releva la tête.

« Attention, mademoiselle. Un mandat d'arrestation vient d'être émis contre lui, certes, mais le gaillard court toujours en liberté avec, dans les poches, le gros montant d'argent que vous lui avez remis tantôt. À l'heure actuelle, il se trouve peut-être en route pour rejoindre des complices ou planifier l'élaboration d'autres réseaux de distribution de substances illicites. Cela peut prendre un certain temps avant qu'on ne lui mette le grappin dessus. Je vous recommande donc la plus grande vigilance. En apprenant que vous avez porté plainte, le désir de vengeance pourrait lui donner l'idée de revenir vous harceler ou vous punir à sa manière. Mieux vaudrait prendre des précautions. »

On demanda force détails sur le bateau *Santa Maria* près duquel Juliette avait collecté les deux caisses de marchandises. On s'informa des allées et venues d'Allen, on lui montra plusieurs photos d'individus afin d'identifier Jack. Elle ne put malheureusement le reconnaître sur aucune.

« L'idéal pour vous et l'enfant, mademoiselle, serait de vous installer ailleurs, dans un endroit inconnu de lui, d'ici à son arrestation. Vous avez sûrement des amis ou de la famille qu'il ne connaît pas. Il existe aussi des résidences pour femmes violentées ou en danger. On peut s'informer pour vous si vous le désirez, et même vous y conduire.

– Mon Dieu! Risquons-nous à ce point, mon fils et moi?

– Je ne le croirais pas. Mais il faut user de circonspection avec ce genre d'individus-là, capables de tout. On vous avisera de son arrestation le plus rapidement possible. Nous serions très surpris si un juge le libérait sous caution après un tel comportement. »

Une fois la porte refermée derrière les policiers et Jean-François mis au lit, Juliette éclata en sanglots, complètement dépassée. Elle pleura longtemps en silence, le front appuyé sur l'épaule de sa mère comme si elle ne pouvait plus s'arrêter. Comme si le torrent de ses larmes ne suffisait pas à emporter à la fois autant d'écœurement et de désarroi. À la déception de voir son univers s'écrouler, à la honte de s'être laissé embarquer à ce point, se mêlait la peur, une peur panique, paralysante, de voir rappliquer l'Anglais et son sourire enjôleur. Le diable en personne, pervers et hypocrite, arborant le visage d'un grand blond...

L'idée que son enfant ait pu hériter des gènes malfaisants de son père lui donnait mal au ventre. Vite ! elle devait rompre à jamais cette relation et s'enfuir au loin. Loin de cette maison, loin de cette ville, loin de cette planète, pour que son fils ne revoie plus jamais son père. Elle se leva brusquement pour aller vomir dans les toilettes.

« Maman, je vais téléphoner chez l'oncle Désiré. Peut-être accepterait-il de me prendre pour quelques semaines à Mandeville ?

– Désiré ? Tu irais vivre chez Désiré avec Jean-François ? Mais voyons, tu n'y penses pas ! »

Geneviève faillit ajouter : « As-tu oublié ses embêtements d'autrefois avec la pédophilie ? Pourquoi tenter le diable ? Pourquoi jouer avec le feu ? Pourquoi commettre une autre imprudence ? » Mais elle se mordit les lèvres et tourna sa langue huit fois plutôt que sept afin de réussir à garder le silence.

Mais était-ce une bonne idée de garder le silence? D'un autre côté, s'avérait-il vraiment nécessaire de réveiller un passé vieux de près de cinquante ans dont elle-même avait seulement ouï dire? Désiré semblait s'être toujours bien comporté depuis ces temps anciens. Oui... mais la présence d'un petit garçon de bientôt quatre ans surgi soudain dans sa vie, dans son quotidien, pire, dans sa maison, n'allait-elle pas réveiller des volcans qu'on croyait refroidis? Que lui-même croyait sans doute éteints? De vieilles tendances perverses et vicieuses... Ah! mon Dieu, s'il fallait, s'il fallait...

« Ne pourrais-tu pas aller chez Michèle ou chez Jérémie? Ou chez ta cousine Jennifer, tiens!

– Non. Allen connaît très bien mes amis et les endroits où ils résident. Jennifer, quant à elle, habite avec un groupe d'étudiants dans un espace fort restreint. Je me vois mal m'installer là avec un jeune enfant! Je n'ai pas envie, non plus, d'aller emmerder ma tante Marie-Claire ni ma grand-mère Nicole. Désiré est le parrain de mon fils, après tout. Allen a rencontré mon oncle à une ou deux reprises, mais il n'a absolument aucune idée de l'endroit où se trouve la maison rouge. Je suis formelle. Je me sentirais bien là-bas, maman, en pleine nature, en sécurité, au calme et à l'air pur de la campagne. Quand on aura mis Allen en taule, je reviendrai aussitôt, ne t'inquiète pas. »

Dans une dernière tentative pour l'amener à renoncer à ce projet inquiétant, Geneviève brandit l'argument des études. Décidément, Mandeville se trouvait trop éloigné pour se rendre chaque jour à l'université.

« Justement, je pourrais interrompre la session d'été et ne reprendre qu'à l'automne. En attendant, j'en profiterais pour me reposer et me changer les idées. Peindre et écrire, tiens ! Monsieur Brunelle m'a encore demandé, la semaine dernière, si j'avais d'autres productions. Il a l'intention d'envoyer le tout à une maison d'édition. Je pourrais travailler en paix et, surtout, profiter à temps plein de mon Jean-François.

– …

– Et cela me ferait du bien de changer d'air. Je suis certaine que mon oncle Désiré se réjouirait de voir un peu d'action enjoliver sa vie. Sur une base temporaire, bien sûr ! Maman ? Tu ne réponds pas ? Pourquoi ne dis-tu rien ? »

Geneviève secoua la tête en guise de réponse. Non, elle n'avait pas le droit de réveiller le passé… Mais il s'agissait de la sécurité d'un enfant. De son petit-fils. Elle eut une pensée pour Florence. Sans doute avait-elle été confrontée à un semblable dilemme, il y avait très longtemps. Et elle avait opté pour le silence. Charles et Olivier en avaient payé le prix, Désiré avait abusé d'eux. Mais, à soixante et onze ans, était-il réellement devenu un sage vieux garçon, ou bien le feu dévastateur brûlait-il encore en sourdine au creux de ses entrailles ? Comment savoir ?

Et qu'en était-il donc du pardon, de la confiance ? Le seul fait de prononcer le mot pédophilie risquait de jeter par terre le dur et admirable cheminement de Désiré à travers toutes ces années. Ses efforts pour reconquérir son intégrité s'annihileraient à jamais si ses proches ne lui faisaient plus confiance même après toutes les preuves de conduite sans bavure manifestées pendant près d'un demi-siècle.

De son côté, Juliette connaissait assez bien cette histoire sombre puisque Florence lui en avait parlé avant de mourir. Mais tout cela s'était passé jadis, bien des années avant sa naissance. La jeune fille avait facilement passé l'éponge sur ce drame et avait chéri son oncle sans même y songer.

Extirper de l'oubli ces tristes réminiscences et les faire ressurgir aujourd'hui relevaient de l'horreur. Non, Geneviève n'avait pas le droit de faire ce mal à Désiré. Il s'était toujours montré impeccable et fort gentil. Sa vie privée et son passé ne regardaient que lui, elle n'allait pas le salir de nouveau aux yeux de sa fille. Après tout, Juliette serait toujours présente auprès de son fils dans la maison rouge. Et il s'agissait d'une situation temporaire. Quelques jours à peine. Les policiers l'avaient promis : ils mettraient peu de temps pour attraper Allen et débarrasser enfin la famille et la société de ce démon. Ils auraient enfin la paix.

Pourquoi donc se mit-elle à trembler en entendant Juliette s'adresser à Désiré au téléphone, dans la pièce d'à côté ?

Chapitre 32

26 juillet 2004

On ne dit pas tout aux vieux... Je me demande bien pourquoi! Pour les protéger? Pour leur éviter des tourments? Des inquiétudes? Et après? Puisqu'ils sont encore vivants, n'ont-ils pas le droit fondamental de savoir, de participer, de palpiter, de s'exalter ou de pleurer sur ce qui survient dans la vie actuelle, et non seulement sur leurs souvenirs? Pourquoi les couper de la réalité? Pourquoi ne pas tout leur raconter? Pourquoi les enterrer vivants dans un monde de silence? Pour les protéger de quoi? Ils mourront bien assez vite! «Tout va pour le mieux dans le meilleur des mondes, ma petite madame. Vous pouvez tranquillement commencer à mourir en paix et à petit feu. Et en silence, puisque la vraie vie n'existe plus pour vous...»

Et vogue la galère dans ces antichambres de la mort que sont les résidences pour vieillards. Là où déambulent dans les corridors des ombres d'humains maintenus cruellement en marge. Ils n'ont pas leur mot à dire, plus de voix au chapitre. On les veut souriants, ces pauvres vieux isolés et maintenus dans une bulle appelée la Maison du Bonheur. Dans mon temps, on appelait ça des hospices. Aujourd'hui, on déguise joliment le mot : Havre de paix, L'arc-en-ciel, Centre-Joie, Maison du Bonheur... Mon œil ! Maisons de la solitude et du silence, à la vérité !

Quand ils gardent le silence auprès d'eux, les jeunes s'imaginent-ils que les vieux ne ressentent rien ? Ne comprennent-ils pas que leur mutisme devient blessant et offensant pour l'amour-propre des vieux ? Ils habitent pourtant sur la même planète, les vieux ! Ce sont eux qui ont préparé le monde dans lequel la jeunesse évolue, ces « flos » qui pensent avoir tout inventé et se croient la fin du monde. Comme si le déluge allait venir après eux ! Au lieu de confiner les personnes âgées dans des mouroirs, les jeunes devraient s'en approcher davantage, les écouter et tirer des leçons de leurs expériences. Mais non, ils préfèrent se taire au lieu de leur parler et de partager la réalité.

Autrefois, les vieux mouraient chez eux, entourés des leurs dans le foyer qu'eux-mêmes avaient érigé. Les jeunes cultivaient le respect de leurs aînés, profitaient de leur savoir, consultaient leur sagesse. Aujourd'hui, on les arrache de ce foyer et on les relègue dans des hospices subtilement bien organisés. Et on paye largement pour qu'ils ne manquent pas de soins physiques. Et qu'ils nous fichent la paix !

Mais l'amour, la tendresse, le sentiment d'appartenance, la certitude d'être encore important pour quelqu'un et de participer à l'action en quelque sorte, ça existe de moins en moins dans la société de l'âge d'or. Ma voisine d'en face a eu quatorze enfants. J'imagine le don d'elle-même, l'abnéga- tion, la générosité, l'oubli de soi que cela a dû exiger d'elle. Ces enfants-là, elle les a mis au monde un à un, elle les a allaités, soignés, lavés, bichonnés, bercés. Elle les a aussi nourris, habillés, élevés. Puis elle a accompagné chacun durant sa crise d'adolescence, ses peines d'amour, ses amours, ses nouvelles expériences de parent. Quatorze fois. Vingt-deux petits-enfants et huit arrière-petits-enfants qu'elle a, ma voisine…

Eh bien! Aux heures de visite, le dimanche, presque personne ne se déplace pour venir lui tenir compagnie. Trop ennuyeux de passer quelques heures dans un endroit aussi déprimant et coupé de la réalité. Et puis, on a tant d'autres choses à faire! Oh! ils sont tous présents au jour de l'An et à la fête des Mères, c'est beau de voir ça! Émouvant, même! Et ils apportent des fleurs. Les grands, les petits, ça bouge, ça parle et ça rit fort. Mais ça se parle surtout entre eux… Elle reste assise parmi eux, silencieuse. Et le lendemain, la conscience bien tranquille, ils ont tous oublié l'existence de leur mère qui s'ennuie.

Pour le reste, pour les longs dimanches pluvieux de novembre où elle ne peut plus utiliser la balançoire dans la cour, pour les interminables soirées d'hiver où elle en a ras-le-bol des parties de bingo ou des platitudes de la télévision, pour les après-midis étouffants où l'on rêve encore de mettre ses pieds dans la fraîcheur d'un lac: rien! Personne ne vient, comme si elle avait déjà cessé d'exister.

Que voulez-vous, on a perdu le culte des vieux. Pas assez intéressants, les vieux, obsédés par leurs nombreux bobos, leurs multiples manies incorrigibles, leurs préjugés et leurs idées fixes, leurs petits besoins devenus gros comme l'univers. Et si on leur parlait, aux vieux? Si on leur racontait tout ce qui se passe autour, hein ? Si on les aiguillait sur la réalité et le monde extérieur au lieu de les en bannir ? Si on leur demandait conseil et écoutait leur discours ? Si on leur faisait des confidences, les mêlait de nouveau à l'existence ? Si on les considérait comme des membres importants de la société, leurs bobos deviendraient moins gros et leurs manies, moins agaçantes ! La compagnie des vieux redeviendrait plus agréable...

Mon fils me rend visite si peu souvent... Ottawa n'est pas à la porte, je peux le comprendre, mais... ce n'est pas au Pérou non plus ! Et Katherine, moins sans-cœur sans doute, tient à rester auprès de sa mère. Et moi, alors ? Enfermée comme je le suis, je n'aurais pas fait de différence entre la Maison du Bonheur de Montréal et une autre maison du bonheur située à Ottawa. Au moins, j'aurais pu embrasser mon Olivier un peu plus souvent. Soixante et un ans et il travaille encore comme consultant à temps partiel ! Au fond je suis fière de lui, voilà ma seule consolation.

Pourquoi ne m'a-t-on pas dit que Juliette et son petit habitent chez Désiré depuis plusieurs jours ? Ni Marie-Claire, ni Geneviève, ni même Juliette, hier, au téléphone, ne m'en ont glissé un mot. Il a fallu que Marie-Claire l'écrive à sa jumelle Marie-Hélène à Vancouver pour que celle-ci m'en informe dans sa dernière lettre. On m'a caché volontairement ce fait. Pour quelles raisons ? Voulait-on éviter de m'entendre protester bien haut et crier à tue-tête : « Danger ! Il ne faut jamais tenter le diable... » Mais, sérieusement, un pédophile reste-t-il un pédophile jusqu'à son dernier souffle ? Cela, je l'ignore complètement.

De plus, je ne savais rien, moi, des complications de la relation de Juliette avec Allen! On m'a tenue éloignée de tout ça, on ne m'a rien dit. On m'a condamnée au silence. Maudit silence! Ce semeur de doute, promoteur de dangers, instigateur de ravages, ce prince de la solitude... À bien y songer, mettre Juliette en garde risquerait de briser sa belle relation avec son oncle Désiré. Semer la peur, la méfiance, les préjugés, alors qu'entre eux semblent régner la confiance et une magnifique complicité. Désiré ne mérite pas, pour ce que j'en sais, que l'on ramène son passé à la surface. Un passé si lointain. Un passé effacé et définitivement réparé. Du moins, je le crois. Ou plutôt, je l'espère! En parler briserait irrémédiablement sa vie.

Que faire? Avertir Juliette des risques que son fils peut courir ou choisir de me taire? Assurer la sécurité de l'enfant ou protéger la sérénité du vieux Désiré? Toi, Florence, tu as opté pour le silence. Dieu sait les ravages que cela a causés...

Au fond, pourquoi devrais-je me mêler de cette histoire dont on m'a tenue volontairement à l'écart? Laisser aller les choses, et continuer ma petite vie plate et indifférente loin des problèmes des autres. N'est-ce pas ce qu'on attend des vieux séniles? Et ce qu'on attend de moi?

Ah! Seigneur! Serais-je devenue à ce point inutile?

Chapitre 33

Juliette vivait des jours paisibles sur les bords du lac Mandeville. Après le tumulte, elle appréciait de vivre dans la nature, en sécurité et en symbiose avec son fils. Elle stationnait son automobile derrière la maison rouge, de telle sorte qu'on ne puisse pas l'apercevoir de la route. Ainsi, si jamais, par le plus malheureux des hasards, Allen en venait à découvrir la région où elle se terrait, il ne pourrait reconnaître sa voiture. Toutefois, à chaque sonnerie du téléphone, elle sursautait, folle d'espoir de recevoir enfin l'annonce de l'arrestation de l'arnaqueur. Là seulement elle pousserait un soupir de soulagement et aurait l'impression de respirer l'air libre.

En attendant, elle s'efforçait de vivre calmement et de manière effacée tout en respectant les habitudes de Désiré. Bien sûr, le vieux garçon demeurait un solitaire et ne renonçait pas facilement à ses petites manies. Mais, après une période d'ajustement, chacun trouva son compte entre les murs spacieux de la vieille demeure, dans le décor grandiose de la campagne.

Désiré coulait des heures dans son jardin ou sous la verrière attenante à la maison. Il semblait s'occuper de ses plantes comme une chatte soigne ses chats. À d'autres moments, Juliette le voyait disparaître dans son bureau, un manuscrit à la main. Toujours alerte, l'esprit continuellement en ébullition, l'homme semblait ne pas avoir laissé l'ennui assombrir ses jours. Évidemment, l'arrivée inopinée de sa nièce accompagnée d'un enfant turbulent et tapageur ne s'était pas produite sans perturber quelque peu sa tranquillité. Mais, bon prince, il se montrait compréhensif. Patient, même !

À maintes reprises, Juliette le surprenait en train d'observer son filleul, le regard à la fois bienveillant et un peu triste. Pour la jeune fille, cette attitude évoquait le regret jamais exprimé de n'avoir pas eu d'enfant bien à lui. Le bambin s'approchait souvent de lui pour lui demander de jouer ou faire un brin de jasette. « Les dinosaures existaient-ils dans ton temps, parrain ? » Ou encore : « Ne te promène pas les pieds tout nus, mon oncle, tu vas attraper les armoires vides ! » (hémorroïdes). Cela faisait rigoler Désiré, d'un rire franc et net qui semblait retentir en écho sur les murs de la maison. Ces murs qui n'avaient pas répercuté de telles manifestations de joie depuis la venue de Lili et de Nick autrefois…

Souvent, l'oncle et le garçon s'amusaient avec Cannelle, bon chien doux, ou ils jouaient au jeu du « serpent et de l'échelle » ensemble. À la longue, une tendre affection se développa entre les deux. D'entendre leur bavardage et leurs exclamations réjouissait Juliette. S'il ne possédait plus de père, une présence masculine positive existait néanmoins dans la vie de son fils. Désiré avait favorablement succédé à Allen et à Roland. Et c'était bien ainsi. Mais… pour combien de temps ?

Entre la nièce et l'oncle, les rapports s'avérèrent un peu plus complexes au début. Désiré se montrait d'un naturel plutôt renfrogné et taciturne. Les soupers en tête-à-tête s'écoulèrent d'abord en silence, malgré les efforts répétés de Juliette pour animer la conversation. Désiré se montrait prévenant et serviable, pourtant, et il s'offrait sans cesse pour participer à la préparation des repas ou ramasser les assiettes et faire la vaisselle. La joyeuse présence de l'enfant ne mit pas de temps à détendre l'atmosphère et faire fondre le vieux bon-homme. Petit à petit, il se laissa amadouer et finit par s'ouvrir un peu plus. L'oncle et la nièce en vinrent à se parler des vraies choses.

Un soir, Juliette raconta, sans omettre aucun détail, les péripéties de son existence depuis l'arrivée d'Allen. Il l'écouta religieusement, les dents serrées, sans émettre de commentaire. Mais sa joue tremblait à son insu, et Juliette ne fut pas sans le remarquer. À la toute fin, il prit sa nièce par les épaules et la regarda dans les yeux. Elle sentit sur son visage l'haleine tiède et légèrement sucrée du fumeur de pipe.

« Attention de ne pas retomber entre les pattes de ce gars-là, Juliette ! Ce genre d'individu dispose de plus d'un tour dans son sac pour te précipiter dans le piège. Tu sembles l'avoir beaucoup aimé et… hum…

tu m'apparais particulièrement inexpérimentée et intrépide, ma fille! Il a tout de suite flairé la bonne affaire. Prends garde.

— T'en fais pas. J'ai eu ma leçon, c'est maintenant du passé.

— Si jamais tu as besoin de moi pour n'importe quelle raison, je suis là!

— C'est bien pour ça que je t'ai demandé le gîte! Mais rassure-toi, on va l'arrêter avant longtemps et le mettre sous les verrous. Je ne reverrai plus jamais ce fou.

— Attends! Ce n'est pas encore chose faite! Et si on le jette derrière les barreaux, il n'y restera pas jusqu'à la fin de ses jours. Un séjour en prison n'est pas synonyme de réhabilitation. Certains êtres vicieux demeurent irrécupérables pour le reste de leur vie. Quand un type est retombé à plusieurs reprises dans ses folies, il existe peu de chances de le voir rentrer dans le droit chemin. S'il n'a pas décidé lui-même de s'amender et de maintenir fermement la main à la barre, il est inutile de cultiver l'espoir. Tôt ou tard, il récidivera. Je pourrais t'en parler longuement, je sais de quoi je parle... »

Désiré devint tout à coup songeur et s'arrêta net. Sans plus prononcer une parole, il relâcha Juliette, pivota sur lui-même et se dirigea vers la porte de sortie, comme si tout avait été dit. Comme si la conversation devait s'interrompre obligatoirement là, tout bêtement. Comme s'il ne pouvait en supporter davantage. Comme si le reste, ce qui l'habitait à l'intérieur, s'avérait inexprimable et devait demeurer l'apanage du silence. Les confidences sur sa propre existence ne viendraient pas ce soir-là. Ne viendraient peut-être jamais. Juliette soupira, consciente d'avoir entraîné son oncle sur un terrain miné et très pénible à parcourir.

Quelques minutes plus tard, quand elle se pointa dans l'entrebâillement de la porte à la recherche de Jean-François, elle aperçut son oncle agenouillé et tête baissée, au fond de son jardin. De loin, on aurait pu croire qu'il se penchait sur ses fleurs. Mais la vue de son visage recueilli et de ses mains croisées sur sa poitrine donna à croire à la jeune fille que Désiré Vachon était en train de prier avec ferveur.

***

Chacun sa barque, chacun sa route, chacun son destin, chacun ses tempêtes… Et m'emporte le vent, et roule ma barque vers ce rivage blanc où nul orage n'éclate.

Sous ces mots évocateurs, Juliette dessina sur la toile une vieille chaloupe montée sur le sable blanc du lac Mandeville. Désiré lui avait raconté avoir déjà possédé une telle embarcation, autrefois, avant la construction du motel.

« Nous allions souvent à la pêche. J'adorais ça ! »

Elle peignait presque chaque jour sous l'œil admirateur et critique de son oncle. Il s'intéressait aussi à ses poèmes qu'elle transcrivait sur l'ordinateur de Florence au fur et à mesure qu'elle les créait. Le réviseur de manuscrits donnait son opinion sur le choix d'un terme, appréciait une métaphore, corrigeait une faute de syntaxe ou une maladresse littéraire. En général, il s'émerveillait devant le talent de créatrice de sa nièce.

« Tu dois tenir ça de ma mère ! Et tu vas aller loin, ma chère ! N'empêche, je possède une certaine expérience de l'édition et, crois-moi, ces poèmes jumelés à des tableaux me semblent très intéressants. Voilà une idée fort originale ! Ça risque de séduire à la fois les amateurs de belles images et les autres, férus de poésie. »

Forte de ces encouragements, elle se remettait au travail de plus belle pour traduire son poème *Espérance* par la silhouette d'un semeur penché au-dessus de son champ. Sous la bougie symbolisant la *Foi*, elle inscrivit ces mots : *Fragile lueur à la merci d'un souffle et autour de laquelle les têtes se rapprochent, les doigts se réchauffent, les fêtes s'organisent et les herbes se consument...* Pour célébrer l'*Amour*, elle imagina deux mains empoignées, en gros plan, main féminine à la peau diaphane et main d'homme robuste et ferme.

Dans l'ordinateur, elle dénicha par inadvertance les derniers *Contes pour enfants* de Flo D'or. Florence ne les avait pas effacés avant de mourir. Et cette découverte anodine des derniers signes tangibles du passage de son arrière-grand-mère sur cette planète créa chez la jeune femme une émotion vive. Florence se trouvait là, encore, avec ses mots toujours vivants, inscrits sur l'écran. De fouiller ainsi dans les dossiers de son ancêtre rendait Juliette un peu mal à l'aise, comme si elle violait le dernier territoire ayant appartenu à l'écrivaine.

À un moment donné, un fichier inconnu, intitulé *Le Temps des orages,* apparut à l'écran. Elle cliqua sur l'icône et une page blanche s'ouvrit. À vrai dire, trois cents quatre-vingt quatorze pages blanches défilèrent, complètement vides de mots. Si elle avait conservé le fichier, Florence avait dû rayer le texte en entier, page par page.

Curieuse, Juliette s'en fut trouver Désiré pour lui demander s'il connaissait l'existence de ce manuscrit dont seulement le titre avait été gardé. À son grand étonnement, l'oncle se précipita sur l'ordinateur à la recherche du texte en question. Mais après une demi-heure de fouilles frénétiques, il dut se rendre à l'évidence : sa mère avait réellement éliminé à jamais ce fameux texte inédit. Il parut déçu. Sa curiosité se trouvait brimée encore une fois. Il se contenta de répondre à Juliette :

« Oui, *Le Temps des orages* a réellement existé, mais il n'a jamais été publié. Il s'agissait du deuxième roman de ma mère consacré aux adultes. Elle y racontait sa vie en détail, mais de manière romancée. J'ai cru comprendre que ces écrits s'approchaient beaucoup de la réalité. De sa réalité à elle, en fait, avec les multiples événements qui ont jalonné sa route, et surtout les émotions douloureuses dont chacun de ses jours s'est trouvé submergé. Ma mère a connu de nombreux orages, tu sais ! Je pense qu'elle a beaucoup souffert.

– As-tu lu ce manuscrit ?

– Non. Personne ne l'a jamais lu. Et elle n'a pas consenti à me le laisser lire malgré mes implorations. Après avoir essuyé le refus de plusieurs éditeurs à cause de la dureté du sujet, elle m'a obligé à en brûler toutes les copies, une nuit, sur la plage en face de la maison. Ma mère a emporté son histoire dans le silence de la tombe. »

Étrangement, Désiré se mit à sangloter. Bouleversée, Juliette ne savait comment réagir. Elle passa spontanément son bras autour de l'épaule de son oncle.

« Il ne faut pas pleurer, mon oncle. Le temps des orages n'est-il pas définitivement terminé ?

– Oui, Juliette, il l'est ! Les orages ne durent jamais bien longtemps, tu sais. Même ceux de l'existence. Ma mère me répétait souvent cette pensée, et elle me l'a en quelque sorte laissée en héritage. Il s'agit d'un outil extraordinaire pour passer à travers les épreuves, tu ne trouves pas ? »

Chapitre 34

«M'ennuie de toi, moi!»

Jérémie tapotait l'appui de la chaise berceuse du bout des doigts avec une certaine nervosité. Il s'était rendu à la maison rouge sans s'annoncer. Son amie lui manquait; il avait des tas de choses à lui raconter. Son baccalauréat en enseignement terminé, il se trouvait maintenant à la recherche d'un emploi d'enseignant au primaire, quelque part en banlieue, pas trop loin de la ville.

À vrai dire, il s'inquiétait au sujet de Juliette. Allen Faulkner courait toujours aux quatre vents et cela énervait la jeune fille. Mais le bandit pouvait tout aussi bien s'être enfui en Colombie pour plusieurs mois, voire pour toujours, et elle ne l'apprendrait jamais. Elle s'abritait peut-être à Mandeville inutilement. Et pour combien de temps encore? Septembre approchait à grands pas et, après un été trop tranquille, elle aurait aimé retourner à la vie normale, reprendre ses études, se réinstaller chez sa mère ou louer un appartement en ville. Revenir dans le vrai monde, quoi! Jérémie venait dans le but de la rassurer et la consoler, mais aussi pour s'enquérir de sa tranquillité mentale.

Dès son arrivée, Jean-François lui fit la fête. Il adorait son « oncle » Jérémie, quand même plus pétillant et enjoué que Désiré.

« Salut, toi ! Dis donc, tu as encore grandi ! L'air de la campagne te réussit bien ! Avant longtemps, je ne serai plus capable de te soulever. Aussi bien en profiter tout de suite ! »

Le jeune homme s'empara du garçon fou de joie et, sans crier gare, entreprit avec lui une bataille rangée. Même s'il riait à gorge déployée, le gamin se défendait bien. Il était magnifique à regarder avec son teint basané et ses boucles blondies par le soleil.

Cette rencontre fit du bien à Juliette. À part sa mère et Roland qui lui rendaient visite chaque dimanche, elle vivait en recluse dans la maison rouge et ne voyait personne d'autre que Désiré. Sans s'en rendre compte, Jérémie lui rappelait que la terre continuait de tourner ailleurs qu'à Mandeville. Sa situation ne durerait pas éternellement. Un jour, elle retournerait à Montréal en toute sécurité, retrouverait ses amis, ses activités d'étudiante, sa vie de jeune fille. Mais, au fond, rien ne serait plus jamais pareil. Elle se sentait plus mature et plus sérieuse après ses expériences des dernières années et surtout des dernières semaines. La jeune fille s'était transformée en jeune femme.

L'an prochain, Jean-François irait à la maternelle. Elle se sentirait de nouveau libre de retourner à l'université à plein temps pour obtenir enfin son diplôme et peut-être entreprendre une maîtrise. Elle en avait envie et cela la consolait d'y songer. Si seulement on pouvait attraper Allen Faulkner et l'envoyer en taule pour quelques années. Seulement cela... Pour le moment, elle ne réclamait rien d'autre à la vie.

Désiré se montra aimable envers Jérémie. Pour une fois, l'oncle semblait avoir envie de bavarder. On palabra sur tout et sur rien en sirotant une bière glacée sur la grande galerie, parmi les boîtes à fleurs de Désiré. Soudain, Jérémie émit une idée :

« Dites donc ! Si on allait souper tous ensemble à Joliette ? Ça ferait sortir Juliette de ce cocon, tout aussi agréable semble-t-il...

– Avec le petit ?

– Pourquoi pas ?

– Je n'ai pas envie de le sortir d'ici. J'ai trop peur. Je reste encore sous le choc, tu sais... Je vais plutôt nous fricoter un gueuleton.

– Mais voyons, Juliette ! Un jour ou l'autre, ton fils devra bien quitter ce refuge. Et ce soir, nous irons à Joliette, pas à Montréal. Comment Allen pourrait-il le deviner ? Il ignore totalement ta présence ici, de toute façon.

– On ne sait jamais avec lui ! Qui te dit qu'il n'a pas suivi ma mère, un bon dimanche ? Ce gars-là a toutes les audaces. Il m'a menti, il a volé mon argent alors que moi, je couchais avec lui par amour. Je serais la dernière surprise de le voir rebondir ici pour un autre rapt. Il a trouvé une mine d'or en ma mère, et il va en tirer profit jusqu'à la limite, crois-moi !

— Il doit bien soupçonner la venue des détectives chez toi après sa prise d'otage et se douter que la police le recherche. Il n'a pas le choix de se tenir tranquille, car on le surveille maintenant.

— S'il se trouve encore à Montréal... Ah ! je voudrais tellement te croire, Jérémie ! Je n'en peux plus de tout ce stress... »

Magnanime, Désiré offrit de garder l'enfant pour la soirée.

« Allez-y donc tous les deux sans moi et le petit. Vous pourrez discuter tranquillement entre vous et ça fera du bien à Juliette de se changer les idées dans un autre décor pendant quelques heures. Je vais rester ici et m'occuper de Jean-François. Je dois justement terminer la correction d'un manuscrit pour jeudi. J'en profiterai pour m'avancer.

— J'apprécie ton offre, mon oncle ! Je vais lui donner son bain et lui enfiler un pyjama avant de partir. Ainsi, tu n'auras qu'à le mettre au lit vers sept heures et demie. »

Soudain, une pensée se glissa sournoisement dans l'esprit de Juliette. Une simple petite phrase empoisonnée, ou plutôt, une question perfide aux allures anodines, posée par la grand-mère Nicole lors de la visite de Juliette et Jennifer à Berthier, quelques mois auparavant. Une petite phrase enregistrée insidieusement dans quelque recoin obscur de son subconscient et qui ressurgissait tout à coup, là, mine de rien, pour embrouiller son projet de sortie : « N'as-tu pas peur de laisser Désiré approcher ton enfant ? »

Juliette s'arrêta net, le souffle coupé, le visage blême et décomposé. Non, tout de même ! Jean-François avait eu son lot d'épreuves pour un enfant de son âge. Ce serait vraiment le comble si son grand-oncle...

Désiré devina-t-il sa pensée ? Il s'approcha d'elle, la prit par les épaules et la dévora d'un regard muet embué par les larmes. Puis, il se recueillit un instant avant de prononcer des mots qu'elle n'oublierait jamais :

« Juliette, tu peux partir tranquille. Je te jure sur ce que j'ai de plus cher au monde que jamais, au grand jamais, je ne toucherai ni n'abuserai de Jean-François de la manière à laquelle tu viens tout juste de songer en ce moment même.

– Mais, voyons...

– Non, non, ne proteste pas, j'ai tout compris ! Je te l'ai dit, l'autre jour : le temps des orages est révolu, ter-miné pour toujours. Et il ne reviendra plus tant et aussi longtemps que Dieu m'abandonnera en ce bas-monde. Je me suiciderais plutôt que de toucher de nouveau à un enfant. Me fais-je bien entendre ? Est-ce assez clair ? Tu as compris, n'est-ce pas : ton fils ne court aucun danger à demeurer avec moi. Pars en paix et va t'amuser enfin ! Tu le mérites amplement ! Et pas question de te revoir avant minuit.

– Compris et... merci ! »

Intimidée par ce discours et saisie d'émotion, Juliette ne put en dire davantage. Elle se contenta d'embrasser son oncle spontanément sur la joue en guise d'assentiment.

***

Il passait vingt-trois heures trente quand la voiture s'engagea dans l'entrée de la maison rouge plongée dans l'obscurité, à part la chambre de Désiré à l'étage. Jérémie eut juste le temps d'appuyer brusquement sur le frein pour éviter une collision frontale avec l'automobile qui sortait en trombe de l'allée, tous phares éteints. Le chien aboyait avec la fureur d'un loup.

Juliette lança un cri de stupeur en devinant une ombre étendue sur le sol.

« Arrête, Jérémie, arrête ! Il y a quelqu'un par terre ! Je vois une personne étendue, là, au milieu de l'allée ! »

Elle sortit de la voiture à la vitesse de l'éclair et s'approcha en courant pour apercevoir Désiré inanimé, gisant sur le sol dans une mare de sang. Un peu plus loin, assis sur le perron près de la porte, Jean-François braillait à fendre l'âme. Tourné vers la route, il semblait appeler désespérément quelqu'un.

« Papa ! Papa ! »

Le voyant couvert de sang lui aussi, elle se jeta littéralement sur lui. Le bambin, s'il paraissait passablement perturbé, ne semblait à première vue porter aucune blessure. À tout le moins rien de grave qui aurait pu l'empêcher de bouger.

« Vite, Jérémie, vite ! Compose le 911 sur ton cellulaire. Désiré a vraiment l'air mal en point. »

À la lumière des phares de la voiture, elle se pencha doucement au-dessus de son oncle, appréhendant le pire. Mais l'homme respirait encore, d'un souffle court et haletant, en émettant un faible râle. Sous son chandail de coton ouaté de teinte claire, elle découvrit une blessure béante sur sa poitrine d'où s'écoulait un flot de sang noirâtre et abondant. Au bord de la panique, elle hurla plutôt qu'elle ne parla en commandant à Jérémie d'aller à l'intérieur pour chercher des serviettes, des coussins et des couvertures.

À genoux près du moribond, elle souleva sa tête qui reposait directement sur le gravier et elle se mit à gémir.

« Ne meurs pas, mon oncle, je t'en prie, ne meurs pas... »

L'homme entrouvrit un œil injecté de sang, et une lueur de vie sembla y passer.

« Qui t'a fait ça, dis-moi qui t'a fait ça ! »

L'oreille penchée sur les lèvres de Désiré, elle eut peine à comprendre les sons émis d'une voix rauque et étranglée.

« Allen... prendre le petit... battu... revolver... »

– Ah ! mon Dieu ! Ah ! mon Dieu ! »

Le blessé perdit de nouveau conscience. Elle plaça le coussin sous sa tête et le couvrit en attendant l'arrivée des policiers et de l'ambulance. Jérémie ne disait mot, se contentant d'envelopper son amie de ses bras protecteurs et rassurants. Quant à Jean-François, ne réalisant pas réellement ce qui se passait, il restait blotti contre sa mère en répétant continuellement sa propre explication des faits :

« Papa a tapé Désiré. Puis il a fait bang ! bang ! et il est parti. Désiré a un gros bobo au ventre… »

À l'arrivée des secours, Juliette insista pour monter dans l'ambulance et accompagner son oncle jusqu'à l'hôpital. Jérémie s'offrit pour recoucher l'enfant dans la maison rouge, sous sa surveillance ou, si Juliette préférait, pour le reconduire chez Geneviève à Laval. Mais la mère, fortement ébranlée, refusa de s'en séparer. Elle ne quitterait plus son fils d'une semelle tant et aussi longtemps que son père assassin circulerait en toute liberté. Les policiers acceptèrent de la laisser monter dans l'ambulance avec le petit. Ils prendraient sa déposition là-bas, à l'hôpital. On verrait ensuite.

Le convoi s'ébranla donc en vitesse, la lumière des gyrophares éclaboussant les murs de la maison de taches de sang. On prit la direction de l'hôpital le plus proche, suivi par un Jérémie passablement énervé. C'est à ce moment-là seulement que le jeune homme réalisa à quel point ses mains tremblaient sur le volant.

Chapitre 35

26 avril 2004

Mon neveu a rendu l'âme quatre jours après l'agression, sans avoir repris connaissance. Si seulement il avait pu raconter les faits dans les détails... Nul ne sait ce qui s'est réellement passé. À part ses quelques mots prononcés dans les bras de Juliette au moment où elle l'a trouvé gisant par terre devant la maison rouge, et à part l'interprétation enfantine et passablement simplifiée de Jean-François, rien ne permet de connaître la vérité.

Cette fois, j'ai refusé le silence général. J'avais le droit de connaître les faits et j'ai réclamé ce droit à hauts cris. Juliette et sa mère ont accepté de tout me révéler. On peut facilement en déduire qu'Allen, sans doute obsédé par le succès de sa première demande de rançon, s'est pointé avec un revolver afin de kidnapper son fils de nouveau. Comment a-t-il découvert le repaire de Juliette et de l'enfant, l'histoire ne le dit pas.

Selon ma nièce, il aurait pu suivre Geneviève lors de l'une de ses visites hebdomadaires à Mandeville. Désiré a dû résister et se battre avec le truand pour empêcher le rapt. Un coup de feu est parti, volontairement ou par accident, on ne le saura jamais. *Malgré les dires de Jean-François qui s'obstine à répéter «bang! bang!» quand il raconte sa version des faits, on aurait tiré un unique coup de feu. En tout cas, une seule balle a atteint mon neveu à la poitrine, causant des blessures mortelles. Les enquêteurs ont eu beau chercher, ils n'ont pas retrouvé de seconde balle perdue aux alentours. Pas plus que l'arme du crime, d'ailleurs. Chose certaine, l'autopsie a révélé des contusions, sans contredit causées par des coups de poing, sur le corps de Désiré. Théoriquement, il se serait battu avant d'être atteint par le coup de revolver. L'horreur, quoi!*

Désiré me devance donc sur les chemins de l'éternité. Il s'est couché avant moi dans le terreau des Coulombe, au cimetière de Saint-Didace. Qui l'aurait cru? Cela ne fait pas partie de l'ordre naturel des choses... À part Juliette, Geneviève et moi, nous sommes peu nombreux à le pleurer, ce grand sauvage. Ajoutons à la liste ses sœurs jumelles Marie-Claire et Marie-Hélène, et peut-être bien aussi ses neveux Nick et Lili, là-bas, au loin... Mais nulle femme, nulle amoureuse, nul ami ne versera des larmes sur cet homme. Lui survivront une nièce et un filleul infiniment reconnaissants pour entretenir sa mémoire. Et moi, la vieille tante à moitié paralysée et incapable d'aller fleurir sa tombe là-bas, derrière l'église...

Désiré sera pourtant mort en héros. Héros obscur et silencieux que nul ne portera aux nues. À peine les médias ont-ils vaguement évoqué l'événement comme un vulgaire fait divers: Un homme donne sa vie pour sauver un enfant des mains d'un agresseur. *Voilà ce qu'on pouvait* lire dans les manchettes des journaux au lendemain de la mort de mon neveu. Mais personne n'a songé à creuser le sujet davantage. Aussi bien! Des plans pour faire ressurgir son passé! Ah! ça, non, je ne le voudrais pas pour tout l'or du monde.

Nul monument glorieux, nulle médaille, nulle mention du sacrifice de Désiré Vachon. Seulement un souvenir impérissable dans le cœur de ceux qui l'ont connu et aimé, et lui ont pardonné ses erreurs passées... Un souvenir qui les confirmera dans leur ineffable miséricorde. Cet ancien violeur, celui qu'on a jadis montré du doigt, détesté, bafoué, rejeté, puni, a spontanément donné sa vie pour arracher un enfant des griffes de son père. Dieu sait ce qu'Allen en aurait fait cette fois-ci! Si mon neveu rêvait de se racheter un jour pour ses bêtises d'antan, il n'aurait pu mieux réussir. Et il l'a fait seul et en secret, fidèle à lui-même. Il l'a fait dans le silence...

Tu t'es merveilleusement rattrapé, mon Désiré, et si ta mère t'a regardé du haut de son nuage, elle en aura eu le cœur gonflé de fierté. Ce qu'elle n'a malheureusement pas connu de son vivant... Elle t'a assurément reçu à bras ouverts de l'autre côté de l'existence, là-bas, «sur ces plages de sable blanc où nul orage n'éclate». Ma nièce Juliette n'avait-elle pas déjà écrit cela quelque part?

Évidemment, il pourrait exister une tout autre version des faits: Allen, en bon père, sauve son fils d'un abus sexuel en tirant à bout portant sur l'agresseur pris en flagrant délit... Non! cela ne tient pas debout! Je n'ose même pas y songer une seule seconde! Dans un tel cas, Allen ne se serait pas enfui en abandonnant le petit tout seul à la noirceur devant la maison. Au contraire, il en aurait sans doute profité pour faire chanter le vieux vicieux au lieu de le tuer froidement. D'ailleurs Jean-François portait son pyjama à l'arrivée de sa mère.

Arrête, vilaine ! Tu as l'imagination trop fertile. Tu n'as pas le droit de te poser ces questions audacieuses et d'entretenir ce genre de suspicion malsaine. Comment pourrais-je me permettre de douter de l'intégrité de Désiré quand il vient de se comporter en grand homme ? D'ailleurs, des médecins et des psychologues ont longuement examiné et interrogé Jean-François. Ils en sont venus à la conclusion que, mis à part le traumatisme de voir abattre son oncle, il n'a subi aucune agression, ni sexuelle, ni physique, ni psychologique.

Je devrais avoir honte de formuler de telles pensées. Jusqu'à la fin, le doute m'aura dévorée, bien que je ne l'aie jamais avoué à personne, pas même à moi. Dernier détour, dernière victoire du silence… Il faut dire que Désiré m'a tant bernée autrefois pour abuser de mon fils Olivier pendant des années. Une mère ne s'en remet jamais complètement malgré la meilleure volonté du monde. Une pointe de méfiance, sinon de rancœur, perdure toujours en dépit du temps qui passe et même des sentiments affectueux qui ne manquent pas de s'approfondir. Je l'aimais beaucoup, moi, Désiré ! Et il me le rendait bien ! Hélas, la confiance, une fois perdue, ne se régénère jamais en totalité. On a beau dire, certains de mes souvenirs continueront de brûler jusque dans l'éternité. Bon, ça suffit ! Tu auras été, Andréanne

Coulombe, la dernière des juges de Désiré Vachon. Jusqu'à son dernier souffle, quelqu'un se sera rappelé...

La question reste de savoir si on demeure un pédophile toute sa vie comme l'alcoolique reste un alcoolique même après vingt ans d'abstinence. D'ailleurs, naît-on pédophile comme d'autres naissent épileptiques ? À n'en pas douter, on ne choisit certainement pas de l'être ! Désiré ne l'a jamais voulu et s'est avéré le premier à en souffrir, avant même d'en faire souffrir les autres. Et il a toujours lutté férocement contre cela, dès le début. Sa tentative de suicide quand il se trouvait au séminaire, à l'âge de vingt et un ans, toutes ces thérapies qu'il a suivies, le bénévolat qu'il exerçait encore malgré son âge, sa réclusion dans la maison de Mandeville... Ah ! comme il doit se sentir délivré à présent ! Libéré de ces affreuses pulsions... Qui s'avéraient de l'histoire ancienne, j'ose l'espérer pour le petit Jean-François...

Me pardonneras-tu, mon cher Désiré, ces doutes et ces derniers relents de rancœur mis en veilleuse dans un recoin de mon âme ? J'en soupçonnais à peine l'existence ! Pars tranquille, mon grand ! Ta misérable vie se termine ici, puisses-tu connaître enfin la paix. Tu la mérites bien, allez ! Et si ta mémoire reste à jamais entachée dans l'esprit de certaines personnes, sache que tu demeureras pour moi celui qui, à force de volonté et de détermination, a réussi à surmonter son sinistre destin. Tu peux partir la tête haute, plus haute que celle de bien des membres de cette malheureuse famille...

Chapitre 36

On arrêta Allen Faulkner quelques heures après sa fuite de la maison rouge. L'ayant d'abord intercepté pour excès de vitesse sur l'autoroute 40 en direction de Québec, les policiers informés par radio du crime de Mandeville ne mirent pas de temps à lui enfiler les menottes. On saisit de plus une quantité importante de stupéfiants au fond de sa voiture.

L'homme décida de plaider coupable à des accusations de kidnapping, d'extorsion de fonds, de possession et de trafic de stupéfiants. Des accusations de voies de fait et de tentative de meurtre furent ajoutées à cette liste. Cela évita à Juliette la pénible obligation de témoigner au cours d'un long et inutile procès. Après le décès de Désiré, la tentative de meurtre fut transmuée en homicide.

En apprenant l'arrestation d'Allen, Juliette sanglota longtemps, à la fois soulagée et prise de remords à cause des dangers auxquels elle avait exposé son fils en fréquentant un tel criminel. Comme elle avait manqué de jugement! Comme elle s'était montrée écervelée malgré les avertissements des siens! Comment avait-elle pu s'amouracher à ce point de ce bandit ? Elle n'en voyait pas clair tant elle l'aimait, ce menteur, ce tricheur, ce... meurtrier ! Elle n'en revenait pas : Allen Faulkner, un assassin ! Elle avait aimé un assassin ! Et il avait tué son oncle chéri par surcroît ! Autant elle l'avait adoré, autant elle le détestait maintenant. Il pouvait bien croupir en prison pour le reste de sa vie, il n'entendrait plus jamais parler d'elle ! Et elle ne voulait plus jamais entendre parler de lui !

À lui laisser autant de place dans son existence, elle avait risqué la vie de son enfant et détruit celle de son oncle. Jusqu'à un certain point, elle se sentait indirectement responsable de la mort de Désiré. Lui, il n'avait pas hésité à se sacrifier pour son filleul, mais elle, ce soir-là, avait éprouvé des scrupules à lui confier son fils pour quelques heures, doutant tout à coup de son intégrité morale... Quelle aberration ! Oh ! son hésitation n'avait duré que quelques secondes, mais ces quelques secondes de doute, les dernières vécues auprès de Désiré, pèseraient lourd sur sa conscience pendant le reste de son existence.

À l'hôpital, elle n'avait pas lâché son oncle une seconde dans le vain espoir de le voir reprendre conscience et se remettre de ses blessures. Elle aurait voulu lui demander pardon. Le remercier, au moins. Lui dire qu'elle l'aimerait toujours et en garderait un souvenir ému. Mais, plongé dans un coma profond, Désiré s'était éteint tout doucement, entouré de ses proches et sans jamais réaliser ce qui lui arrivait. Même

Andréanne, transportée en chaise roulante par Marie-Claire, se trouvait au chevet de son neveu. Mais il ne s'en était guère aperçu...

Seul rayon de lumière dans l'atmosphère nébuleuse de la chambre d'hôpital : un petit garçon jouait paisiblement dans le coin le plus éloigné. Avec ses crayons à colorier, il dessinait des maisons entourées de fleurs et d'immenses soleils aux grands sourires naïfs. L'orage n'existait guère sur les pages de Jean-François... On pouvait l'entendre gazouiller, perdu dans sa bulle, trop petit pour comprendre la gravité et l'horreur des événements qui survenaient autour de lui. Bulle de vie, bulle de pureté et d'innocence. Promesse de l'aube...

En lui jetant des regards de tendresse, Juliette sentait son cœur se gonfler. Il fallait tourner la page, l'espoir existait toujours.

***

Juliette mit du temps à se remettre du choc. Elle ne recommença à bien fonctionner qu'à partir du moment où on lui fit part de la condamnation du père de son fils à vingt ans de prison ferme sans possibilité de demande de libération conditionnelle avant quinze ans. C'en était fait d'Allen Faulkner, elle pouvait le considérer comme rayé à jamais de sa vie. On avait mis l'oiseau de malheur en cage. Fasse le ciel qu'il ne s'en échappe pas !

Si, dans quinze ans, il rebondissait encore, elle aviserait à ce moment-là. Son fils serait alors assez grand et assez fort pour défendre sa mère si cela s'avérait nécessaire.

Mais d'ici là, la ronde des saisons pouvait reprendre sa cadence en paix. Désormais, il incombait à elle, Juliette, de redessiner les paysages à sa manière.

De retour chez sa mère, trop perturbée pour retourner immédiatement à l'université, elle reprit sa plume et ses pinceaux petit à petit et poursuivit son entreprise d'illustrer ses poèmes. Elle le fit d'abord de façon fortuite, puis plus régulière par la suite. Elle en vint à trouver là non seulement une voie d'expression, mais une soupape à toute l'amertume et la désolation accumulées ces derniers temps. Une véritable planche de salut.

Elle abandonna sa série de silhouettes et se mit plutôt à jouer avec les couleurs. Les premières œuvres furent teintées de pensées moroses et d'éclairages sombres, mais elles y gagnèrent en profondeur, même si Désiré ne se trouvait plus là pour contrôler la qualité de ses écrits, et Luc Brunelle, pour vérifier les lignes et les perspectives de ses tableaux. Il y était question de silence, d'absolu, d'éternité, de souvenir et d'oubli matérialisés sur les toiles par d'immenses champs de neige, de grands espaces déserts, des branches d'arbre biscornues, d'éphémères fleurs de givre sur les vitres, des ciels ombragés ou orageux... Juliette travaillait avec ardeur, et le vague sentiment d'accomplir quelque chose de beau et de grand la saisissait parfois. De toute évidence, l'artiste gagnait en maturité.

Mais peu à peu, la frénésie de la jeunesse reprit du terrain et finit par l'emporter. Les thèmes devinrent plus sereins, plus vivants, les teintes, plus vives et plus joyeuses. Elle se mit à rêver de cristalliser l'acuité d'un regard, de retenir la caresse du vent sur les arbres d'un boisé, d'enfoncer ses mains dans la terre féconde, de danser la tarentelle sur un air de tambourin, de représenter de nouveau la beauté et l'innocence de l'enfant. Elle travaillait sans relâche dès que son fils, en sage petit garçon, lui laissait un moment de répit.

Geneviève et Roland se pâmaient d'admiration devant la splendeur de ces œuvres autant littéraires que visuelles.

« Ma fille, ton talent me renverse ! Tu ne vas pas laisser moisir tout ça au fond d'une armoire, j'espère ?

– Non, non. J'ai vu monsieur Brunelle dernièrement. Il semble s'y intéresser. J'ai d'ailleurs un autre rendez-vous avec lui cette semaine. Il veut tout voir, tout scruter à la loupe. Il a une idée derrière la tête, je crois. »

Tout ne marchait pourtant pas sur des roulettes dans la maison de Laval. De toute évidence, la présence d'un jeune enfant bousculait la vie du couple d'amoureux dans la cinquantaine. Les réveils trop matinaux du petit, ses cauchemars nocturnes malgré tout occasionnels compte tenu des tribulations des derniers temps, la multitude de jouets jonchant le sol un peu partout, la tache de crayons de couleur sur le divan de velours du salon, les repas réclamés à grands cris à des heures trop régulières alors que Geneviève et Roland préféraient se détendre longuement devant un ou deux apéritifs avant de passer à table, tout cela empoisonnait quelque peu l'existence de Juliette et celle de sa mère.

Tôt ou tard, elle devrait prendre une décision et s'installer quelque part avec son fils. Vivre enfin sa vraie vie à elle, à sa mesure et à son propre rythme, et non celle d'un tyran comme Allen, ou celle d'un vieil oncle malgré tout conciliant, ou encore celle de sa mère et de son conjoint dans leur maison de Laval. Ah… se retrouver seule avec elle-même, établir ses priorités, se réinventer un nouveau mode de vie… N'écouter qu'elle-même et son petit garçon… Car, bien sûr, cette belle réorganisation se réaliserait autour de l'enfant, et Jean-François y trouverait la première place. Elle n'avait pas le choix de la lui donner et elle le désirait ardemment. Et cette présence lui serait douce, comme un gage d'amour, de tendresse, de pureté pour le reste de son existence.

L'autre jour, le notaire de Saint-Charles-de-Mandeville lui avait remis les actes notariés en bonne et due forme, rendant officiellement son fils, Jean-François Désautels, propriétaire de la maison rouge. Elle, sa mère, en avait l'usufruit jusqu'aux vingt-cinq ans de ce fils. Elle avait offert à Geneviève de mettre la maison en vente dans le but de lui rendre les montants d'argent extorqués par Allen. La mère avait refusé d'en entendre parler.

« Jamais de la vie ! D'ailleurs, tu n'as pas le droit de la vendre, elle appartient à Jean-François, pas à toi. Désiré a eu la bonne idée de la léguer à un descendant de Florence. Cette demeure centenaire appartient à la famille et contient toute son histoire. Ce serait un péché de la vendre indifféremment à des étrangers pour me rembourser quelques milliers de dollars, voyons! Oublie cet argent. Dans mon esprit, tu ne me dois rien. Tirons donc un trait sur le passé et tournons-nous tous vers demain, que diable! Sois donc enfin heureuse, ma fille, je n'attends rien d'autre de toi! Et sois-le pour vrai, cette fois!

Juliette n'avait pas eu le courage de retourner à Mandevillle depuis la nuit fatidique du meurtre. En bon ami, Jérémie s'était occupé d'aller chercher les affaires de sa copine, de vider le réfrigérateur et de fermer la maison pour une période de temps indéfinie. Il avait même pensé à demander à une voisine de surveiller les alentours et de venir arroser les plantes de la serre une fois de temps à autre, jusqu'à ce que des mesures soient prises au sujet de la maison. Quant au chien Cannelle, il décida de le garder pour lui-même.

Juliette adorait pourtant cet endroit, non seulement pour y avoir accumulé de nombreux souvenirs d'enfance, mais parce que ce lieu représentait pour son âme d'artiste une précieuse source d'inspiration. Dans la maison rouge, elle avait véritablement senti monter ses premiers élans créateurs, ses premières pulsions imaginaires, à la fois libératrices et impératives, plus grandes et plus fortes qu'elle-même, comme un besoin, comme une nécessité. Dans ce lieu où *les hiers se confondaient avec les demains en un seul maintenant cloîtré entre les murs griffés par le temps...*

Un de ces jours, il lui faudrait bien prendre son courage à deux mains et y revenir, au risque de revivre en pensée l'horreur des derniers événements. Au risque aussi de se confronter à l'ombre tourmentée de Désiré plongé dans la mort indirectement par sa faute à elle. Au risque de se retrouver dans une maison aux murs de la couleur du regret.

Ces sentiments de culpabilité continuaient de l'étouffer secrètement et l'empêchaient d'envisager l'avenir sainement et de prendre des décisions. Elle avait laissé passer la période d'inscription à l'université pour la session d'automne. Devait-elle s'inscrire pour l'hiver ? Une année d'étude à temps plein et de jour, cette fois, et elle en aurait terminé avec ce fameux baccalauréat pour lequel elle avait accumulé des crédits de peine et de misère, au gré des intempéries causées par un cinglé de la pire espèce.

Mais qui s'occuperait de Jean-François quand elle se trouverait à l'école ? Les listes d'attente pour les garderies de quartier s'étalaient sur presque deux ans. Quant à prendre un appartement, un petit chez-soi bien à elle, il s'avérait inutile d'y songer. Il ne lui restait plus un sou ! Elle n'allait tout de même pas redemander de l'argent à sa mère ! Déjà que Geneviève les hébergeait et les nourrissait gratuitement, elle et son fils !

L'impasse n'améliorait en rien l'équilibre mental de la jeune fille. Un matin, elle éclata pour une vétille.

Le garçon, souffrant d'une otite, lui avait fait passer deux nuits blanches. Et elle n'était pas la seule dans cette maison à manquer de sommeil! À voir l'air morne et fripé de Geneviève et de son conjoint au déjeuner, elle comprit qu'eux aussi en avaient ras-le-bol de cette situation, malgré leur mutisme poli et charitable.

« Oh! excusez-moi! Je vous emmerde, je le sais! Je ne sais plus où me mettre ni où aller avec mon fils…

– Voyons, ma grande! Jean-François est malade. Les choses vont finir par se tasser. Ce genre de situation se produit dans toutes les maisons.

– Je ne sais même plus comment envisager l'avenir, maman. Je n'en peux plus! Existe-t-il une place au soleil quelque part pour moi? »

Elle se mit à pleurer à chaudes larmes, sa tête échevelée penchée au-dessus de son assiette. Les écluses trop longtemps fermées venaient de se rompre. Le torrent semblait ne devoir jamais s'arrêter. Jean-François, ses petites joues rouges de fièvre, vint appuyer sa tête sur les genoux de sa mère et se mit à larmoyer avec elle.

« Pleure pas, maman. Veux pas que tu pleures… »

Geneviève se leva et s'approcha de Juliette.

« Moi non plus, et Roland non plus, ne voulons t'entendre pleurer, Juliette. Il s'agit seulement d'un mauvais moment à passer; allons, ma grande, un peu de courage… Tout va finir par se replacer.

– Je ne connais que ça, moi, des mauvais moments à passer, depuis quatre ans! Je n'en peux plus, maman, je n'en peux plus!

– Le plus important, il me semble, serait de terminer tes études. Avec ce diplôme, tu seras mieux armée pour gagner ta vie.

– Comme artiste peintre ? Tu veux rire !

– Mais oui ! Tu pourrais enseigner l'histoire de l'art ou la peinture dans les écoles et les collèges. Tu pourrais devenir critique d'art pour un journal ou une revue, ou fonder une école de peinture dans un quartier ou tenir une boutique, que sais-je ! T'ouvrir une galerie pour vendre tes tableaux, tiens !

– Tu rêves en couleurs, maman !

– En tout cas, tu sembles bourrée de talents, Juliette, et ce n'est pas moi, ta mère, qui vais t'arrêter dans tes projets.

– En attendant la célébrité et la fortune auxquelles je n'aspire même pas, moi, je croupis ici et vous empêche de vivre en paix avec mes histoires abracadabrantes !

– Dis donc, j'ai une idée : si tu mettais la maison rouge en location pour un an, le temps de terminer tes études, ça te permettrait de louer un petit studio quelque part à proximité de l'université. N'offre-t-on pas un service de garderie sur place pour le personnel et les étudiants ? »

Roland venait de parler. Les deux femmes se retournèrent d'un bloc, et Juliette faillit lui sauter au cou. Geneviève se mit à applaudir.

« Mais oui, la voilà, la solution ! Bravo, mon homme ! Et moi, je vais continuer de t'aider financièrement, tu le sais bien, ma fille ! »

Ainsi, ce vieux gâteux de Roland était capable de pondre des idées aussi géniales… Bien sûr qu'elle se trouvait là, la solution! Louer la maison rouge et vivre avec le fruit du loyer pendant la prochaine année. On aviserait ensuite, voilà tout! Mais… à qui la louer? Comment s'y prendre pour trouver un locataire fiable et respectueux de ces lieux à l'autre bout du monde? Geneviève ne voyait là aucun problème.

«Facile! Il existe des agences de location spécialisées pour ça!

Juliette devint tout à coup songeuse.

«Je ne crois pas que ce soit nécessaire. Laisse-moi entreprendre d'abord ma petite enquête. J'ai une idée.

– Tu songes à quelqu'un en particulier?

– Euh… oui, peut-être bien.»

Elle se garda d'en dire davantage, et la mère ne s'en formalisa pas, trop contente de voir sa fille dessiner enfin un arc-en-ciel dans l'horizon familial.

Chapitre 37

La fin de semaine suivante, le samedi matin, Juliette s'en fut à Mandeville en compagnie de Jérémie. Il s'agissait de vider la maison de tous les effets personnels de Désiré et de faire un sérieux ménage dans tous les recoins. Le généreux garçon avait accepté d'accompagner sa copine. Elle ne trouvait pas le courage de retourner seule dans la maison rouge pour une première fois depuis le drame. Quatre mois déjà! Geneviève s'était offerte pour garder Jean-François et les rejoindre plus tard si jamais la tâche s'avérait trop longue et ardue.

La jeune fille appréhendait de retrouver trop d'objets et de souvenirs qui lui chavireraient le cœur. Elle se consolait mal de la perte de son oncle et éprouvait toujours une certaine culpabilité face à sa mort. Si elle n'avait pas entretenu cette stupide relation avec un malfaiteur... Si elle n'avait pas demandé à Désiré de l'héberger... Si elle ne lui avait pas confié Jean-François ce soir-là... Si... si...!

Sa mère et ses amis avaient beau lui répéter qu'elle n'avait pas à se sentir responsable de cette tragédie, que la fatalité s'était servie d'elle comme intermédiaire pour sceller la destinée de Désiré, rien n'y faisait. Elle passait des nuits à pleurer dans le silence de sa chambre. Seule la pensée que le sacrifice de son oncle contribuait en quelque sorte à réparer ses erreurs de jadis en lien avec les enfants arrivait à la consoler. Désiré pouvait reposer en paix, son bilan de vie s'avérait positif, au bout du compte. Son offrande ultime pesait du bon côté dans la balance.

Ils commencèrent par le rez-de-chaussée et ne trouvèrent rien dans le salon et la cuisine qu'ils ne pouvaient laisser en place pour le futur locataire. Les partitions de musique resteraient dans le banc de piano et, dans les armoires, la vaisselle, les ustensiles, les casseroles, le linge de table, tout paraissait propre et bien rangé.

Même chose pour le bureau de Désiré. À part sa bibliothèque abondamment garnie, sa pile de dictionnaires et de livres de référence, et un tiroir dans lequel on trouva une quantité astronomique de papiers personnels, factures, reçus d'impôt, correspondance, certificats, polices d'assurance qu'on glissa dans une grande boîte de carton, tout prenait l'allure d'un bureau impersonnel et bien équipé. Restait, sur le pupitre, le manuscrit sur lequel il bûchait, le soir du coup de feu. Ironie du sort, le manuscrit s'intitulait : *Au-delà de ma vie* ! On mit la pile de feuilles de côté dans le but de la renvoyer à l'expéditeur le plus tôt possible, avec une funèbre note d'explications.

Mais une fois à l'étage, Juliette sentit l'émotion lui empoigner la gorge. Tout était demeuré en place et tel quel depuis le soir du meurtre. Les enquêteurs n'avaient touché à rien et s'étaient contentés de prendre des photos ici et là dans la maison. Elle découvrit les vieilles pantoufles de Désiré au pied de son lit défait, sa robe de chambre sur le dossier d'une chaise, des sous-vêtements propres sur le comptoir de la salle de bain. Sans doute se préparait-il à se mettre au lit quand Allen s'était pointé. Le meurtrier avait-il monté l'escalier sur la pointe des pieds pour surprendre le gardien ou avait-il grimpé les marches quatre à quatre avec fougue, revolver en main ?

Personne parmi les proches de Désiré ne savait comment les choses s'étaient réellement passées. Les policiers possédaient sûrement davantage d'informations. Mais Juliette préférait ne pas connaître les détails de la tragédie plutôt que de les interroger, ou de questionner Allen lui-même. Pour cela, il lui aurait fallu renouer avec lui, lui écrire ou recevoir encore ses appels à frais virés, aller le visiter en prison... Jamais ! Elle ne renouerait jamais avec ce monstre. Pour elle et son fils, Allen était bel et bien mort.

Jean-François restait l'unique témoin. Mais, d'un commun accord et sur les conseils d'un psychologue pour enfants, on avait convenu d'éviter à tout prix de reparler de l'effroyable événement trop impressionnant pour un enfant. Avec le temps, l'oubli oblitérerait la mémoire de ces horreurs. À tout le moins, il fallait le favoriser.

Juliette s'assit sur le pied du lit et prit sa tête entre ses mains. Elle se sentait incapable de fouiller dans les tiroirs. Le sentiment de violer l'intimité de son oncle devenait oppressant. Comme si la scène du meurtre, mille fois reconstituée dans son esprit, allait se reproduire encore sur les lieux mêmes du crime. Pauvre Désiré... Quelle façon épouvantable de quitter ce monde! Elle ferait mieux d'appeler sa mère pour lui laisser la corvée de vider cette pièce. Elle, elle s'en sentait incapable.

Dans la chambre d'à côté, celle habitée par Juliette et son fils durant les mois précédant le drame, tout avait été replacé, vidé, nettoyé. Jérémie avait bien exécuté son travail d'ange gardien et lui avait rapporté ses affaires dès le lendemain du crime.

« Quelle chambre vas-tu occuper, Jérémie?

– La tienne, bien sûr! »

Quand Juliette avait évoqué son idée de mettre la maison rouge en location, le garçon avait aussitôt saisi l'occasion sans y songer très longtemps. Justement, la semaine précédente, on avait affiché un poste de remplacement jusqu'à la fin de l'année pour enseigner en cinquième, dans une école primaire de Saint-Gabriel-de-Brandon, à quelques kilomètres de Mandeville. Il avait à peine hésité à postuler pour cet emploi, un peu inquiet malgré tout de s'éloigner autant de la grande ville, surtout durant l'hiver.

Évidemment, s'installer seul, à vingt-quatre ans, dans un milieu inconnu requérait une autonomie suffisante. Encore, si son amoureuse acceptait de bon gré de le suivre… Mais la belle Amélie ne paraissait nullement enchantée à l'idée d'emménager à Mandeville et elle avait protesté bien haut, menaçant de le quitter. Jérémie s'était demandé s'il avait réellement envie d'expérimenter une chaste existence de célibataire, à l'instar de l'oncle de Juliette.

Par contre, l'amant de la nature voyait miroiter là une occasion rêvée de tâter de la vie à la campagne. Après tout, un an passerait vite. Il inviterait des amis chaque fin de semaine. Et l'été prochain, il pourrait profiter de la nature, magnifique dans cette région. À bien y réfléchir, s'il n'appréciait pas l'aventure, il pourrait toujours nicher ailleurs l'an prochain.

Finalement, quand Amélie avait accepté de tenter l'expérience pour un court laps de temps, il avait pris sa décision.

«Je prends! À ce prix-là, je n'ai rien à perdre à essayer. Tu ne demandes pas assez cher pour le loyer, ma chère Juliette…

– Pour toi, mon cher, si je pouvais me le permettre, ce serait gratuit, je te le jure. Malheureusement… »

Elle se réjouissait à l'idée de savoir son meilleur ami installé là, dans ce lieu habité autrefois par ses ancêtres. Il allait évoluer pendant toute une année entre ces murs, témoins muets de tant de secrets, de tant de drames et d'orages, mais aussi de tant de lumière. Ces murs qui se taisaient, mais savaient aussi parler…

La troisième chambre, là-haut, avait toujours servi pour les invités depuis le départ des jumelles et elle le demeurerait. Andréanne y avait dormi lors de ses visites, Marie-Hélène y avait habité avec ses enfants pendant quelque temps. Quant au reste du grenier, il avait fait office de dortoir familial avec ses lits alignés. Juliette se rappelait encore les fous rires étouffés, aux petites heures du matin, pendant certaines fêtes de Noël ou nuits du jour de l'An, les ronflements des vieux « mononcles », et le son du piano, en bas, alors qu'elle essayait de dormir, enfouie sous d'épaisses couvertures. Non, la maison rouge n'avait pas abrité que des tragédies…

À l'autre extrémité des combles, on trouvait toutes sortes d'objets disparates allant de la lampe de chevet au fusil de chasse, en passant par la baratte à beurre, un vieux traîneau aux patins rouillés et quelques chaises aux pattes cassées. Juliette n'avait jamais examiné ce fouillis de près : bottes de cuir cabossées, landau aux roues désalignées, ancienne glacière, machine à coudre à pédale, vieille lampe à huile, fer à repasser rouillé, pelle à neige de bois, et mille autres antiquités empoussiérées.

Dans le coin le plus éloigné, dissimulé sous une courtepointe défraîchie et décolorée, elle découvrit un meuble de cèdre qu'elle n'avait jamais remarqué. Il devait s'agir du fameux coffre d'espérance dans lequel Désiré avait déniché le trousseau de baptême de Jean-François. Curieuse, elle souleva le couvercle et trouva le meuble vide, à part un linge blanc plié et déposé sur le fond. Si elle n'avait pas porté une attention particulière, elle aurait refermé le coffre, mais des petites taches rouges sur la blancheur du tissu attirèrent son regard.

Elle se pencha pour saisir à bout de bras ce qu'elle croyait être un napperon ou quelque chose du genre, mais elle réalisa vite qu'il s'agissait d'un objet enveloppé dans une nappe blanche brodée de magnifiques fleurs rouges sur son contour. Les fleurs évoquaient de minuscules coquelicots. La nappe s'enroulait, en fait, autour d'un épais manuscrit dont les pages étaient numérotées de un à trois cents quatre-vingt-quatorze. Le titre inscrit sur la page couverture arracha un cri à la jeune fille : *Le Temps des orages*, roman, par Flo D'or, Mandeville, 1990. Cette fois, le texte se trouvait bien là, parfaitement imprimé en noir sur blanc. Glissée sous la première page se trouvait une enveloppe scellée sur laquelle on avait écrit, à l'encre bleue :

À celui ou celle qui trouvera ce manuscrit.

Juliette saisit le document d'une main tremblante. Avait-elle le droit d'ouvrir cette enveloppe ? Quelle personne visait Florence en déposant, enrobé ou plutôt dissimulé dans une nappe, son manuscrit au fond de ce coffre ? Si elle avait voulu le laisser précisément à Désiré, elle n'aurait pas agi de la sorte, de toute évidence. Vraisemblablement, elle le destinait à ses filles. Pourquoi ne pas le leur avoir remis en mains propres, alors ? Après tout, ne se trouvait-elle pas encore en contact avec les jumelles Marie-Claire et Marie-

Hélène au moment de sa mort? Ce «celui ou celle» de l'introduction laissait Juliette perplexe. Pour quelle raison Florence avait-elle laissé au hasard, ou plutôt au destin, le soin de choisir le premier véritable lecteur de son roman refusé par les maisons d'édition? N'y tenant plus, la jeune fille déchira l'enveloppe et se mit à parcourir d'un regard mouillé la lettre de son arrière-grand-mère écrite à la main.

Cher lectrice ou lecteur inconnu,

Je ne sais pas qui tu es. Peut-être toi, Désiré, en mal de vider la maison rouge de ses vieilleries, as-tu découvert au fond de mon coffre ce que j'ai refusé de te laisser lire, un soir de juin 1990... Peut-être toi, inconnu, nouveau propriétaire de ce lieu où j'ai écoulé la majeure partie de ma vie... Peut-être toi, antiquaire en train de nettoyer à fond les trésors dénichés dans ce grenier et mis en vente éventuellement... Peut-être, toi, comme je le souhaiterais, l'un ou l'une de mes descendants, l'enfant de mes enfants... Toi dont le sang de mon sang circule dans les veines, chair de ma chair... J'implore ardemment le ciel pour que ce soit toi, cher enfant. Alors écoute-moi bien.

J'ignore ce que tu sais de moi, et si les choses à mon sujet prononcées à voix basse entre les murs des salons m'ont condamnée ou élevée à tes yeux. Et j'ignore si on a cultivé dans ton cœur le pardon ou la rancune à mon souvenir. J'ai possédé deux familles, vois-tu... Ou plutôt deux moitiés de famille. Et même, à la vérité, je n'en ai possédé qu'une seule moitié, l'autre m'ayant échappé totalement. De laquelle proviens-tu? L'une a prôné la miséricorde; l'autre, la haine. D'un côté l'absolution, de l'autre la condamnation. Toute ma vie, j'ai erré entre les deux, pauvre âme sans ancrage et abreuvée de remords, survivant d'un nuage à l'autre entre les rares éclaircies...

Mais, si tu fais partie de ma descendance, sache que ce roman raconte l'histoire authentique de ma vie. Sous le couvert de la fiction et à peine transformé par la romance, tout y est, chacun des événements de mon vécu, chacune de mes pensées et de mes réflexions et, surtout, les plus secrètes de mes émotions. Tous mes silences... Ce roman porte la vérité, ma vérité et celle de mon fils.

Après le refus de ce manuscrit par plusieurs éditeurs à cause de la rudesse du sujet, et convaincue que mon histoire n'intéressait personne, une nuit, j'ai brûlé ces pages une à une sur la plage du lac Mandeville devant mon fils en pleurs, me suppliant de le laisser au moins en lire une copie. Je ne le voulais pas. Pourquoi lui rappeler encore une fois qu'il avait brisé ma vie?

Le silence, pour une fois, a remporté une sage victoire. Si ce silence a été mon lot et ma chute, je l'ai assumé jusqu'au bout. Jusqu'à cette nuit-là. Pour une fois, le silence jouait un rôle bénéfique dans cette noirceur où seul le bruit des vagues mourant sur le sable se mariait au pétillement du feu. Ce feu à la fois destructeur et réparateur... Je ne me suis jamais complètement remise de cette nuit-là où mon histoire a basculé dans la cendre et la fumée. Cette nuit de la victoire finale du silence.

À partir de là, mes dernières années de vie se sont écoulées au neutre. Mais Désiré a toujours ignoré l'existence de cette copie du manuscrit, cachée quelque part, au fond de la maison rouge. Le silence n'a-t-il pas toujours son mot à dire ?

Le voici donc, ce fameux roman inédit, empaqueté dans une nappe dont j'ai brodé les coquelicots à l'âge de dix-sept ans en rêvant au bonheur. Je me vois encore tirer l'aiguille au coin du feu, m'arrachant les yeux sous la lampe à huile alors que ma mère Camille dormait tout là-haut. Mes chers coquelicots… « Trop petits pour des coquelicots ! » s'était-elle écriée en les voyant. Elle avait raison. Mais moi, je croyais au bonheur, j'en rêvais ! Et je préparais mon nid en chantant. Je ne me doutais pas que personne ne s'approcherait jamais de cette nappe, qu'autour d'elle une famille, ma famille, ne se réunirait jamais au grand complet pour de joyeux festins. Le croirais-tu ? Cette nappe n'a jamais servi. Mes coquelicots sont demeurés au fond du coffre en attendant de venir entre tes mains.

Puisses-tu parcourir les pages de ce manuscrit l'esprit ouvert, cher lecteur, afin de réhabiliter mon souvenir et surtout celui de mon fils dans le cœur d'au moins un représentant de ma descendance. Pour que l'on sache que le pire des humains possède toujours un jardin de fleurs au fond de son cœur. Pour que l'on sache que mon fils a beaucoup souffert et n'a jamais cessé de demander secrètement pardon à ses victimes à chacun des jours de sa vie. Pour que l'on sache aussi que les barrières dressées par les non-dits, d'un silence à l'autre, m'ont enfermée et ont enfermé mon fils dans une solitude plus difficile à supporter que l'enfer lui-même. Pour que l'on sache que le pardon ouvre des portes qu'on croyait fermées à jamais. Pour que l'on sache que le bonheur finit *toujours par gagner la partie et vaincre l'orage, tôt ou tard. Le tard aura été notre lot, à Désiré et à moi... Que Dieu ait pitié de nos âmes.*

Voilà donc mon héritage pour toi, chère ou cher inconnu, ou peut-être toi, mon cher Désiré, héritage déposé dans l'obscurité d'un fond de boîte appelée autrefois coffre d'espérance. Espérance... quel joli mot! Et quelle consolation pour une vieille dame qui sent venir sa fin! J'ai confié au destin le soin de remettre ce legs en souhaitant ardemment le voir tomber en de bonnes mains. Que de chacun des mots couchés dans ce manuscrit jaillisse la lumière de l'espérance pour qu'une aube nouvelle se lève sur notre famille.

Je te salue donc, lecteur inconnu, et je remercie le ciel de t'avoir choisi en ce jour particulier, dans un futur sans doute lointain et ignoré de moi. Mais la seule pensée que tu me liras suffit à me consoler de quitter bientôt ce monde. Je te souhaite une bonne lecture et que la vérité, telle une promesse de jours meilleurs, triomphe enfin du silence.

Florence Coulombe

24 juin 1990

Juliette ne put s'empêcher de jeter un coup d'œil sur le premier chapitre. Installée sur un coin du lit, elle lut d'un seul trait l'histoire de l'arrivée du piano par le train de Saint-Didace. Abasourdie, elle dévala les marches usées de l'escalier et vint s'asseoir devant le piano sous le regard étonné de Jérémie en train de nettoyer les cendres du poêle à combustion lente acquis par Désiré l'année précédente.

Pâle et silencieuse, retenant à peine ses sanglots, elle se mit à caresser le clavier du bout des doigts. Puis, sans même s'en rendre compte, elle se mit à marteler un si bémol de plus en plus fort, à un rythme de plus en plus effréné.

Jérémie abandonna son balai et vint la trouver.

« Qu'est-ce qui se passe, Juliette ?

– Regarde ce que je viens de découvrir… »

Chapitre 38

5 février 2005

C'est fou comme je me sens fatiguée… Vieille et fatiguée. Depuis les funérailles de Désiré, l'été dernier, je me sens de plus en plus confrontée à la mort. Quatre-vingt-huit ans… Ma prochaine visite au cimetière de Saint-Didace, je la ferai sur le dos.

Le déclin poursuit son cours, j'arrive de plus en plus difficilement à écrire. Hier, j'ai recommencé ma lettre à Marie-Hélène à trois reprises. Je ne trouvais plus les mots, ne savais plus où j'en étais. Trop fatiguée et trop confuse. Je n'ai plus le goût de me casser la tête, plus le goût de réagir. Rien que l'envie de dormir… Même la rédaction de ce journal me laisse de plus en plus indifférente. Cette main qui tremble sans bon sens… Arrête ! Maudite main ! Tu ne vois pas que je suis en train de me vider de mes pensées ? Calme tes petits nerfs, veux-tu ?

Depuis quelques jours, on ne vient plus me chercher pour manger à la cafétéria. « Moins épuisant de manger dans votre chambre, ma petite madame ! » a décrété la préposée. L'ère des grands gris avec des lunettes est bel et bien terminée. Je n'en verrai plus aucun passer, n'en entendrai plus aucun éclater de rire. De toute manière, ils se fichent tous carrément de moi ! Finie, la séduction, ma belle !

J'en aurai tout de même profité, de ces hommes de ma vie. Je me rappelle encore le premier. Il m'avait prise au fond de la grange du voisin à Saint-Didace. C'était à la fois maladroit et touchant. Quelle femme a jamais oublié son premier moment d'amour ? Moi, je croyais l'aimer pour la vie. Eh ! eh ! Comment s'appelait-il déjà ? Simon, je crois... Se souvient-il encore de moi ? Quelle vie a-t-il menée ? Peut-être dort-il lui aussi depuis des années derrière l'église du village, qui sait ?

Puis il y a eu les autres, les hommes qui allongeaient les billets. Les grands tricheurs assez riches pour se payer une amante. J'étais la maîtresse de luxe, la belle femme qu'on entretenait dans une tour d'ivoire. Celle qui savait se taire en plus de dorloter ses petits chéris... Et alors est survenu Adhémar avec ses yeux verts, l'infidèle époux de Florence et père de mon fils Olivier. Quelle horreur, tout de même, quand on y pense, d'avoir couché avec le mari de ma sœur ! Et pas qu'une seule fois ! Quelle belle écœurante ! Plus j'y pense, plus cela me soulève le cœur. Dur, dur, de faire son examen de conscience, avec le recul du temps, à l'autre bout d'une vie... Ah ! cela, je ne l'emporterai pas en paradis, je le crains ! Et ma Flo a pardonné ces escapades honteuses et a continué à se comporter comme une sœur et une amie. Et elle a aimé mon fils comme si rien de tout cela ne s'était jamais produit. J'aurais pourtant mérité, sinon la haine, à tout le moins le rejet et l'indifférence pure et simple de sa part. Je l'ai toujours dit : ma sœur était une sainte !

Puis Samuel est apparu après mon divorce avec ce cher monsieur Chauvin, le pseudo-père de mon fils. Au fait, il n'a à peu près jamais exercé sa fonction de mari, celui-là! Ou si peu! Ni même de père. À sa mort, il n'a pas laissé un sou à Olivier. Belle famille que j'ai bâtie là! Samuel, au moins, m'a apporté la stabilité, la romance, la tendresse, le goût de vivre intensément. Il m'a surtout comblée d'un véritable amour, ce cadeau du ciel que je ne méritais pas. Il a rempli ma maison et ma vie de musique. Et quand le couperet tombera sur ma tête, je me consolerai en songeant que j'irai retrouver le violoniste de mon cœur quelque part, sur un nuage blanc...

Envisager la mort de cette manière me la rend moins effrayante. Hier, encore, une nouvelle pensionnaire a emménagé dans la chambre d'à côté. Ma petite voisine a fait place nette, la semaine dernière. Une autre de plus... Ici, les transports à l'horizontale dans les corridors ne manquent pas. Ça commence par les brancards d'ambulance, oreillers, couverture rouge, ambulanciers empressés et déambulant à toute vitesse. Ça se termine sous un drap blanc, sur le chariot de la morgue poussé lentement en longeant les murs. Spectacle fréquent, dans la Maison du Bonheur, et sans cesse renouvelé.

Bof! Mieux vaut oublier tout ça et songer à la visite qui s'annonce pour demain: Juliette doit venir faire un tour avec Jean-François. Je l'imagine, avec ses grands yeux clairs et son bout du nez retroussé. Quel adorable petit garçon! Il s'installera sur la table du coin et me fera de beaux dessins pendant que sa mère et moi placoterons. Et, comme à l'accoutumée, il y aura de drôles de bonhommes et des maisons aux cheminées penchées sur les feuilles que je ne manquerai pas de coller sur le mur, en face de mon lit.

Qu'importent les tremblements de mes mains, la fatigue et la confusion occasionnelle de mes idées, la vie est là, toujours et encore, et elle me tend les bras. Encore un petit bout, ma vieille ! Et cela me donne envie de sourire.

Tant pis pour le déclin !

Chapitre 39

Juliette dévora *Le Temps des orages* en une nuit. Trois cent quatre-vingt quatorze pages remplies des émotions vives ayant jalonné l'existence de son arrière-grand-mère. Elle eut l'impression de toucher du bout du doigt non seulement l'âme de Florence, mais aussi celle de Désiré. Bien sûr, elle retrouva les confidences dont l'avait gratifiée l'aïeule avant de mourir et dont elle avait quelque peu oublié les précisions avec le temps.

Mais, là, dans ces écrits, tout se trouvait en détail, noir sur blanc, non seulement avec l'exactitude des éléments que la fiction déguisait très peu, en réalité, mais surtout avec la profondeur des sentiments éprouvés par l'auteure. Par son grand talent, Florence, dans un style limpide et précis, arrivait à faire entrer le lecteur dans la peau des personnages plus vrais que nature. Au fond, elle racontait tout ce que le silence n'avait jamais révélé dans sa misérable existence. Tant de peine… Et tant d'angoisse aussi. Elle aura appréhendé une récidive de son fils à chacun des jours de sa vie, jusqu'à la fin. Pauvre, pauvre femme…

Mais à la désolation, la honte et la peur, s'ajoutait un immense appétit de vivre. Le jardin de Florence Coulombe semblait parsemé de petites fleurs d'espoir. Et cet espoir l'avait maintenue bien vivante et pleine d'entrain jusqu'à la fin. Espoir d'être aimée. Espoir de partager ses états d'âme à ciel ouvert, enfin, enfin. Ultime espoir d'être lue et de se sentir enfin comprise. Espoir cultivé au-delà de sa propre mort à travers son manuscrit bouleversant dissimulé sous une nappe brodée, sans même savoir combien d'années le sépareraient d'un lecteur éventuel. Un lecteur plongeant ses mains au fond d'un coffre d'espérance. Un lecteur compréhensif...

Juliette pleura beaucoup plus qu'elle ne sourit au cours de cette lecture. Installée sous la lampe, sur le fauteuil du coin de sa chambre, elle dévora avec avidité et une émotion incontrôlée chacun des mots de ce roman pathétique. Jamais plus elle ne regarderait les membres de sa famille du même œil, ces personnages du roman encore bien vivants sous ses yeux. Ainsi, sa vieille tante Andréanne, par son amitié fraternelle et son empressement, et malgré ses graves erreurs de jeunesse, s'était avérée l'une des seules à combler l'immense solitude de sa sœur. Les deux victimes Olivier et Charles aussi, par la magnanimité de leur pardon, avaient entouré Florence de leur affection. Les deux filles jumelles, aussi lointaines l'une que l'autre à leur manière, avaient au moins le mérite de ne pas avoir condamné leur mère. Quant à Nicole et Isabelle, elles avaient opté pour la rancœur. Que Dieu leur pardonne !

Les chapitres de la naissance de la carrière de l'écrivaine impressionnèrent Juliette et la firent tout de même soupirer d'aise. Elle s'y reconnut en quelque sorte. C'était elle qui écrivait, qui peignait, elle, l'artiste qui créait et puisait sa source à même ses états d'âme. Jamais elle n'avait autant écrit de poèmes et brossé de tableaux que depuis la mort de Désiré. À l'instar de son arrière-grand-mère, elle trouvait là l'apaisement et une certaine forme de rédemption. Quand elle écrivait ou peignait, plus rien d'autre au monde n'existait. Elle se trouvait ailleurs, dans un univers d'une autre dimension. « Sur le bon chemin », disait Luc Brunelle qui ne cessait de le lui répéter. De lire à travers les mots de Florence qu'elle était passée par les mêmes interrogations et les mêmes tâtonnements la rassurait. Et cela la confirmait dans sa voie. L'unique. La sienne.

À vingt-quatre ans, Juliette possédait déjà un lourd passé. Elle ne demandait pas mieux que de continuer à le déverser sur la toile et les pages blanches, comme une libération. Comme un hymne à la vie… Parce que, malgré tout, elle trouvait la vie belle. Et elle resterait belle si elle-même se la faisait belle. Si Florence avait réussi malgré toutes ses misères à trouver le bonheur et la joie de vivre, sa descendante Juliette y arriverait bien, elle aussi.

Du coin de sa fenêtre, elle vit à l'horizon se pointer l'aube d'un jour nouveau incendié de lumière.

Une promesse, un commencement... Juliette savait qu'à partir de maintenant, elle ne serait plus jamais la même. La tête appuyée sur le dossier du fauteuil, elle s'assoupit quelques instants. Une horde d'outardes traversa le ciel embrasé. Elle tressaillit aux cris de joie des grands échassiers dessinant une magnifique broderie au point de croix dans l'aurore barbouillé de rose.

Quelques heures plus tard, la jeune femme se présenta au déjeuner les yeux bouffis et les idées embrumées. Geneviève s'alarma.

« Mon Dieu, ma fille, te sens-tu malade ?

– Non, non... Regarde ce que j'ai découvert, hier, dans le grenier de la maison rouge. »

Geneviève sursauta en voyant le titre du manuscrit dont elle avait vaguement entendu parler. Elle le prit dans ses mains et le pressa doucement contre sa poitrine avec le respect qu'on porterait à une relique.

« Moi aussi, je veux le lire. J'ai beaucoup aimé Florence, et... après tout, ton père Charles a tout de même joué un rôle important auprès de sa grand-mère.

– Il lui a sauvé la vie, maman. »

***

Juliette n'hésita pas longtemps avant de composer le numéro de sa cousine Jennifer. Le destin ne l'avait pas désignée sans raison comme le lecteur inconnu de la lettre de Florence. Et son rendez-vous de cet après-midi lui avait confirmé que le hasard ne fait pas toujours les choses à moitié. Une petite idée venait de sourdre derrière sa tête.

« Salut, cousine ! Comment vas-tu ? Dis donc, j'aurais bien envie d'aller faire un tour à Berthier demain après-midi. Notre grand-mère Nicole n'a pas vu mon fils depuis belle lurette. As-tu le goût de m'accompagner ? J'ai une bonne nouvelle à lui annoncer. Ou plutôt, deux bonnes nouvelles ! Lesquelles ? Eh ! eh !... Tu verras !

– Ah... coquine ! »

***

Juliette trépignait d'impatience de revoir sa grand-mère malgré le faible degré d'affinités entre elles. La vieille dame se montra néanmoins de belle humeur et contente d'accueillir ses deux petites-filles, et, surtout, son arrière-petit-fils qui ne demanda pas mieux que de plonger les doigts dans le plateau de carrés de sucre à la crème placé sur la table du salon.

Une fois tout le monde installé et les cuillères tintant dans les tasses de café, Jennifer se leva, incapable d'attendre plus longtemps pour connaître la nature des deux bonnes nouvelles promises. En cours de route, elle avait tenté en vain de tirer les vers du nez de sa cousine. Mais Juliette, un sourire malicieux sur le visage, avait réussi le tour de force de ne rien dire.

« Grand-maman, Juliette a deux bonnes nouvelles à nous apprendre, paraît-il. Je brûle d'envie de savoir de quoi il s'agit.

– Ah oui ? Eh bien, parle, ma fille ! »

Juliette ne répondit pas immédiatement, trop contente de susciter la curiosité. Jennifer ne tenait plus en place.

« Euh… Attends ! Laisse-moi essayer de deviner. Hum… Tu vas te marier avec ton ami Jérémie !

– Quoi ? Moi, me marier avec Jérémie ? Voyons donc ! Jamais de la vie ! D'ailleurs il sort toujours avec son Amélie aux dernières nouvelles. Non, non, ça n'a rien à voir. Cherche autre chose. »

L'idée de se marier à son copain de toujours lui paraissait saugrenue. Bien sûr, l'autre jour, dans la maison rouge, quand elle s'était effondrée sur le banc du piano après la découverte du manuscrit, l'étreinte du garçon ne ressemblait guère à une accolade amicale. Et cela l'avait troublée profondément, car ce genre de chose se produisait pour la première fois. Lui aussi, d'ailleurs, avait paru désarçonné par sa propre audace. Ce baiser sur la bouche, furtif et timide mais combien sensuel, les avait confondus tous les deux. Ils n'avaient pas l'habitude de rapprochements de cette nature. Ils s'étaient sentis gênés et avaient volontairement reporté leur attention sur le manuscrit. De là à épouser ce vieux camarade passablement coureur de jupons et traînant toujours quelque donzelle à sa suite, il y avait tout un monde que ni lui ni elle ne semblait prêt à franchir.

« Tu te maries avec qui, alors ?

– Je ne me marie pas, voyons ! Où as-tu pris cette idée ? Je viens tout juste de vivre une période de cauchemar à cause d'un homme, penses-tu vraiment que je songe au mariage ? Jamais dans cent ans ! Non, non, il s'agit d'autre chose.

– Tu m'embêtes à la fin. Vite, parle !

– Vous ai-je déjà parlé de monsieur Brunelle ? Il était l'un de mes meilleurs professeurs à l'université, du temps où j'y allais. Il m'a convoquée à son bureau hier après-midi pour m'annoncer une nouvelle extraordinaire : croyez-le ou non, il a trouvé un éditeur pour publier mes poèmes illustrés par mes tableaux. Il s'agit de ma série de silhouettes. Je devrais signer mon contrat dans les prochains jours. Tu te rends compte, grand-maman ? Ta petite-fille va devenir écrivain comme, comme... »

Elle faillit prononcer le nom de Florence, mais elle s'en garda à la dernière seconde. Jennifer bondit sur ses pieds et sauta au cou de sa cousine.

« Quelle bonne nouvelle, Juliette ! Je t'admire et je t'envie, moi qui n'avance qu'à petits pas sur le chemin de la littérature. Vas-y, fonce ! Fais confiance à tes gènes ! Tu dois avoir ça dans le sang ! »

Une fois de plus, le nom de Florence, tabou pour Nicole, faillit résonner dans le salon. La grand-mère se montra enthousiaste, elle aussi, et elle se leva pour ajouter quelques gouttes de cognac dans le café, histoire de « fêter ça ».

« Je suis très fière de toi, ma Juliette. Et l'autre bonne nouvelle ?

– Curieuse, va! À vrai dire, je ne suis pas certaine qu'il s'agisse vraiment d'une bonne nouvelle. Je l'espère en tout cas. Cela dépendra de toi, grand-maman... »

Intriguée, la grand-mère recomposa sa face de bois habituelle et alla se rasseoir à l'autre bout du salon dans un geste inconscient de méfiance. Juliette sortit le manuscrit de son énorme sac à main. Puisqu'il fallait en parler tôt ou tard, aussi bien sauter dans l'eau tête première immédiatement.

« Voilà. En faisant le ménage de la maison rouge dans l'intention de la louer prochainement, j'ai découvert ce roman inédit écrit par ta mère, grand-maman. Florence l'avait déposé au fond de son coffre d'espérance, enveloppé dans une nappe brodée de coquelicots.

– De coquelicots ? »

La vieille dame porta les mains à son visage et se mit à respirer bruyamment. De toute évidence, l'évocation des coquelicots éveillait chez elle des souvenirs douloureux. Juliette ravala sa salive avec l'impression d'avoir commis la maladresse du siècle.

« De quel droit viens-tu ressusciter les morts dans ma maison, Juliette Désautels ? Je n'ai pas envie de remuer cette boue, moi! Tu perds ton temps! Tu n'as pas le droit, tu n'as pas le droit de me faire ça! Fiche-moi la paix avec tes histoires de coquelicots!

– Écoute, grand-maman. Loin de moi l'idée de te troubler ou de te causer de la peine. Bien au contraire! Laisse-moi seulement te lire la lettre qui accompagnait le manuscrit.

– Non, non! Je ne veux rien entendre, as-tu compris? De quoi te mêles-tu donc? Va-t'en! Va-t'en! Je ne veux plus entendre parler de ça!»

Juliette jeta un regard en coin à sa cousine en sollicitant secrètement sa collaboration. Jennifer comprit le message et intervint avec tact.

«Juliette n'aurait pas apporté ces pages si elles avaient risqué de te faire du mal, grand-maman, tu le sais bien! Il faut lui faire confiance. Dis-nous au moins, ma cousine, de quoi parle ce roman.

– Florence raconte sa propre histoire avec un brin de romance. Et tu en fais partie, grand-maman! Toi et tout le reste de la famille.

– Peuh! Elle ne doit pas nous ménager, Isabelle et moi! Ses deux filles qui l'ont rejetée... La haine et la frustration ne doivent pas manquer dans ce bouquin-là! Mais parle-t-elle aussi de ses bêtises à elle, de ce silence honteux qu'elle a gardé au risque de laisser abuser ses petits-enfants par son monstrueux fils... Et de ce pauvre Olivier qui y a goûté durant des années... Et de mon petit Charles? Cette histoire est terminée depuis des années, pourquoi venir la déterrer ici, dans mon salon?

– Ce livre, grand-maman, raconte une histoire d'amour. C'est le plus beau livre d'amour que j'ai jamais lu. N'as-tu pas envie, sur le déclin de ta vie, d'apprendre de la main même de ta mère qu'elle n'a jamais cessé de t'aimer et de t'attendre jusqu'à son dernier souffle? Qu'elle t'a intérieurement demandé pardon mille fois?

Qu'elle a sans cesse espéré ton retour et celui d'Isabelle ? N'as-tu pas envie de savoir que ton frère a lutté toute sa vie contre une perversion dont il a souffert autant que ses victimes, qu'il a vécu seul pour les protéger et se protéger contre lui-même ?

— Que cherches-tu au juste, Juliette ? À me foutre des remords ? Tu as un petit garçon de quatre ans, tu devrais être capable de comprendre pourquoi j'ai réagi aussi drastiquement, à l'époque. Imagine pendant une minute seulement qu'un pédophile tourne autour de Jean-François.

— Il ne s'agit pas de te blâmer, bien au contraire ! Loin de moi l'idée de te juger. Tu as fait pour le mieux, à ce moment-là, un point c'est tout. Personne ne te fera jamais de reproches à ce sujet. J'aurais probablement réagi comme toi et Isabelle dans les mêmes circonstances. Nous n'avons pas tous la grandeur d'âme, ou appelle ça de la naïveté, d'une Andréanne, d'un Charles ou d'un Olivier, et nos réactions peuvent s'avérer justifiables dans un contexte donné.

— ...

— Là ne se trouve pas la question ni la raison pour laquelle je suis venue. Laissons ce qui est passé au passé. Mais de lire ces pages t'apportera la paix, grand-maman, je te le jure. Et songe à tous les descendants de Florence... Ils ont droit à la vérité, eux aussi. La tienne et la sienne ! Ta version, mais aussi celle de leur ancêtre. De réhabiliter l'image de mon arrière-grand-mère et de mon grand-oncle vis-à-vis de mes cousins et cousines, de mes oncles et tantes, et de tous ces petits qui viendront après nous, bref de toute la famille, me semble important. Je m'en fais un devoir, grand-maman. Bien plus qu'un devoir, je m'en donne la mission ! Rompre le silence pour l'amour de Florence envers tous ses descendants, cet amour confirmé par son geste ultime d'avoir conservé ce manuscrit.

– Arrête, Juliette, je n'en peux plus…

– Lis ce livre, grand-maman, je t'en prie, ne serait-ce que par respect pour la mémoire de ton fils Charles, mon père qui, lui, avait choisi de pardonner. Je voudrais tellement que tu ne ressentes plus d'amertume au souvenir de ta mère… Seulement ça ! Et de lire ce roman va t'aider, je le sais. Je l'ai lu en moins d'une nuit, et il m'a bouleversée. »

La vieille dame s'épongeait le visage avec son mouchoir de dentelle. Anéantie, elle ne trouvait plus de réponse aux arguments de sa petite-fille. Quand Juliette se mit à lire à voix haute le début de la lettre de Florence, Nicole s'effondra dans les bras de Jennifer.

« C'est bon. Tu as gagné ! Je vais le lire. J'ignore quand, mais je vais le lire. Tu peux me le laisser. Je te le promets. Et je vais te dire pourquoi je vais le lire. Pour une seule et unique raison qui n'est ni le souvenir de Charles ni la justification de la conduite de ma mère et de mon frère. Je vais le lire parce que Désiré n'a pas hésité à donner sa vie pour sauver mon petit-fils Jean-François des mains d'un criminel, du moins à ce qu'on m'a raconté. Ce geste grandiose m'a beaucoup remuée et j'ai eu du mal à le croire. Je ne savais pas mon frère aussi noble et généreux. Il mérite que je lui donne une chance de se réhabiliter dans ma mémoire et celle du reste de ma famille. Si notre mère peut m'aider par ses écrits, eh bien ! qu'elle le fasse ! »

Les deux cousines poussèrent un soupir de soulagement, et Jennifer réclama d'être la suivante sur la liste des lecteurs potentiels. Elles n'en crurent pas leurs yeux et leurs oreilles quand elles virent Nicole se lever pour aller fouiller dans le tiroir d'une commode de sa chambre et rapporter deux taies d'oreiller jaunies, brodées de minuscules coquelicots.

« Maman me les avait offertes quand je me suis mariée. Elle voyait en ces fleurs rouges un gage de bonheur. Je ne m'en suis jamais servie, je les trouvais trop belles pour les user au lavage, chaque semaine. Quand j'ai coupé les ponts, c'est fou, mais je n'arrivais pas à m'en débarrasser. Je les ai conservées au fond d'un tiroir sans trop savoir pourquoi. Quand j'ouvrais ce tiroir, je pensais au bonheur. Finalement, j'ai vécu une existence passablement heureuse. Elles ont dû me porter chance.

Le femme pressait les taies d'oreiller sur sa poitrine et les caressait d'une main fébrile sans s'en rendre compte. Ainsi, un fil miraculeux, invisible et ténu, était resté tendu entre Nicole et Florence… Qui s'en serait douté ? Juliette songea que, comme la vivacité des coquelicots se renouvelant sans cesse dans les champs, l'espoir ne meurt jamais. Une ébauche de tableau se dessina aussitôt dans son esprit sous forme d'un champ de coquelicots : *L'Espoir*. Et, bien sûr, son poème en aurait long à exprimer là-dessus !

« Tiens ! Je vous en donne une à chacune ! Même au fond d'un tiroir, ces coquelicots évoqueront pour vous la ténacité et la force des liens d'une famille. Comme vous le constatez, ces liens restent indestructibles, même quand on veut les détruire à jamais… »

Elle ajusta ses lunettes pour se donner contenance, mais Juliette vit ses lèvres trembler.

« Allez, les filles, vous pouvez partir ! J'ai une lecture importante à faire ! »

Chapitre 40

30 avril 2005

On va fêter mon quatre-vingt-huitième anniversaire ici, dans la salle de réception de la Maison du Bonheur. Toute la famille va se réunir pour l'événement. Une trentaine de personnes, il paraît. On a préféré m'informer à l'avance pour m'éviter le choc de la surprise. C'était une bonne idée! Je n'ai plus envie de vivre des émotions trop fortes. Il semble que je sois de moins en moins sortable. Trop faible et trop chétive. Trop vulnérable au froid. La vieille branche menace de casser à tout moment. Ils viendront donc tous ici, même ceux de Vancouver, comme pour le trentième anniversaire de Nick, il y a quelques années. Marie-Hélène aussi fera le voyage, même si elle ne semble pas trop bien depuis son récent veuvage.

Dire à quel point je suis contente... Je n'arrive pas à trouver les mots pour exprimer ma joie! Geneviève et Juliette ont tout organisé. Elles ont envoyé des invitations et commandé un buffet. Je rêve de ce moment à chaque jour de ma trop morne existence. Dans ma tête, j'imagine chacun. Comment untel a-t-il vieilli? Quelle sorte de vie un autre mène-t-il? Et la santé des plus âgés, toujours aussi brillante ? Il s'en trouvera plusieurs que je ne reconnaîtrai peut-être pas. Les enfants et les petits-enfants d'Isabelle, par exemple, je les ai si peu connus ! Et la nouvelle femme de Nick… Et les enfants de Lili… Et les nouveaux conjoints et conjointes des plus jeunes… Ah ! quel plaisir, et comme j'ai hâte !

Florence et son fils maintenant disparus, plus personne ne brillera par son absence comme autrefois. Pauvre Désiré… Il a tellement manqué de baptêmes et de fêtes de Noël ! Chaque fois, il se désistait gentiment lorsqu'on l'invitait par obligation en espérant hypocritement qu'il ne se montre pas la face. Il envoyait une carte de politesse, un petit cadeau, ou le montant de sa participation, mais il ne se présentait jamais en personne. Restait tapi là-bas, au fond de sa campagne… Et, pendant la réunion, on évitait de prononcer son nom.

Ce jour-là, vingt-deux mai, nous prendrons un grand repas d'adieux. Bien sûr, personne n'osera évoquer cette notion de l'au revoir définitif. S'ils n'y songent pas, moi je vais y penser avec nostalgie… À mon âge, il faut bien se résoudre à des adieux, il n'y a pas à revenir là-dessus ! Inutile de se leurrer et de se faire croire qu'on se retrouvera tous ensemble encore une fois avant mon départ pour le grand voyage. Quoique d'autres mariages et d'autres baptêmes demeurent toujours possibles, en autant que je dure encore un peu !

Florence recommandait toujours de vivre intensément l'instant présent. Pour le reste nous disposons de peu ou pas de pouvoir, ni sur le passé, ni sur l'avenir. Elle avait tellement raison, ma grande sœur!

J'ai donné un peu d'argent à Juliette pour m'acheter un petit foulard de soie assorti à ma vieille robe bleu pervenche, celle que je portais justement pour l'anniversaire de Nick. Ma «vieille robe neuve»…

Après tout, la jubilaire doit se montrer coquette si elle veut qu'ils viennent la voir encore!

Chapitre 41

Le trio de musiciens s'en donnait à cœur joie. Mozart, Bach, Beethoven se trouvaient de la fête. Surtout Chopin qu'Andréanne interprétait si bien sur le piano, autrefois. Il y avait si longtemps. Trop longtemps! Le temps qui passe n'amasse pas que des souvenirs, il égratigne les visages, il tord les mains, il affaisse les poitrines, il courbe les échines. Et il referme les couvercles des pianos... Il use sournoisement, le temps! Et surtout, il embrume les esprits. Mais il suffit parfois d'un objet, d'une parole ou d'un air de violon pour raviver des états d'âme qu'on croyait enfouis à jamais. Andréanne se laissait bercer par la musique et croyait rêver. C'était Samuel qui jouait pour elle sur son violon, c'était Florence et le docteur Vincent qui chantaient autour du piano, c'était elle-même qui se laissait emporter par une valse.

Autour d'elle, ça mangeait, buvait, chantait, riait, parlait à tue-tête et discutait fort. Ça fêtait! Pour une fois, la cafétéria de la Maison du Bonheur respirait réellement le bonheur. Andréanne se demandait ce que fêtait vraiment tout ce joyeux monde. Le miracle de sa survie ? Son âge vénérable ? Son départ prochain pour le paradis ? Pas du tout ! Cela ne donnait sûrement pas lieu à tant de jubilation. On aurait dû pleurer, pas fêter !

Alors ? À les voir tous si réjouis, elle se dit qu'ils célébraient sans doute la vie, tout simplement. Et le plaisir de se retrouver ensemble, encore bien vivants, encore bien portants, avec de nombreuses années devant eux. Et ils se réjouissaient entre eux, sans même se dire réellement pourquoi. En étaient-ils conscients d'ailleurs ? Fallait-il avoir quatre-vingt-huit ans pour le réaliser ? Elle avait l'impression de se trouver en retrait de la fête et de les regarder s'amuser de loin sans participer vraiment à l'objet de leurs réjouissances. Fêter son anniversaire n'avait constitué qu'un prétexte pour se réunir et glorifier la vie. La vie qui continue comme l'aube se renouvelle sans cesse, la vie qui continuerait bientôt sans elle…

Oh ! On n'omettait pas de s'occuper d'elle. Chacun venait l'embrasser à tour de rôle et faire un brin de causette. À un moment donné, le groupe se mit à chanter : « Chère Andréanne, c'est à ton tour, de te laisser parler d'amour… » Après un tonnerre d'applaudissements, l'un des musiciens s'approcha de la jubilaire et fit l'annonce d'une prochaine chanson tout à fait spéciale, composée à Montréal en 1933 par une certaine artiste, Andréanne Coulombe, et intitulée *Sainte misère*.

La vieille tante se dressa et empoigna les bras de son fauteuil. Quoi ! Par quel miracle cette chanson était-elle parvenue jusqu'à aujourd'hui ? Le visage baigné de larmes, elle se laissa envahir par les relents d'un passé tellement lointain, ce temps de crise économique où, séparée de sa sœur Florence et exilée loin de sa campagne natale avec sa mère Camille et ses frères Guillaume et Alexandre, elle tentait désespérément de survivre.

Quand on est loin de ses parents,
On ressent bien moins d'agréments.
Je voudrais prendre les gros chars,
Pour retrouver ton Adhémar !
Je me sens triste à mourir,
Au secours ! Ciel ! je vais périr,
Sainte misère, priez pour nous,
De cette crise, délivrez-nous.

Quand le chanteur se tut, l'assistance, ébranlée, garda le silence l'espace d'une seconde avant de battre des mains et de lancer des hourras empressés. Seconde lourde de sens entre l'ébahissement et l'admiration, entre l'affection sincère et l'attendrissement. Pour Andréanne, seconde lourde des réminiscences de toute une période de sa vie remplie d'orages mais aussi d'arcs-en-ciel.

Geneviève en profita pour surgir avec une énorme pyramide de choux à la crème entourés de feux de Bengale, suivie de Juliette poussant un chariot sur lequel trônaient deux boîtes de dimensions différentes, emballées dans du papier-cadeau.

Elle déposa l'objet le moins volumineux devant sa tante et l'aida à retirer le papier couvert de petites fleurs rouges. Une simple boîte de carton aux couleurs d'une marque de produits alimentaires apparut, à la surprise générale. Tous, mine de rien, étirèrent le museau. Ne s'était-on pas cotisé pour offrir du parfum et des disques ?

« Regarde, ma tante, ce que contient la boîte… Il s'agit d'un cadeau personnel de ma part pour toi et tous ceux qui se trouvent ici.

– Un cadeau pour tous ? Bonne idée, ça ! »

Juliette en sortit un livre à la couverture blanche cartonnée sur lequel on pouvait lire en lettres stylisées : *Jeux d'ombre et de lumière*, par Juliette Désautels. Elle le brandit bien haut avec une fierté non dissimulée.

« Voici mon premier livre. Il est rempli de mes poèmes et de mes tableaux. Je… je suis très contente… Je… »

Juliette se mit à pleurer, incapable de parler davantage. Elle tendit le volume à Andréanne qui le reçut avec émotion.

« Quel merveilleux cadeau ! Toi, tu as enfin trouvé ta voie, j'en suis certaine ! Je n'ai plus d'inquiétude pour ton avenir. Et je suis fière de toi, ma fille ! Le temps est venu pour toi d'être heureuse. »

Juliette demanda à Jean-François de porter un exemplaire dédicacé et accompagné d'un bisou à chacun des assistants. L'enfant se plia de bonne grâce à cette demande, sans se rendre compte de l'importance symbolique de son geste. Sa mère resta silencieuse en lui remettant les volumes un à un. « Oui, songeait-elle, j'ai tout ce qu'il me faut pour être heureuse : un fils merveilleux, une mère en or, de bons amis, et une carrière artistique prometteuse devant moi... »

On s'empressa de feuilleter l'ouvrage en s'exclamant d'admiration. Sur la deuxième page, on pouvait lire, en lettres imprimées : *À la mémoire de Flo D'or*. Quand la distribution fut terminée, on se remit à applaudir. Puis, tous les regards se tournèrent vers la plus grosse boîte. À la surprise générale, Nicole s'approcha et se mit à la déballer d'une main fébrile.

« À mon tour de... de... »

Aucun son n'arrivait à sortir de sa gorge étranglée par l'émotion. Juliette s'empressa de porter secours à sa grand-mère et lui tira une chaise. Mais Nicole la refusa.

« Non, non... laisse ! J'ai préparé et répété mon boniment pendant des semaines. Je vais y arriver. C'est juste que... »

Un silence embarrassé envahit les lieux. Un silence pesant, oppressant, dense. Un silence imprégné de malaise, mais aussi de curiosité. Nicole finit par se ressaisir et retrouver ses esprits. Elle se releva promptement, passa rapidement un mouchoir sur ses yeux et se tourna vers l'assemblée en se raclant la gorge.

« Ce que j'ai à dire est difficile. Mais je vais y arriver. Je dois y arriver. Dans cette boîte-là se trouve un cadeau de ma part à ma tante Andréanne et à toute la famille. Mais il s'agit surtout d'un cadeau de la part de... de ma mère

Florence, l'ancêtre de plusieurs d'entre nous rassemblés ici, ce soir. »

Andréanne tressaillit et se dressa sur sa chaise en tendant l'oreille. Juliette, de son côté, retint sa respiration. Quelle idée saugrenue avait donc trouvée sa grand-mère, elle qui avait refusé de prononcer le nom de Florence pendant quarante ans ? Abasourdie, elle manqua de défaillir en entendant la suite du discours de la vieille dame.

« Tout le monde est au courant qu'à l'occasion d'événements tragiques, notre famille s'est scindée autrefois en deux clans. Je n'en suis pas la seule coupable, mais j'y ai participé activement. Le temps de me racheter est venu, ma chère Andréanne, et je veux que tu le saches. Voilà mon cadeau d'anniversaire. Ne dit-on pas que mieux vaut tard que jamais ? Cette boîte contient le dernier livre écrit par ma mère, en 1990. Il n'a jamais été publié. Juliette l'a trouvé par hasard dans la maison rouge. Le lire m'a tellement chavirée que… que… »

Nicole faillit s'effondrer encore une fois, et on l'obligea à s'asseoir de nouveau. Tous se mirent à renifler avec elle. L'atmosphère devint insoutenable. Pour créer diversion, l'orchestre se mit à jouer *Parlez-moi d'amour*, ce qui eut l'heur d'attendrir davantage les cœurs. La grand-mère se releva d'un bond.

« Non, non ! Laissez-moi finir. Il faut que je finisse. J'en ai pour deux minutes… »

Elle souleva le couvercle de la boîte et se mit à sortir des dizaines de copies d'un livre dont la couverture illustrait un champ de coquelicots balayés par le vent. *Le Temps des orages*, par Flo D'or.

«J'en ai fait imprimer une centaine d'exemplaires à mon compte. Il y en a pour toute la famille de Florence Coulombe-Vachon : ses cinq enfants sauf les deux disparus Désiré et Isabelle, ses huit petits-enfants tous bien en vie à part mon Charles, ses douze arrière-petits-enfants, et Jean-François pour l'instant le seul représentant de la cinquième génération. Mais le deuxième ne devrait pas tarder, car notre Jennifer se trouve enceinte, je viens tout juste de l'apprendre. Sans t'oublier toi, sa sœur Andréanne, et ton fils Olivier.»

Toute l'assistance se mit à lancer des bravos, et plusieurs durent s'essuyer les yeux. Mais Nicole s'empressa d'enchaîner :

«Je vous demande à tous de les remettre à chacun des descendants de ma mère pour les générations suivantes, tant qu'il en restera des exemplaires. Ne vous inquiétez pas. Je n'ai pas envoyé le manuscrit à un éditeur. Le livre de Florence restera entre nous et ne sera jamais connu du grand public.»

Un soupir d'ébahissement souleva la salle. Même les musiciens qui jouaient en sourdine s'interrompirent. Mais Nicole continua sur sa lancée.

«Ce livre-là raconte la saga de notre famille. Tu t'y trouves évidemment, Andréanne, et plusieurs d'entre nous. Il contient une merveilleuse histoire d'amour.

L'amour que Florence éprouvait pour chacun de nous. Il m'a réconciliée avec le souvenir de ma mère et… même de mon frère ! Pour racheter mes erreurs passées, j'ai pensé partager ce manuscrit avec vous tous… »

Nicole n'en pouvait plus. Jamais, de toute son existence, elle n'avait fourni un tel effort. Quelqu'un lui apporta un cognac sous les applaudissements chaleureux. Andréanne insista pour remettre elle-même à chacun des assistants une copie du livre de sa sœur. Plusieurs lui demandèrent une dédicace. Elle se contenta de signer son nom de façon illisible, d'une main tremblante et mal assurée. Jamais elle n'aurait cru vivre un tel moment. Florence se trouvait près d'elle, elle pouvait presque sentir son souffle tiède et sa main chaude dans la sienne. Enfin, enfin, sa sœur avait remporté la victoire !

Le silence venait de perdre royalement la dernière partie.

***

Quelques jours plus tard, Juliette se trouvait au chevet de sa tante Andréanne alitée et légèrement mal en point. La jeune femme s'était offerte pour lui faire la lecture à voix haute du *Temps des orages*. La vieille écoutait religieusement, appuyée sur ses oreillers. Juliette en était à la fin du premier chapitre quand elle remarqua que la malade s'était affaissée sur elle-même et avait laissé tomber la tête sur son menton. La jeune femme s'approcha doucement, croyant la trouver endormie.

Mais un ange venait d'emporter la belle Andréanne au pays du silence, là où les orages n'existent plus.

Épilogue

Juliette et Jérémie s'épousèrent en justes noces le 20 décembre 2006. La jeune femme se trouvait enceinte de son deuxième enfant. Son fils Jean-François, vêtu comme un prince, transporta les anneaux jusqu'à l'officiant. La petite famille s'installa à demeure à Mandeville, lui enseignant dans une école primaire des environs, elle continuant d'écrire, de peindre et d'animer des ateliers de peinture dans le cadre des loisirs de plusieurs villages de la région. L'enfant continua de grandir en grâce en attendant l'arrivée de sa petite sœur.

À droite de la porte d'entrée de la maison rouge, quelqu'un a fixé une jolie plaque de bois peinte à la main sur laquelle on peut lire : *Le Temps des coquelicots.*

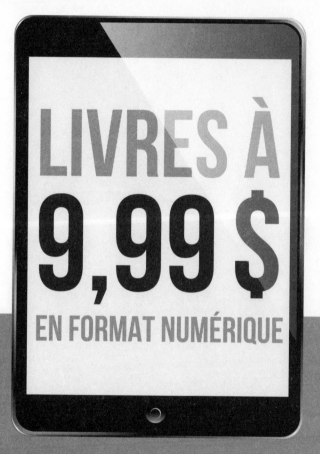

DE LA LECTURE POUR
TOUS LES GOÛTS !

LIVRES À
9,99 $
EN FORMAT NUMÉRIQUE

www.boutiquegoelette.com

BOUTIQUE
GOÉLETTE